銀色の霧

女性外交官ロシア特命担当・SARA

麻生 幾

幻冬舎文庫

銀色の霧

女性外交官ロシア特命担当・SARA

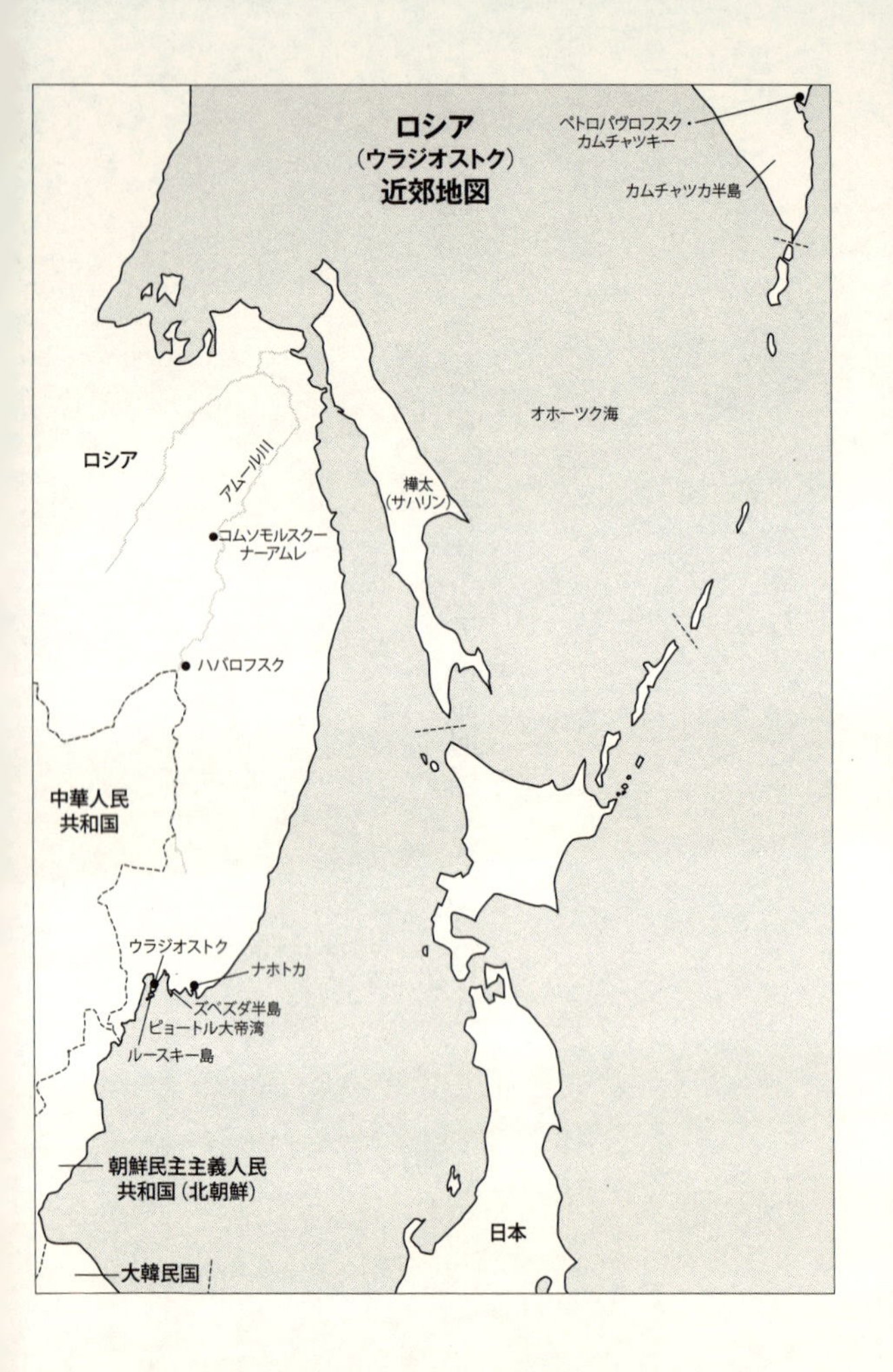

地図　中村文（tt-office）

目次

主要登場人物

外務本省

雪村紗羅　軍備管理軍縮課・非核化協力支援班　外務事務官
多岐川　軍備管理軍縮課　総務班長
本橋　総合外交政策局　総務課長

在ウラジオストク日本総領事館

雪村隼人　副領事（紗羅の夫）
奈良岡　次席
和田　副領事（航空自衛隊から出向）

緑川　派遣員
笠原　警備対策官（警察庁から出向）
ライサ　ローカルスタッフ（通訳、語学教育）
エリザベータ　ローカルスタッフ（通訳、語学教育）

ロシア　ウラジオストク

コレツキイ　FSB（ロシア連邦治安局）沿海州支局　対外情報課長　中佐
カザンツェフ　太平洋艦隊　ズベズダ担当軍事防諜課長　大佐
バガエフ　元デルタIII型戦略原子力潜水艦艦長

冴島　在モスクワ日本大使館1等書記官（警察庁から出向）

2 月13日

ロシア連邦　極東・沿海州　ウラジオストク

副領事の雪村隼人が出勤してこないことに最初に注意を寄せたのは、隼人より十歳若い副領事の和田だった。

出勤すべき時間から二時間経っても姿を見せないため、和田はまず、自分の個室の卓上電話から雪村が持つ官用のスマートフォンに電話した。

何度かけても繋がらなかった。その度に留守番電話サービスへと切り替わった。次に雪村のアパートの固定電話にかけてみた。やはり応答がない。それでも和田の対応は早い方だった。もし、午後に、重要なミーティングが予定されていなければ、もっと遅い対応となったはずだった。

思いあまった和田は、総領事館のナンバー2である次席の奈良岡の執務室を訪れた。

時間は午前十一時五分。和田のその動きからすべてが始まったのである。

奈良岡は、すぐに雪村のアパートへ行き、そこでまず管理人を捜し出してアパートの中へ立ち入るよう、和田に指示した。雪村が、部屋の中で爆睡していると確信したからだ。

総領事館が入る雑居ビルを出た和田は、金角湾から吹きすさぶ氷のような真冬の風に身を固くしたまま外交官ナンバーのトヨタのプリウスに乗り、発車したところですぐに毒づくこととなった。今朝もまた格別な霧である。すべての景色が〝銀色〟に包まれていた。

遥か約九千三百キロも離れた、モスクワまで延びるシベリア鉄道、その線路に沿って走るヴェルフネポルトヴァヤ通りを走行しながら、海がある方へちらっと目をやった。少しでも霧が晴れれば、儚い朝の陽光にキラキラと輝く金角湾が右手に見えるはずである。だが、視線のすぐ先でさえ何も見えなかった。

シベリア鉄道の東の最終駅であるウラジオストク駅まで通じる、ヴェルフネポルトヴァヤ通りをさらに進んだ和田は、市街地からまっすぐ東へ延びるスヴェトランスカヤ通りの次の信号まで、記憶と勘だけを頼りに――時折、ビルの端に掲げられた通りの名前を確認しながら――時速十キロという今にも止まりそうな速度で急な坂道を慎重なアクセル操作で上り続け、十一時五十分、ようやくセールスカヤ通りに面した雪村のアパートに辿り着いた。

アパート正面玄関に近寄った和田は、ドアの脇に設置されている部屋ごとのインターフォンを押した。まったく反応がなかった。寒さに震えながら十分間インターフォンを鳴らし続けた。

管理人の老人がマスターキーで雪村の部屋のドアを開けて、和田がやっと室内に入れたのは、午後一時十分のことである。

3DKのすべての部屋や、トイレとバスを急いで見て回った。さらに外へ出て、駐車場へも足を運んだが、雪村の車はそこにあった。

和田は呆然とするしかなかった。

奈良岡の卓上電話が鳴ったのは、その五分後であった。奈良岡が通路を挟んで反対側の総領事室に駆け込んだのは、さらにその五分後のことだった。

東京・霞が関　外務本省

「ユーチューブに流れたとの情報！」

外務本省地下三階にあるオペレーションセンターを走り回る誰かが叫んだ。

雪村紗羅は、辺りを見回した。オペレーションセンターのあちこちで怒号が響いている。

「イスラム過激派グループのメッセージの仮訳、それを早く送らせろ！」

ハッとして紗羅は受信メールのフォルダをまだ開いていないことに気づいた。

国際情報統括官室からの一斉メールを見つめた。人質の日本人カメラマンが殺されるシーンの映像がユーチューブにアップされた、とあった。全文を読み切る前に、自分の名を呼ぶ声が聞こえた。

「SARA、応答要領、急ぎ、お願い――」

その声の方を振り向くと、領事局の邦人テロ対策室の幹部が緊張した面持ちでこちらを見つめていた。

サラと名前を呼ばれたことは気にしない。高校生の頃からそうで、珍しく、呼びやすいことから、大学に入っても友達からいつしかそう呼ばれるようになった。そして、外務省に入省してからもまた、外国人に分かりやすいという理由で、サラ、と誰もが呼ぶようになっていた。

「はい、直ちに」

紗羅はそう答えながら、ロングの髪に急いで手櫛を入れた。書類の山から応答要領のペーパーの束を慌てて引き抜いて抱えようとした時、両手からそれがこぼれ、床の上に散乱した。慌てて拾い集める紗羅の視線の先に、急いでやってくる幾つもの革靴が見えた。ざわめいていた空気が一瞬で止んだ。ふと顔を上げた紗羅の目に飛び込んだのは、秘書官たちとSPに囲まれて入ってくる外務大臣の姿だった。外務大臣は、神妙な顔をして、一人の男の話に耳を傾けている。その男とは、総合外交政策局の本橋総務課長だとわかった。本橋の顔を紗羅は覚えていた。数ヶ月前のことである。ある野党議員からの事前通告質問の対処を巡り、紗羅は、上司とともに、本橋の元へ呼ばれた。紗羅の印象に残っているのは、これほどまでに頭のキレる人間に会ったことがない、ということだ。こちらが何かを言おうとする前に、本橋は常に先んじて話を進めたのだった。

センターにいる全員の視線が大臣に向けられている中、紗羅は、そっと自席に戻り、再びメールに目を落とした。気になったフレーズがあったからだ。一瞬、息が止まった。しかも国際情報統括官室から、次報の一斉メールが届いていた。

紗羅は、そのメールの最後に付け加えられていた、イスラム過激派組織の声明に目がくぎ付けとなった。

〈——日本の外交官は、たとえ地の果てにいたとしても死と直面している〉

〝地の果て〟——隼人の顔が脳裏に浮かんだ。

紗羅は思わず唾を飲み込んだ。

彼の勤務地は、まさしく〝地の果て〟と言ってもおかしくなかった。


午後三時になってやっと紗羅はオペレーションセンターから解放された。二つ階上の軍備管理軍縮課の自分のデスクに重い気分で戻ることとなった。

紗羅の本来のデスクがある、あの空間を思い出した。そして、いつものため息をつくことになる。つまり、軍備管理軍縮課の非核化協力支援班は、北米局、総合外交政策局、経済局、条約局などの、いわゆる〝花形局〟とは違って、誰もが認める、日の当たらない部署だということを——。多くの外交官は、日米や日中関係、G8サミット関連、また国際法や条約の担当局に関心が向いている。だから、大型外交案件が発生する度に、パートタイマーのように、あのオペレーションセンターに放り込まれてきた。実際、今回もまた紗羅は、直属の上司である軍備管理軍縮課長から、〝期待されて君が指名されたんだよ！　だから二週間でいいから頼むよー〟という計算された世辞でそこへ追いやられていた。

　その言葉の裏には、どうせ暇なんだろ、という言葉が透けて見えた。それが紗羅のいつもの不満だった。

　非核化協力支援班だって、日本外交として重要なことはやればできる、それが紗羅の信念だった。その信念を裏付ける重要外交行事が、実はちょうど今、ここから遠く約千キロ離れた極東のある街で始まろうとしているのである。それは、そこに勤務し、その重要外交行事を仕切っている夫の隼人と自分にとってこそ――。

　隼人の顔を思い出しながら廊下を歩いていた紗羅は、中庭を見下ろす窓に近づいて空を見上げた。グレーの雲が空を被（おお）っている。そのグレーの色は、紗羅の脳裏で、徐々に銀色へと変色していった。

　――銀色の闇。

　その世界を紗羅はよく知っていた。

軍備管理軍縮課の大部屋に足を踏み入れると、人気はまばらだった。

自分のデスクの椅子に腰を落ち着けた。紗羅は、自動販売機で買ってきた小さなパックのオレンジジュースにストローを突っ込みながら、銀色の闇に包まれたウラジオストクの街をもう一度脳裏に蘇らせた。二年半前に結婚して以来〝同居結婚生活〟はたった半年——。最近では、外務本省も気を使い、夫婦で外交官ならば、一回は〝人事の配慮〟がある。夫がパリの大使館ならば、妻は同じパリのOECD（経済協力開発機構）本部、またはウィーンの大使館をはじめ、ユネスコ代表部やIAEA（国際原子力機関）本部などの勤務に配置することはある。紗羅が結婚した当初はまだ、その配慮は受けないままだった。

しかし、ウラジオストクでの〝あの事業〟の担当を継続していることこそ幸運だった。少なくとも一日に1回は電話もし、ほんのたまにだが、こっちが出張したり、逆に隼人が公務で一時帰国したりと、常に、隼人がそばにいる、という安心感に包まれていた。

だがその〝幸運〟も約一年後には潰えようとしている。地政学的な距離に加え、業務もバラバラとなることが予想されているからだ。会えるのも年に一、二度になってしまう可能性が大きかった。ネット社会とはいえ、顔を合わせない——つまり、はっきり言えば体を合わせないことへの不安は大きかった。声を交わすだけでは、肉体を感じることができないのだから——。

しかし、今、そんなことを心配しても——。紗羅は重い気分を振り払うように頭を振った。それより何より、あと二週間で癒される——。紗羅の頬が緩んだ。ウラジオストクでの〝あの事業〟の祝賀レセプションが終われば、隼人が帰国するのだ。隼人は、再来週、そのレセプションの直後、外務省が主催し横浜で行われる国際非核シンポジウムの支援要員として一時帰国する。ロシア政府からの参加申し込みがあったためだ。ロシア語の語学専門職で入省した隼人は、もちろんそういった者たちに深い人脈を持っているゆえ、接遇役として白羽の矢が立ったのだった。祝賀レセプション対応で何ヶ月も寝る時間を削っていた隼人にとっては、過酷なことで、さすがに紗羅も腹が立った。しかし隼人は〝温かさなど、この役所に期待できるはずもないさ〟と笑っていた。会議は三日間。その後、三日間の休暇をとると隼人は約束してくれた。だから自分も、予定を合わせて有給休暇の届けを出していた。遅くなったバレンタインのチョコも渡して——。だが、言ってはならぬことだが、もし、イスラム過激派の事件が長引けばその計画は吹っ飛んでいたところだった。

しかし、最近、隼人との休暇の過ごし方ばかりを考えている理由が、楽しいことへの思い入れからだけではないことにも気づいていた。

理由は分かっている。外務省に語学専門職として入省して早くも八年。今もって理想と現実の狭間で彷徨(さまよ)っているのである。そもそも入省した時の上司がハズレで、自分を一人の職員として扱ってくれなかった。どうせ何年かしたら、結婚して辞めるんだろ、みたいなことを言われ続けた。それは今でも同じで、上司の課長にしても〝君はいつもニコニコして愛想よくやっていればいい、それが一番いいんだ〟と暇を見つけてはそう口にする。在外公館から異動して初めての本格的な本省勤務で、一人前にバリバリ働こうとしていた矢先に、こんな昭和チックなことしか言わないオヤジが課長かよ！　と最近、自宅に帰ればそう毒づくことが多くなった。

ただ、自分がイメージする〝女性専門職の理想形〟の先輩も僅かに存在していた。先週、その先輩と夕食を共にした時、彼女の話を聞きながら、がんばらないと、とつくづく思った。彼女は、子供を保育園に預けながらもがんばっている、いわゆるシングルマザーだった。最近も、いち外務事務官ながら、国連の人権関係の仕事でワーキンググループの議長を引き受けて文書をまとめたという。その間、二週間は、ニューヨークの国連代表部に詰めて仕事をし、子供は親に預けていたので、迷惑をかけちゃってと首をすくめて笑っていた。その直後、ふと彼女が口にした言葉が、今でも紗羅の頭の中にずっと残っていた。

〝でもね、ニューヨークでの仕事、私にとっては、忘れがたいものだったわ〟

身近な人の経験こそが人生や生き方に影響を与えているんだとあらためて確信したが、それよりなにより、〝忘れがたい〟と言い切った彼女が羨ましくて仕方がなかった。

突然、紗羅を強烈な睡魔が襲った。早く帰ろうと思って身支度を始めた。その時だった。慌てて駆け寄ってきた非核化協力支援班長の森田が無言のまま目配せだけで、紗羅をロッカーの隅に連れていった。直属の上司である森田の深刻な表情を見て、紗羅は、彼が何を言おうとしているのか想像できた。

きたるウラジオストクでの〝あの事業〟の完了を祝うレセプションへの出席が予定されている永井外務政務官がらみの問題だろう。ウラジオストク滞在中における、永井からのわがままな便宜供与の要求をこっちに押しつけようとしている、そんなところなんだろうと紗羅は思った。森田も森田だ。財務省からの二年限りの出向者で外交を知らないといっても、もう一年は経っている。地域課の言いなりになるのが私たちの仕事じゃないことをまだ分かっていない——。

「何か？」

煩わしい気分で紗羅は訊いた。

「実は、つい今しがたのことなんですが、ウラジオストクの総領事館から、秘話装置を使った緊急電話がありまして——」

森田のその言葉で、自分が間違っていたことを知った。わがままを言っているのは総領事館なのね——。

　またしてもだ、と紗羅は疲れが溢れ出る思いだった。それもまた、政務官の永井がこんな面倒なリクエストをしているんだがそっちで対応してくれとか、あるいは、今日のミーティングに引き続いて行われるレストランでの会食の伝票の切り方など、細かい事務的な話をするためなのだろう――。

　だが森田が口にしたのは、そのどれとも違っていた。

「実は、雪村副領事が、今朝から、総領事館にご出勤されていないと――」

「えっ？」

　紗羅は思わず顔をあげた。

「総領事館から照会が来ていまして、雪村副領事からそちらに連絡はないか、もしくは無断欠勤することに何か心当たりはないかと……」

「無断欠勤？　いえ、私の方には何も……」

　そう口にした紗羅に、現実感はほとんどなかった。森田の言葉がまったく頭に入らなかった。いや、理解することを本能的に拒絶した。それどころか、この人、なにふざけたことを言ってるの？　と怒りさえ覚えた。

「ちょっと待ってください」

　紗羅は、急いでスマートフォンを使って隼人の番号を鳴らした。森田が何かを言ったような気がしたが耳に入らなかった。呼び出し音のあとすぐに、留守番電話サービスに繋がった。スカイプも覗いたが、彼からの新しいメッセージは届いていなかった。

「イスラム過激派のメッセージの中に、不気味なフレーズがあったこともありますし……。地元警察に相談するしかありませんね――」

森田がしたり顔で言った。

紗羅はちらっと視線を送っただけで応える気になれなかった。

――何を言ってるの、この人！

いくら森田が外交を知らないとはいえ、あのロシアの地で、地元の警察へすぐに届けるというのはあまりにも無防備な発想であり、怒鳴りつけたい思いに駆られた。

外交官である紗羅にとって、国家間の友好関係の構築と維持というフレーズは常に頭の中にあるし、それは任務だ、と肝に銘じている。しかし、領土問題など政治的には日ロはまだ緊張関係にある。またロシア情報機関による日本外交官への脅威は常に警告されている。外交とエスピオナージ（諜報戦）とはまったく別次元の話である。そんな状況下で、なんの戦略も戦術もなく、我が国の外交官の行方が分からなくなった、と軽率に警察に届けたら、ロシアはいかなる策略でもって弱みにつけ込んでくるか分かったものじゃない――。しかし、いちいちそのことを口にする気にはなれなかった。

「それにしても、どうしましょう？　ご存じの通り、今日は、〝あの事業〟の祝賀レセプションについてロシア側とのミーティングが予定されています」

しかし、紗羅はその声が耳に入っていなかった。その時、脳裏に蘇っていたのは、イスラム過激派グループの、あのメッセージだった。


動揺する森田をよそに、紗羅は、急いで自分のデスクに戻った。引き出しのロックを外して、中から秘話機能付きのＩＰ電話を取り出した。在ウラジオストク日本総領事館のナンバー2である、次席の奈良岡の電話番号を打ち込みながら部屋から通路に出た、ちょうどその時、軍備管理軍縮課の筆頭班長である総務班長の多岐川が戻ってきたところだった。

紗羅に気づいた多岐川は、神妙な表情で頷き、背後にある会議室へと目線だけで促した。中に入ると、多岐川の隣に腰を下ろした。

「心当たりは？」

多岐川が神妙に訊いた。

「いえ、何も」

紗羅は背筋を伸ばして語気強く答えた。弱みを見せるようなことはしたくない、という思いが先に立った。

　多岐川は腕時計に目を落とした。

「すでに六時間以上、経過している――」

　多岐川は意を決したように顔を上げて紗羅を見つめた。

「総政局と欧亜局の上と話をする必要がある。サラ、君には悪いが、私は事は重大と考える。イスラム過激派のメッセージとの関連もあるからね。それと、もう一つ、気になることを確認しなければならないし――」

「スペシャル・アサインメント（特命）のことですね？」

　紗羅が先んじて言った。正直、その可能性について〝期待〟していた。スペシャル・アサインメントならば、秘密めいた行動をしているわけであり、連絡がとれない可能性もあるからだ。

「ところで、緊急に対応しなければならないことがあります。〝あの事業〟との関連です」

　真剣な表情で紗羅は言った。それを言えたのは、外交官としての精一杯のプライドだと紗羅は思った。

　多岐川は大きく頷いた。

「私も、今さっき、ウラジオの総領事館（ソウリョウ）からのメールを見た。ウラジオストクでの〝あの事業〟の祝賀レセプション、それに向けてミーティングをどうするか、なんとかしなければならないね。ちょっと待っていてくれ」

多岐川はそう言って会議室を出ていった。

多岐川の言葉に頷いた紗羅の脳裏に、ここから約千キロ離れた、ロシアの極東の、あの銀色の霧の街が再び浮かんだ。

新潟港からならば、日本海を突き抜けて、まっすぐ西へ約八百三十キロ。ロシアでは極東とは呼ばず、沿海州と呼ばれる行政区の州都、ウラジオストク市。かつては軍港として外国人の立ち入りが許されなかった閉鎖都市――。しかし、今では成田空港からは飛行時間、約二時間半で辿り着く日本からは一番近い〝西洋〟である。霧に包まれる港街であることからエキゾチックという代名詞でも知られている、人口六十万の街だ。

そこから車で一時間ほど、ピョートル大帝湾沿いにナホトカ方向へ進んだところに、ボリショイ・カーメニという人口約六万ほどの小さな町がある。その町の、最も奥まった入り江を取り巻くところに、ロシア太平洋艦隊のズベズダ原子力潜水艦修理工場がある。他にも太平洋艦隊の重要な施設が多くあり、住民の大半がいずれかの軍事施設で働いているので、軍港のウラジオストクが最近、自由港になったのに対し、ボリショイ・カーメニは街全体が厳しい閉鎖都市となっている。

そのボリショイ・カーメニ市のズベズダ原子力潜水艦修理工場には三年前から、日本が約二億ドル（約二百億円）もの資金を投じて支援をしてきた〝あの事業〟がある。ロシアの退役した弾道ミサイル搭載原子力潜水艦を安全に解体し、原子炉を取り出して安全に管理する、それが、〝あの事業〟、外務省で「ズベズダ事業」と呼んでいる日ロ合弁事業だ。

そのズベズダ事業も、来週、ついに、最後の作業工程が始まる。解体リストの最後にあるヴィクター級弾道ミサイル搭載原子力潜水艦を〝ぶった切る〟作業を行い、原子炉内の核燃料を陸上施設に安全に保存、管理することによってすべてが完了する。そして、それを祝って、再来週、ウラジオストクで祝賀レセプションが開催されるのである。日本からは、外務政務官で、自民党衆議院議員の永井が列席することになっていた。その祝賀レセプションの準備と、政務官への便宜供与は、外交官にとって、人生を賭けたと言ってもいい重要任務であり、担当者はここ数週間、睡眠不足と闘いながら忙殺されてきたことも紗羅はよく知っていた。

祝賀レセプションはもちろんのこと、ずっとズベズダ事業の中心にいて仕切ってきた、その〝担当者〟こそ、夫の雪村隼人である。そして、かつてウラジオの総領事館勤務時代に隼人をサポートし、外務本省に戻っても担当部門の責任者の一人として支え続けてきたのが紗羅だった。だからこそ、そのズベズダ事業は、自分たち夫婦にとって、特別な思いが込められている。二年前まで、在ウラジオストク日本総領事館で副領事として勤務していた紗羅と、同じく副領事だった隼人との二人でやってきた外交政策――それこそがズベズダ事業だった。つまり、〝二人の人生〟にとって、まさにズベズダ事業こそ原点と言うべきものなのだ。それゆえ、近く開催される祝賀レセプションは、二人にとって重要な〝祝い事〟なのである。だからこそ、そんなイベントに関わるミーティングを、隼人が自らの意思で、すっぽかすことなど絶対に有り得ないのだ。

多岐川が十分ほどで戻ってきた。

最初に口を開いたのは紗羅だった。

「とにかく、永井政務官が出席される祝賀レセプションまで、あまり時間がありません。現実問題として、今日のミーティングは延期せざるを得ません。ただ、祝賀レセプションの開催日を再確認することは、ロシア側にエンドース（承認）させないといけません」

紗羅は感情を必死に抑えながら言った。

だが、多岐川の反応は違っていた。

「私は、もはや、祝賀レセプション自体を延期すべきだと思っている」

「祝賀レセプションを……延期ですか……」

紗羅は、驚きの表情を思わず出してしまった。その言葉は、紗羅にとっては大きなショックだった。今、隼人のことを心配する思いを必死で抑えているのに、その上、二人にとって重要なイベントまでも……。

思考が混乱した紗羅は頭を振った。

「大丈夫か？」

多岐川が紗羅の顔を覗き込んだ。

紗羅は神妙な顔で頷いた。

「どうぞ、お話の続きを——」

そう言った紗羅は、現実を直視できないほど私は愚かではない、と奥歯を噛みしめた。

「通常は、こういった案件は、そんなに問題なくゆくと思うんだが、他方、ずっと仕切っていた者が揃っていないという条件を考えると、ちょっと、リスク要因と考えることは避けがたい——」

多岐川は言葉を慎重に選ぶように言ってから、深刻な表情で続けた。

「ＩＡＥＡへ出張中の課長と、今、連絡をとったが、祝賀レセプションそのものの延期と、もしそうするなら出席予定の永井政務官の了承を得ておいた方がいいと申し上げたら、すぐに部長と課長からはどちらについても了解を得た——」多岐川は早口で続けた。「それで、すぐに部長とも会ってきた。部長には、祝賀レセプションの実務協議の延期についての公電はまだ受信していないので、まず総領事館から公電を大至急発信させ、それが届き次第、本来は課長対応のところ、ご出張中ということから、私から説明申し上げますと報告した――」

部長とは、軍縮核不拡散・科学部長のことであり、課長の上司にあたる。

多岐川の対応はいつもながら途轍もなく早かった。この短時間でよくもそこまで、根回し、詰めたものだ。対応自体は、外務官僚らしいものだ。でも、逆にそれを利用したハンドリングと根回しが実に絶妙だ、と紗羅は感動に近いものを抱いた。外務本省では何事も公電が重要である。メールですでに届いていることでも、公電に拘るのは、明治時代に公電システムができて以来の伝統だということも紗羅は知っていた。

また、多岐川のさらなる上手い手さばきにも紗羅は気づいた。永井政務官は、ただ口頭で説明するのではまともに受け付けない可能性がある。ゆえにウラジオから公電が届いてから、それを持参して、正式に政務官に説明しに行く。こういう公電が届きまして、日程を変更しなければならなくなるかもしれません、と。

また、政務官への対応は、外務本省では〝課長対応〟と決まっている。早い話、部長は、面倒くさいから、そのルールを〝遵守〟して多岐川に押しつけたに違いないのだが、多岐川はそれさえ利用した。そしてすべてをハンドリングし、総領事館を仕切ることで、省内での評価がまた高まるのだ。

紗羅は、多岐川をあらためてつくづく見つめた。多岐川はまだ三十八歳の若さだが、その優秀さは本省内でもよく知られている。彼に対する評価は、紗羅がいつも、他の外交官たちを評価する時、ダメな奴に共通する特徴のすべてと正反対だった。つまり——体力がとにかくある。ほとんど疲れを見せない。肝心な時に間違いなく連絡がつく。電話にすぐ出る。反応がいつも早い。他のスタッフたちとの情報共有もすこぶる迅速だ。自身が下した判断がさらに上の者にひっくり返されることはほとんどない。緊急事態において緊急になすべき仕事の割り振りをぬかりなく行う。プレス対応にしても実に上手い。怒りを見せないし、テンパることがなく、たとえ自身の中でそうであっても部下には絶対に伝わらない——。

隼人に言わせれば、多岐川の頭のキレ方は半端でなく、優秀な人材が掃いて捨てるほどいる外務本省でもピカイチだと多くが認めるところだ。紗羅は、その評価に深く頷くばかりだった。三次元思考という言葉があるが、多岐川は、四次元、いや五次元思考の持ち主だと信じて疑わなかった。

多岐川の次の言葉こそ、紗羅には頼もしかった。また多岐川の存在こそ、紗羅にとって、唯一の救いだった。

「私はこれから、政務官の秘書官と連絡をとり、明日朝一番に面会する了解を得る。すべて今晩中にやり遂げよう。まだ、デスクで待っていてくれ」

紗羅は壁の時計を見た。ロンドン、パリ、ワシントン、北京の時間になっている時計の一番端に日本の時刻を示す時計があった。

もうすぐ午前零時を回ろうとしている。

その時、多岐川が疲れた表情で戻ってきた。

「やっかいなことが起こったよ、サラ」多岐川が顔を歪めた。「永井政務官だ」

険しい表情のまま多岐川は、再び会議室に紗羅を呼び込んでから政務官との会話を再現してみせた。


午後十一時過ぎに、赤ら顔で外務本省に戻ってきた政務官の永井は、明らかに不機嫌だった。多岐川とて本来なら明朝一番の報告でと思っていた。だが永井は、外務大臣のお供でマレーシアで開催される経済関係の国際会議に出席するため、朝早く、成田を出発する予定だった。ゆえに急遽、彼のスマートフォンへ連絡することとなった。すると、永井は、納得できない、と言い、酒席の場から外務本省へと戻ってきたのだった。

執務机に足を投げ出して多岐川を迎えた永井は、明らかに憤りに満ちた表情だった。永井の口から最初に出た言葉は、なぜ課長が説明に来ないのか、という不満だった。多岐川が、丁寧な口調で、海外出張中であることを説明すると、それでも納得できないといった表情でまくし立てた。

「官房長官の伊豆見先生から、私に直々にだよ、対ロシア外交を知るためには、今回のウラジオストクへは、万難を排してでも、すべての公務に優先して必ず行け、と仰って頂いた。だから、絶対に行きたいんだよね」

立たされたままの多岐川は、公電の写しを手にして説明した。

「先生のお気持ちを十分に受け止めさせて頂きまして、万全の体制を組んでおりましたが、さきほど届きました、この公電の通り、解体のスケジュールが若干、遅れております。今回は、ご延期頂いて、あらためて、というご選択の方がよろしいかと」

多岐川は、密かに欧亜局長と在モスクワ日本大使館の政務担当公使への根回しも行っていた。雪村副領事の所在不明事案のことはまだ伏せたまま、解体作業のスケジュールが遅れていることを報告し、それぞれから了解を得ていた。

多岐川から公電の写しを受け取った永井は、関心もなく斜め読みした風にすぐに突き返した。

「こんなもの、なんとかなんないの？　別に解体は終わってなくていいじゃない。行事だけをやらせればいいだけのことだよ。スケジュールは予定通り。いいね？」

「参ったよな」

話し終えた多岐川はそう言って苦笑してみせた。

紗羅には、多岐川の思いが分かった。さすがの多岐川にしても、政治家の注文は絶対だった。特に、将来の外務大臣の最有力候補とされている永井に対して、それ以上、強引に、祝賀レセプションの延期を了解させることはできなかったのだろうと想像できた。

紗羅は、永井という政治家についての噂を思い出した。まだ三十五歳の永井は神奈川県の激戦区を勝ち抜いてきた自信家だけあって、霞が関の役人にはかなりの傍若無人ぶりを発揮していると、秘書官室にいる後輩の女性と飲んだ時に聞いたことがあった。その時、今回のウラジオストク行きは、〝夜の便宜供与行事〟も楽しみにしているはずですよ、とも耳打ちされていた。だからこそ、〝夜の担当〟として、一番若い副領事をあてるつもりでいることを、かつて隼人が一時帰国した時に聞かされていた。

「で、以降のことだけど、サラが知っての通り、次席の奈良岡さんはロシア語がペラペラだが、ズベズダのことは知らないし、人脈もない。サラなら、ロシア語もさることながら、何よりズベズダ事業に精通してるし、豊富な人脈を持っている。このような切羽詰まった事態では、本当に優秀なプロが必要なんだ」

皮肉なものだわ、と自分でも不思議だった。隼人のことは心配で心配でたまらない。なのに、これだけ評価されていることに正直、胸が躍る思いがした。

「しかし総領事館の頭越しには――」

紗羅は、トップの総領事の顔よりも、奈良岡の怒鳴りあげる顔を脳裏に浮かべた。勝手にしやがって何様のつもりだ、と激しく罵声を浴びせる顔を――。

「サラ、君が何をしようが、本省として、総領事館に文句は言わせない」

紗羅は、多岐川の言葉に引っかかった。

――本省として？

紗羅は、そのことに気づくと、慌てて多岐川に訊いた。

「ということはつまり――」

多岐川は真顔で頷いた。

「すまない、サラ、そういうことだ」

「では、私が現地へ？」

「すでに部長と課長から了解を得ている」

紗羅は、息が止まった。実は、それをずっと望んでいたのだが、しかし実現なんて無理だと絶望的に考えていたことを、胸が締め付けられる気分で思い出した。

「ご主人のことが心配だろう。だが、ウラジオに着いたなら、まずズベズダ原子力潜水艦修理工場所長と、原子力潜水艦切断を行っているオラリダ社の社長に、電話にてコンタクトをとり、今回のことを謝って、祝賀レセプションの延期について急ぎ協議して欲しい。そして――」

「公電にて打ち返す――」

多岐川は満足そうに頷いた。

ただ、紗羅には唯一の救いがあった。在ウラジオストクの総領事館には、まだ若いとはいえ、ロシア語が堪能な副領事がもう一人いる。彼なら重要なサポートをしてくれるはずだ。

「雪村副領事のことも心配だろうが、クリティカルなサポートは誰からも得られない可能性が高い」

多岐川が、〈報道資料〉と題された資料を紗羅に手渡した。

約一週間前に発生した事件を伝える新聞記事だった。事件の発生自体は知っていたが、ズベズダ案件やイスラム過激派の事件などで忙しく、紗羅は詳しくはフォローしていなかった。

記事によれば、根室市の納沙布(のさっぷ)岬から南東約五十キロ沖の海上チェックポイントで、ロシアのサハリン州国境警備局が、北海道根室市の漁協所属のサケ・マス流し網漁船を、国際協定の漁獲枠超過を理由に拿捕。船長ら乗組員八名にけがはないらしいが、乗組員たちは漁船に乗ったまま、ウラジオストクから北東へ約二千五百キロも離れたカムチャツカ半島の不凍港、ペトロパヴロフスク・カムチャツキー港へと連行され、陸上施設で身柄を拘束されてしまったのだ。その解放交渉のため、ウラジオストクから千五百キロも離れた、カムチャツカ半島をも任務管轄区域とする在ウラジオストク日本総領事館から、ロシア語に堪能である貴重な副領事を出張させているのだ。

ウラジオストクの日本総領事館の担当エリアは広く、ウラジオストクから、遥かカムチャツカ半島までカバーしている。その面積は、日本列島の約三倍もある。ゆえに、拿捕されて、カムチャツカ半島のペトロパヴロフスク・カムチャツキー港まで曳航され、連れていかれるともう大変だ。副領事がそこへ遠路はるばる出向き、最低でも一週間単位で、沿岸警備隊の事務所とカムチャツカ地方の検事局に張りついて早期の解放交渉を粘り強く行っているのだろう。ロシア当局に抑留された漁船の乗組員には食事や衣服の差し入れをし、健康への配慮もしているはずだ。しかし、交渉は一週間で終わらないことはザラだ。担当する副領事は、普通、一週間で交替させる。副領事も心身ともに疲労困憊するからだ。だがその交替要員は、隼人以外には、ウラジオストク総領事館では一番若い副領事しかいない。しかし彼が航空自衛隊からの出向者であることを紗羅は知っていた。もちろんロシア語なんて到底できない。

英語力はあるが、海千山千のロシアの海の男たちとタフな交渉をするにはあまりにも不十分だ、と隼人が言っていたことを思い出した。

これで総領事館でロシア語ができるのは、紗羅以上に堪能だった隼人を除けば、次席の奈良岡だけということになる。

ロシア語が堪能で、ズベズダ事業をよく知る自分に白羽の矢が立ったのも当然だと思った。多岐川から促されたウラジオストク行きは、明後日だった。だが、明日出発することを願い出たのは紗羅の方だった。

祝賀レセプションにはまだ余裕はある。その前に、隼人のことを一刻も早く調べたかった。紗羅は、銀色の闇に包まれた、あの街を思い出した。

――あの街へ、戻るのね……。

でも今回は今までとはまったく違っている。想像もしていなかったことが起きている。夫の隼人と連絡がとれないという事態はまったく考えたこともなかった。

紗羅は思考することをやめた。その先にあるものすべてを考えることを拒絶した。とにかく、明日から、すべてが始まる。待っている現実が、知るべきことなのか、そうでないのかも、すべて明日からのことだ。

それでも必死に重い気分を拭(ぬぐ)って、人気のなくなった通路に出た紗羅は、ふと窓際に立った。

雨はやんだと思っていたが、また降り始めている。さらに激しくなっているようだった。

裁判所が入る合同庁舎の上階を被い尽くす暗い空をじっと見つめながら、紗羅は、霧で埋もれた、千キロ離れた軍港の街を思い出した。そして、暗闇の中に、隼人の笑顔を見つけ出そうとした。

逢いたい、と無性に思った。隼人の笑顔を見たかった、いや、せめて声だけでも聞きたかった。

急に雨が窓ガラスをうるさく叩きつけ始めた。硬いその雨音に紗羅は激しく苛立った。

2 月14日

窓の向こうのその闇に、紗羅は体ごと吸い込まれそうだった。

エプロンに降り注ぐ照明は眩いはずだ。

だがそこにあるのは果てしない闇だった。

紗羅が見つめる先には、すべてを呑み込むような闇が大きな口を開けている。紗羅のすべてを呑み込もうとしていた。

ブロックインしている航空機は、本来なら目には刺激的な黄緑の機体が見えるところ、この雪で、真っ白な絨毯に被われているようだった。

ゆっくりと硬いシートから立ち上がった紗羅は、導かれるように闇へと足を進めた。

雪が激しさを増している。荒れ狂うほどに乱舞していた。紗羅の体はすうっと吸い込まれてゆく。乱舞する雪が知覚神経さえ麻痺させてゆく。闇は紗羅をさらに引き寄せた。

――ウラジオストクに行って、あなたは何ができるの？　ガラスに映る自分の姿に、紗羅はそう言葉を投げかけた。

隼人を自分の手で必ず捜し出す、もちろんその思いは当然にあった。

しかし、それだけではない、と紗羅は分かっていた。

幼い頃から、父親に何度も言われていた。

〝お前は何をやっても、ダメなやつだ！〟

その言葉は、紗羅の人生を呪縛し続けた。学校の成績はいつも、上の下という中途半端。外交官試験にも落ちて語学専門職として入省。そこから先も、はっきり言って、ピカイチの部門で働いてきたことはなかったし、ピカイチの人たちと同じではなかった。

――だから、このウラジオストク行きで実績を上げれば、自分は、ピカイチの人たちと同じ世界に入ることができる！

しかし、その一方では、隼人への思いと自分の思いが交錯して、紗羅は混乱もしていた。

窓を見つめる紗羅の前に、かつてここに立っていた、入省したばかりの――希望に満ち溢れていた――自分の姿が映った。髪の毛は今よりもロングでまとまりが悪く、服はやぼったい。手首のバングルにしても時代遅れのものだった。

そして外交官としての出発点は、ウラジオストクだった。二十四歳で外務省の語学専門職の試験に合格し入省した紗羅は、外務省施設での約一ヶ月間の語学研修を経て、最初に配置されたのが、外務本省のロシア課だった。一年間の本省勤務後、ウラジオストクの極東国立総合大学欧州学部ロシア語学科で二年間のロシア語の研修留学をこなしたあと、在ウラジオストク日本総領事館に副領事として着任。そしてその勤務が二年を過ぎた頃、新しく副領事として着任してきたのが、夫の隼人だった。紗羅が二十九歳の時である。

隼人は、新しい任務を担ってやってきた。それがズベズダ事業だった。すべてはその時から始まった。ズベズダ事業の契約をはじめ、原子力潜水艦の解体作業が工程通りに進んでいるか、日本からの支援金がまともに使われているかの管理と監督をすることが彼の任務だった。一日のほとんどはズベズダの解体作業現場で過ごすことが多かった。彼もまた、ロシア語の語学専門職で入省したのだが、特殊言語のポーランド語も堪能だった。最初は、アシスタントとして、ロシア語が堪能なもう一人の副領事がいつも彼のサブとしてついていた。ローカルスタッフを合わせても十三人しかいない総領事館で、常時二人も割いたことから、総領事館でいかに隼人の任務が重要視されていたかが分かる。しかも、総領事館では四人しかいないロシア語が堪能な者のうち二人がズベズダ事業に取られてしまったので尚更だった。そして紗羅は次席の奈良岡から部屋に呼ばれ、もう一人の副領事と時々交替して雪村をサポートしてくれ、と言われたのである。

そのうちその副領事は、別の任務に忙殺されるようになり、紗羅がすべてのサポートをすることとなった。一緒に出かけたズベズダ原子力潜水艦修理工場の事務所で、机を並べる時間も多くなった。そして、しばらくして二人は私生活でも距離を縮めるようになった。

紗羅の総領事館勤務があと半年になった時、ウラジオストクで二人だけの結婚式を行ったのだ。静岡県にいた両親は、せめて東京での式をと願ったが、ズベズダ事業が順調にいっており、隼人の都合がどうしてもつかなかった。披露パーティーは同じウラジオストクのホテル・ヒュンダイ。館員たちだけのこぢんまりとしたパーティーだと思っていたら、ズベズダ事業にかかわる沿海州政府や修理工場などの関係者が大勢駆けつけてくれ、賑やかなものとなった。紗羅はそのことに強い警戒心を口にした。その背後には、FSB（ロシア連邦治安局）がいて、二人を取り込むための第一歩だと思ったからだ。しかし、隼人は笑って言った。それならそれで、やらせてみようじゃない。敵の手の内が分かるというものさ――。

そして、短い〝同居結婚生活〟は、極東のノスタルジックな軍港の街、ウラジオストクでの半年間だけだった。その間も、ズベズダ事業の仕事を一緒に続けた。だから、きたる祝賀レセプションは、二人にとってこそ重要なイベントだった。ズベズダこそ原点であり、そこに二人のすべてが詰まっている――。

手に提げたバッグの中で、スマートフォンが振動していることに気づいた紗羅は、現実に引き戻された。表示されている番号は電話帳に登録のないものだ。聞こえてきたのは、想像もしない相手だった。

「間にあったようだ」

総政局総務課長の本橋が押し殺すような声で言った。

「君が理解しなければいけないことがある」一度、紗羅の反応を窺うように言葉を切ってから続けた。「タマは、現在、在外に、ウラジオにある。そのことだ」

紗羅は今度はため息を呑み込んだ。本橋が言いたいことがよく分かった。つまり、対応を東京に、外務本省に投げるな、ということだ。紗羅をウラジオに行かせるのはまさにそのためであって、ウラジオで、紗羅だけで、関係先を回って、説得、交渉せよ、ウラジオだけですべてを解決せよと――。

「そして、もう一つ、君は私に、私だけに、すべての報告をしなければならない」

本橋が警戒し硬い口調で言った。

紗羅は違和感をもった。邦人保護を担当する領事局の局長がそれをすべきところ、本橋は、総合外交政策局の課長のポストでいながら、自分のみに報告せよ、と言い放った。何を企んでいるのか――。

紗羅の中で警戒心がさらに高まった。なぜ外務本省の心臓部とされる総合外交政策局の筆頭課長がダイレクトに電話までしてきて、不可思議な指示をするのか――。本橋の総務課長というポストは、常に事務次官と直結した、いやそれを言うなら事務次官から直接の命令を受けて行動する総務課長のポストは、官邸や政治と最も近く、外交はもとより、安全保障、条約、ＯＤＡのすべてに通じている。特に本橋は、総理との距離がすこぶる近いと噂されていることを紗羅は知っていた。何か大きな渦に、それもどす黒い大きな渦に巻き込まれようとしているのか……。紗羅は、より強く、警戒すべきだ！　と自分に言い聞かせた。

　紗羅のデスクがある非核化協力支援班は、組織編成上、総合外交政策局の下にある。だから、その筆頭課長である本橋がかかわることはおかしいとは思わない。しかし、総務課長というポストと本橋の〝実力〟からして官邸の存在を背後に感じないではいられなかった。たかだか一人の外交官の問題よりも、国家の利益を優先させる政治の思惑、それも、クロシロでは通じない魑魅魍魎（ちみもうりょう）の住む世界――。紗羅は、気に食わなかった。自分の知らないところで、政治的な思惑がすでに動きだしているのか？

「日本航空からお知らせいたします。長らくお待たせしました。日本航空７０９９便、ウラジオストク行きは、只今より搭乗手続きを――」

　そのアナウンスで現実に戻った紗羅は、エキスパンダブル機能でいっぱいに大きくしたビジネスバッグを手に取り、98番搭乗ゲートへと急いだ。

　シートベルトをかけながら、紗羅はある思いを巡らせた。もし隼人が交通事故に遭って、病院に搬送され入院中であるのなら、ウラジオストクからナホトカを管轄する行政組織、沿海州政府内務局の渉外担当者から総領事館に連絡がくるはずだ。身分証明書の携帯を、外交官のルールとしてきちんと守っていることは、律儀な隼人の性格からして疑いの余地はない。ならば通称〝ホワイトハウス〟と呼ばれる、金角湾を見下ろしてそびえ立つ、白亜の沿海州政府庁舎、その最高層にデスクがある内務局の渉外担当者から必ず連絡がくるはずである。

しかし、事故に遭遇したが、警察に発見されないまま、負傷して身動きがとれないケースもあり得る。意識があればスマートフォンで連絡ができるはずだ。だがそれがないのだから、生命の危機に陥っていることを意味するのではないか……。何しろ、ウラジオストクの街を一歩出れば、広大な荒野が広がっているのだから――。

二時間半余りのフライトを終えた日本航空7099便が、ウラジオストクの玄関口、アルチョム市にあるウラジオストク国際空港の5番スポットでタキシングを停止した時、紗羅は急いで官用スマートフォンを取り出して起動して、スカイプメールの新着問合せの操作をした。希望と不安とがない交ぜになった気分で。

だが、大きくため息をつくことになった。メールは、いつもの通り、飛行機に乗っていた間にも二十数通も届いている。しかし隼人に関するメールは届いていなかった。多岐川は、隼人に関する何らかの情報があったらメールする、と言ってくれていたのだが、まだ届いていないということは朗報はないのだ。しかし、恐れている情報もまたないということなのだが――。

紗羅は、現実を受け止めなければならない、と自分に言い聞かせた。連絡がとれなくなってもうすぐ三十四時間になる。絶対におかしい！　もはや事故か事件に巻き込まれた可能性も受け入れざるを得なかった。

しかし紗羅は、強い緊張感を持つんだ、と自分を奮い立たせた。

――とにかくここは紛れもないロシア！　情報機関や治安機関、そして今ではロシアンマフィアたちがあらゆる外交官たちと外国人を監視していることを常に意識しなくてはならない、デンジャラスな街！

筋肉質で小柄な女性の地上係員が、制服の黄色いミニスカートから太腿を晒してガツガツ近づいてきた。ふと周りを見ると座席にいるのは紗羅だけだった。大丈夫か？　と英語で尋ねるその地上係員に、“It's OK!”と紗羅は語気強く言って勢いよく立ち上がった。

ボーディングブリッジへ足を踏み入れると、懐かしい匂いが紗羅の胸を締め付けた。気分が悪くなるほどのクッキーのような匂い、その匂いこそ、極東の街、ウラジオストク――。

しかし、それ以上、わき起こる感情はなかった。頭も体もまだ緊張状態が続いていることを紗羅は自覚した。

パスポートコントロールがやたらに明るかった。人影はほとんどなかった。入国審査官の前に並ぶ乗客もまばらである。その理由はすぐに分かった。ここでの入国審査は、外交官だけでなく、一般人に対しても寛大に見えた。税関フロアーでも人の流れは実にスムーズだった。しかも、ロシア人にしては珍しく、空港スタッフたちの人当たりもいい。

カーゴを引っ張ってきて勧めたり、到着ロビーへの出口を笑顔で何度も説明したりしている。紗羅は、三ヶ月前、隼人が公電で報告してきた内容を思い出した。大統領直々の肝煎りで始められた沿海州政府による観光強化策が、ここに垣間見えるような気がした。

到着ロビーに辿り着くと、紗羅は、その顔をすぐに見つけた。副領事の和田とは初対面である。ウラジオストクの総領事館に配属された者たちの人事ファイルと顔写真は、多岐川が手配してくれた資料の中にあったので、和田副領事をすぐに見つけることができた。

背筋がピンと伸びた精悍(せいかん)な雰囲気の男だった。髪を短く刈り、無精髭もなく清潔感に溢れている。

「雪村さん、お疲れさまです。副領事の和田でございます」

駆け寄ってきた和田は、両手をグーにして一度直立してから、頭を下げて挨拶した。

「ありがとうございます」

紗羅は眩しく和田を見つめた。彼のその潑剌とした雰囲気は、寝不足の心と体には刺激が強すぎると思った。実際、頭がくらくらした。

「サラ、そう呼んでください」

「はっ……」

和田は緊張気味に応えた。

「今日は、特に霧が酷くて、市街地までちょっと時間がかかるかもしれません」

和田はそう続けて、紗羅が引いていたキャリーバッグを強引に奪うと、先に立って大股で歩きだした。そのまっすぐに伸びた背中が、かつて副領事を務めていた自分の姿と二重写しとなった。あの中途半端に生意気で、希望だけに酔い痴れていた自分も、こうやって背筋を伸ばして、初の在外公館に着任した——。

人事ファイルにあった和田の経歴には、航空自衛隊からの出向者と記されていた。2等空佐という幹部だった。だから姿勢がいいのは当然かもしれないが、あの頃の自分は、もっと偉そうに胸を張っていた、と思った。ウラジオストクの極東国立総合大学で二年間のロシア語の研修を終え、ウラジオストクの総領事館への発令人事を受けた紗羅は、文字通り、夢を抱いてここへやってきた。何しろ、外交官としての本格的なデビューがこの地だったからだ。

胸を張っていた——その姿を紗羅は今でもよく覚えている。自分は外交官だ、というプライドがそうさせたことも。そしてそこに、隼人との運命の出会いが二年後に待っているとはまだ想像もしていなかったが——。

到着ターミナルの出口を出ると、紗羅は、ふうっと大きく息を吐き出した。

すでに周りは暗かったが、懐かしい光景が目の前にあった。

憎たらしいまでの霧だった。

目の前の視界がほとんどないほど霧に包まれていた。

それも渦を巻いたように霧の粒子が舞って、ごぉーっという音さえ聞こえそうだった。

紗羅はそっと片手を差し出した。

——指が消えていく……。

霧の粒子の中に指が溶けてゆく錯覚に陥った。

そして次の瞬間、紗羅は思わず声を上げた。

冷たい風が頬を突き刺したからだ。

紗羅は激しく自分を罵った。

——神が忘れたもうた街
かつてここに住んでいた時、ロシア人の誰かがそう言っていたことを思い出した。

ロシア人たちが〝バラライカ〟と呼ぶウォッカと同じ名称のファーの耳当て付きロシア帽を被っているので、頭の寒さは凌げている。前の勤務時に使っていたものだが重宝した。首は、オレンジの毛糸のマフラーをフード巻きにしているお陰で冷気が入り込むのを遮断していた。厚手のコートもまたウラジオストクで買い求めたもので、防弾チョッキを羽織っていると錯覚しそうな重さだが、暖かい空気を完全に閉じ込めてくれていた。

しかし、顔だけは無防備で、寒さにヒリヒリした。バッグに入れたはずの手袋も見つからず、悲鳴をあげたいほど指が強烈に痛かった。

寒さに思わず声をあげたことを和田に聞かれたかどうか気になった紗羅は、先に立って歩きだした。

しばらく歩くと紗羅は実感した。

この刃物で身を切られるような寒さを体が覚えていた。

二年ぶりのウラジオストクだった。だが、体はまだ少し順応できていなかった。

空港ターミナルビルが霞むほどの雪が舞っていた。珍しい、と思った。この街ではあまり雪は降らないはず。実際、ここに住んでいた五年間でも数えるほどしか見たことがなかった。

しかし、降り始めた雪は永遠に止みそうにないような気がした。

視界も酷く悪かった。紗羅には、その雪の色が白くは見えなかった。この街とともに〝生きている〟銀色の霧の一部のように思えた。吹雪の中に埋もれている、外交官ナンバーを付けたトヨタの黒いRAV4(ラブフォー)が見えた。

車に向かう途中で足が止まった。紗羅は思わず立ち尽くした。

ハッとして、片手でコートの胸のあたりを握り締めた。この肌を刺すような寒さ、この匂い、この光景――。

あの頃の光景が洪水の如く頭の中に溢れ返った。

夫と同じくウラジオストクの総領事館に勤務していた時、東京へ出張した帰りには決まって、笑顔の隼人が、いつもウラジオストク国際空港に迎えに来てくれた。駐車場に向かいながら、寒さから守るように、無言のまま肩を抱いてくれた隼人。その力は逞(たくま)しく、そして頼もしかった。微笑(ほほえ)んで仰ぎ見る私に、隼人もまた笑顔で私の顔を覗き込んだ――。

和田が運転するRAV4が銀色の闇を突き進む。景色は霧でほとんど見えないが、儚げなネオンが流れてゆく。だが東京のそれと比べようもなく、暗く延びる道に、重く沈んだ心がより一層、暗闇へ引き摺り込まれるような気がした。

突然、霧の中に、隼人が立っているのが見えた。慌ててリアウインドウを振り返った。笑顔を見せた隼人は、手を振ったあと、踵を返し、霧の中へ歩いてゆく。そしてその姿は霧の奥へと――。

「この冬は、この霧も、寒さも格別です」

和田が言った。

「まったくね！」

慣れているはずの霧なのに、なぜか激しく苛立った。しかし、その思いも、今こうしてすぐに車に乗れたことに対する感謝に変わった。紗羅は、あらためて多岐川の配慮に感謝する思いだった。総領事館に対して、CC‐GGレベルの便宜供与を要請してくれたお陰で、車での出迎えとなった。CC‐GGは本来、課長クラス以上に対する便宜供与を意味するが、精神的にも大変だろう、と多岐川が気遣ってくれたのである。

紗羅は、パンツのポケットから官用スマートフォンを急いで取り出すと、パンツのループにカラビナで引っかけたストラップを伸ばしながらスカイプ画面を立ち上げた。

「ホテル・ヒュンダイでよろしいですね？」

そう訊いた和田が、アクセルを踏み込む重い音がした。

スマートフォンをバッグに戻した紗羅は、ため息を堪えながら言った。

「わがままを言って本当に申し訳ありませんが、先にアパートへ行って頂けませんか？」

「アパート？」

ルームミラーから和田が驚きの顔を向けた。

「そう、雪村副領事の――」

後部座席から慎重に雪の中に降り立った紗羅は、目深に被っていたロシア帽を少しだけ上げて八階建てのレンガ造りのアパートを見上げた。降りしきる雪は、しばらくこうしているだけでも顔に積もるほどの勢いだ。

すぅーと、鼻で息を吸い込んだ。

冷気で鼻の粘膜が痛い――。紗羅はこの街の匂いを思い出した。

石炭を高温で乾溜したコークスが燃える匂いだ。この辺りは、いわゆるアップタウンなので、多くの家に木炭ストーブが備わっている。

紗羅は胸が締め付けられた。紗羅にとってあまりにも懐かしい匂いだった。この匂いにまみれ、隼人との短い新婚生活はここで始まったのである。

目の前のアパートの玄関から今にも、隼人が出てきそうだった。久しぶりじゃんって、彼がいつものようにおどけて駆け寄ってくるような気がした。

紗羅は、ゆっくりと辺りを見回した。

まだ、午後九時にもなっていないというのに、渦を巻く霧の中に街がひっそりと眠っている、そんな風に思えた。

オレンジ色の街灯の明かりが僅かに滲んで見える。この静けさは、霧のせいだけではない。ウラジオストクのこの寒さが、何もかも周囲の音さえも凍らせてしまうことを思い出した。

振り返った紗羅は、アパートの閉ざされた重厚な鉄の扉の玄関を見つめた。

腹に力を入れた紗羅は、まず一歩、雪の中へ踏み出した。

この一歩が、隼人の元へ繋がると紗羅は確信した。

雪が積もった短い階段を上った紗羅が、二重になった玄関のドアロックを合鍵で解錠した時、後ろから和田がやってきた。

「昨日、私が最初に来ました」

紗羅は驚いた表情で和田を振り向いた。

「ご面倒をおかけしてすみません」

小さな声で礼を言った紗羅は、和田に導かれるままに、彼が開けてくれたドアをくぐった。

そして、その先の二つ目のドア横にあるテンキーボックスに、もちろん忘れていない四桁の数字を入力した。

甲高い音に続いて、鈍い金属音がした。

和田が押し開いてくれたドアが後ろで閉まると、いきなり闇に襲われた。すぐにパチパチと自動的に照明が点灯し、一瞬のうちに辺りは明るくなった。

がらんとした殺風景なエントランスは、昔のままだった。

日本なら、管理会社が気を利かせて観葉植物でも置くところだ。だが、コンクリート打ちっぱなしの床には、塗装職人が忘れていったのか、汚れた雑巾がだらしなくかけられた大きなブリキの缶が幾つも無造作に置かれているだけだった。

紗羅は、真っ先にレターボックスのコーナーへと足を向けた。

ダイヤル式の鍵を開けると、二通の郵便物がぽつんとあった。

ある種の期待と恐れとがない交ぜになりながら紗羅は手に取った。

紗羅はすぐに小さく息を吐き出した。

〝冬の特選メニュー〟とあるレストランの案内状と、定期購読しているドイツのニュース週刊誌「シュピーゲル」の最新号だった。

それら二つの郵便物を脇に抱えた紗羅は、エレベータへ向かった。

エレベータのドアが閉まると和田が口を開いた。

「申し訳ございません。管理人に言って、ご主人の部屋に入らせて頂きました。次席の指示でありましたので――」

「いえ、こちらこそ、本当にご面倒をおかけしております」

エレベータの中に立ち籠めた重苦しい空気に紗羅は身を固くした。

それを払拭したく、紗羅は笑顔を作ってみせた。

「もう、本当に手が焼けるわね。プツンとどっかが切れて、ふらっとどこかへ出かけちゃったのよね、きっと」

そうは言ってみたものの、彼に限って絶対そんなことはあり得ない、と頭の中で完全に打ち消した。

しかし、その先にある、現実的な思いを立ち上げることは、少なくとも今は、必死に押し止めた。

「ご心中、お察しいたします」

和田が神妙に言った。

突然、紗羅は胸が詰まった。しかしその動揺を知られたくなかった紗羅は和田に背を向けたまま「ありがとうございます」と小さく応えた。

エレベータから降りた紗羅は、そこから先は、無意識のうちに進み、気がつくと隼人の部屋のドアの前に立っていた。

別の合鍵でドアを開けた時、紗羅は大きく息を吸った。

体が覚えている香りがした。

紗羅は玄関に立ち尽くして目をつぶった。頭の中を、たった半年間の新婚生活での様々な映像が流れてゆく。

安いワインを飲みすぎて床を転がり回って笑い転げた二人、母が送ってくれた貴重な焼き海苔を使って月に一度の贅沢だった二人だけの手巻き寿司パーティー、でも彼は上手く巻けず、最後は、ネタにした白身の魚――スポーツ湾の北の端にある海沿いの魚市場で売っていた聞いたこともない名前の魚――とご飯とを別々に口の中に放り込んだ……。

紗羅は、ハッとして目を見開いた。

リビングの中を、紗羅はぐるっと見回した。

二年以上前の新婚時代の様子とほとんど変わっていないことに紗羅は安堵した。実は、それがまず心配だった。もし変わっていたとすれば、自分の知らない彼が存在し、そこから先は自分の手の届かないところへ行きそうで、内心恐れていた。几帳面な彼らしく、余計なものは何もなかった。つまり、脱ぎっぱなしの靴下がソファーの上にあるとか、飲みかけのコーヒーカップやビールグラスがテーブルに置きっぱなしになっているとかいうことはなく、読みかけでラックに戻っていない雑誌や新聞もいつもの通りなかった。本棚にも、フィットネスやフィッシング関連の雑誌のほか、いろいろな種類の地図が整然と並んでいた。

テレビの前に敷かれたカーペットに至っては位置さえ乱れておらず、エアコンとテレビのリモコンにしてもサイドテーブルの上にまっすぐ並べて置かれていた。

振り返ると、和田が玄関に姿勢よく立っていた。

「まったく手を触れておりません」

背後で和田が慌てて言った。

「ありがとうございます」

紗羅はそう応えた。言ってから後悔した。もっとマシなことが言えなかったのかと。

キッチンに入ると、シンクにも何もない。テーブル拭きもいつもの通り、洗って絞ったまま、食洗機の傍らに置かれている。その食洗機には何も入っておらず、冷蔵庫を見ると、皿に盛られてラップがかかったスモークサーモンや、作りすぎたのか鍋に入ったままラップをかけた味噌汁など、多くの食べ残しや生鮮食料品があった。

紗羅は、それにもまた安心した。

万が一のことがあって――実際、想像もしていないことだが――もし自殺でもしたのなら、身の回りのものを片づけてから、と考えるのが普通だろう、と思っていたからだ。

紗羅は最後にその部屋に向かった。オーディオ系の機器が置かれているその部屋を、彼は〝極東テアトル〟と呼んでいた。結婚前、一時帰国の時、ネット通販で安く手に入れることができたと喜んでいた、スタンド付きのビニールの映写スクリーンと液晶プロジェクター。

日本から取り寄せたDVDの映画を二人で観るのを楽しみにしていた。でもその楽しみが叶えられることはなかった。総領事館の休日は土曜、日曜と決められていたが、ほとんどは日本からのゲストを、公式行事を終えたあと観光地に連れてゆく便宜供与や接遇に潰されてしまったからだ。特に野党の議員ほど横柄で、総領事館のスタッフに対し、車やホテルのドアマンとしての役割さえ要求した。隼人が偉いと思ったのは、そこから先だ。帰宅しても、愚痴をこぼしたり、不満をぶちまけたりすることはなかった。しかし、そんな彼の姿に、紗羅は思い余って、気持ちを解放したらどう？　と言ったことがあった。隼人は、〝傅くってさ、Mの血がわいてきて結構、快感だよ〟と笑い飛ばすだけだった。

〝極東テアトル〟にも何も気になるものはなかった。

紗羅は腕時計を見つめた。時間をとりすぎたことを後悔した。部屋を立ち去ろうとした時、紗羅はふと足を止めた。何気なくそこへ視線をやった。

――気にしすぎか。

ため息をつきながら立ち上がった。

和田に詫びてから玄関へ急いだ。パンプスに足を入れようとした、その時だった。どこかの部屋の、どこかの映像の中で、何かが引っかかってる、そんな気がした。記憶の中から見つけ出そうとしたが無理だ、と分かった。

ドアが閉まった時、和田が何かを言いかけて止めたような気がした。

「何か？」

紗羅が訊いた。

しかし、和田は何も応えず車に向かって先に、歩いていった。

車に乗り込んだ紗羅は、それにしても、と再びそのことに拘った。

紗羅が怪訝な表情を和田の背中に送った時、紗羅は、そのことに気づいてハッとした。部屋に入ってからというもの、何か、違和感があったが、気づかずにいたのだ。

紗羅は、慌てて、バッグから再び鍵を取り出すと、急いで部屋に戻った。

紗羅が向かったのは、隼人の書斎だった。

――やっぱりない！

そこにはパソコンの類が一台もなかった。


「館には、もう誰もおりませんが……」

そう言って和田は腕時計へちらっと目をやった。

確かに午後九時過ぎだから、普通ならば、総領事館で残業しているスタッフはいるはずもない。しかし、今日に限っては、一人残っているはずだった。

「すみません、次席とお約束していまして――」

紗羅がそう言うと、和田は「了解しました」と力強く言って車を発進させた。

運転しながら、和田は、ルームミラーで何度も紗羅をちらちらと見た。紗羅はそのことに気づいたが、思考は別にあった。自宅に一台のパソコンもなかったことがやはり気になった。隼人が持ち出したのだろうか？　しかし、少なくとも二台のパソコンがあったはずである。しかも一台は大きなデスクトップだったし、なぜそれまでも運ばなければならなかったのか――。

考えはまとまらなかった。ため息をつきながら、紗羅は視線をフロントガラスに向けた。

中心街へと延びる、片側三車線の広い道路の先、右側の丘の上に、茶色い屋根の建物が見えてきた。忘れるはずもなかった。クマの肉を出してくれるレストラン。孔雀が遊ぶ檻の脇にある入り口を入ると、いきなり、大きなクマの剝製が壁に掲げられている。何度か隼人と行ったが、クマの肉は結局、一度も食べたことはなかった。ローカルスタッフから、クマの肉には細菌が多く、決して口にしてはならない、と何度も忠告されていたからだ。でも、その他の鶏肉料理にしても、スープにしても実に美味しかった。コニャックを一気飲みして酔っ払い、レストランの中央にあるダンスフロアー――ウラジオストクのレストランではダンンスフロアー付きの店が本当に多かった——で、チークダンスを恥ずかしげもなく隼人と踊ったものだった。

フロントガラスの先に、ウラジオストクの駅につながる一本道が見えた。

隼人とはウラジオストクのいろんなところへ行ったわ、と紗羅は思い出した。シベリア鉄道のウラジオストク最終駅の橋の上から、遥か北へ延びる線路を見下ろしながら、これが本当に、九千三百キロも離れたモスクワへ通じているのか不思議で、じゃあ確かめに行ってみよう、と隼人が言って、金角湾沿いの道を一緒に走った。メインストリートのスヴェトランスカヤ通りに新しくできたカフェでしこたま酔っ払って日本の童謡を歌ったり、ヨーロッパの街がそのまま引っ越してきたような白亜の建物が並び、噴水が心を和ませるアドミララ・フォーキナー通りを肩を寄せ合って歩いたり、その近くにある日本料理店の窓から、ロシアの対外情報庁（SVR）の支局が入るくすんだ茶色のビルを覗き見たりするなど、外交官としてはあるまじき行為に及んだことも、楽しい思い出だった。

そして二年前、紗羅の方が先に外務本省へ戻る発令がなされた時、紗羅はもちろん平常心で受け止めたが、内心ではやはり考え込むこととなった。外務省内の〝社内結婚〟をした者たちはみんな同じ思いを抱き、辛抱していることは頭では分かっていた。だが、やはり現実となると、一人になった時は決まって沈み込むようになった。そんな紗羅を励ましてくれたのは隼人だった。いつもの軽口で彼は言ってのけた。

〝今度、サラが受けた発令の、外務本省の軍備管理軍縮課の非核化協力支援班ってさ、オレとずっとやってきた仕事の延長線上にあるからラッキーじゃん。それにさ、ぶっちゃけ、そんなに注目されるところじゃないからさ、まずそこでちゃんと仕事をやっておいて、溢れる正義感は上手く転がしてさ、その間に、秀でている部分を作っておいて、それで、次こそサラが希望している国際協力やアジアを希望すればいいじゃん――〟

その言葉がどれだけ励ましと勇気となったか、今でも忘れ得ぬ記憶だった。

紗羅の帰国が近づいた時、ウラジオストクから約八十キロほど離れた、数少ないリゾート地であるスティクリャヌーハ村へ出かけたことも、また決して忘れることができない思い出だった。ロシアでは高級官僚や政治家、また軍幹部など、ごく限られた者しか持てないダーチャ（別荘）体験ができたのだ。満天の星をベッドから二人で見つめながら時間を忘れて愛し合った記憶は今でも心をざわめかす。互いに仕事を続けるのなら、外務本省の〝温情〟から外れ、ほとんどが別居生活を送ることになるとお互いに知っていた。二人は、ベッドの中でずっと心と肉体が互いの存在で埋め尽くされたままであることをあらためて確信することができた。

紗羅は窓外へ視線を戻した。目に入ったのは、霧の中で静かに広がるウラジオストクの街並みだった。そして間もなく見えてきたのは、紗羅がかつてここに住んでいた頃にはなかった、ピョートル大帝湾へと注ぐ、広大な金角湾を跨ぐ巨大なアーチでつり下げられた黄金橋――。この巨大な橋は街の風景を一変させていた。新しい観光名所ということなのだろうが、紗羅にしてみれば、日本の京都駅の巨大な駅ビルのように、周りの景観をぶち壊す、無用の長物に思えた。

街の中心部に入って、懐かしいピンク色の看板のスタデュオ・カフェに気づいてリアウインドウを振り向いた紗羅の脳裏に、突然、その言葉が浮かんだ。

――この街のどこかに、彼はいる。

シベリア鉄道のウラジオストク最終駅の駅舎を右に見ながら、線路に沿って、ヴェルフネポルトヴァヤ通りを進み、左手には金角湾が見えるはず、と想像していると、車が停まった。和田が慌てて出ようとするのを紗羅は押し止めた。

紗羅が自分で車のドアを開けて、足を一歩踏み出した時だった。ナイフで刺されるような、金角湾の方向からの風が頬を襲った。寒さが鋭いナイフのような結晶となって皮膚に突き刺さる思いだった。

二年という空白は、この厳しい環境を体から忘れさせていた。コートの襟を立てて思わず、身を震わせた。だが、金角湾の潮の香りだけは懐かしかった。

紗羅は急いで振り返った。立ち籠めた霧は、辺りをほとんど色彩のない空間に変えていた。何しろ、一メートル先も見えないのだ。

紗羅にしても、かつて五年間もウラジオストクにいたが、これほどの濃い霧は初めてで、まったく面食らった。

日本総領事館以外にも数ヶ国の総領事館が入居するビルは、目の前にあるはずである。だがオレンジと白にデザインされ、丸屋根がある特徴的な陰影さえ目に入らない。

紗羅は慌てて首を回した。前後左右がまったく分からない。今、降りた車さえ見つけられない。和田の姿も完全に見失ってしまった。

「サラさん――」

その声の方向へ視線を向けたが何も見えない。

突然、腕を摑まれた。強い力でそのまま連れていかれた。

何度か転びそうになったが、「大丈夫ですか?」と優しい声が聞こえ、その度に、「ええ」と紗羅は短く答えた。

目の前に、急にドアが見えた。紗羅は驚いて足を止めた。もう少しで、額をドアガラスにぶつけるところだった。

「今、セキュリティシステムを解除します」

霧の中から出現した和田が、紗羅の前に潜り込み、ビルの玄関ドアを開けてくれた。

二重ドアの奥にあるドアを和田がさらに押し開いた時、やっと視界が開けた。とは言っても、ビルの中は薄暗く、暖房も切れている。二年ぶりだという感慨はなかった。勝手知ったる我が家のように、暗い空間を突き進んで右手の通路の奥まで歩き、そこにあるエレベータで四階に上がった。

エレベータを降りると、煌々たる照明が暗い通路にもれている、在ウラジオストク日本総領事館の出入り口のドアがあった。

そこに立つ民間警備員は、不満な顔を隠さなかった。あんたのために突然の残業を強いられているのだという風に、突き刺すように紗羅を見つめた。首から提げた身分証明書を掲げた和田に、ぞんざいに顎をしゃくって中に入ることを許可した。

和田が先に立って、重たい木製のドアを開け、紗羅を中に入れた。

総領事館の中も照明が落とされている。小さなダウンライトと記憶だけを頼りに通路を進んだ。目指す部屋は、曲がりくねった通路の一番奥の右側にあった。反対側の扉には、〈CONSUL GENERAL〉と印字されたプレートが貼り付けられている。総領事の部屋の位置も前のままだった。

和田がノックすると、押し殺した声が聞こえた。

紗羅の体に反射的に緊張が走った。自然と背筋が伸びた。慌てて上着の糸くずをつまみ上げたのも無意識の動きだった。

部屋に入った紗羅は、飛行機の中で考え抜いてきた言葉を慎重に思い出した。言葉を間違えると、それだけで怒鳴りつけられそうだと思った。特に、今回の訪問では、それが容易に想像できた。

執務机から立ち上がった総領事館のナンバー2である次席の奈良岡は、黙ったまま、身振りだけで執務机の前の椅子に座るよう、紗羅に促した。まるで部下のようなあしらいに紗羅は一瞬引っかかったが、今更、と苛立ちを呑み込んだ。

紗羅が想像していた通り、目の前に座った奈良岡に笑みはなかった。眉間に皺を寄せたままだった。二年前と同じように。

紗羅が最初に思ったのは、歳をとったな、ということだった。痩身のままだし、目力も強いままである。ただ、髪は多い方だったのが、さすがにあの頃よりは生え際が後退している。ほうれい線も鮮明で、頰の肉が垂れ下がっている。首の皮膚も張りがなくゴツゴツしていた。

紗羅にとっては、ロシアンスクールの先輩であるが、五年後に定年退官を予定している奈良岡にとって、総領事館をあと一年こなせば、残りの外交官人生は、アフリカ大陸のどこかの大使を幾つか兼任するというのがもっぱらの噂だった。奈良岡も、そんな歳になったのだ。しかし眼球だけは変わらずギラギラしている。性急な雰囲気も変わっていない。そしていつも怒っているかのような、顔を顰めた表情も二年前のままだった。

奈良岡は、紗羅にとって最も信頼すべき多岐川の対極にいる一人だった。

総領事館に勤務していた頃、紗羅には実に厳しかった。罵詈雑言を浴びせられたことは枚挙にいとまがない。自分に向けられた笑顔など、思い出そうにも思い浮かばないほどである。余計な笑顔を見せない、まさにロシア人そのものね、と思ったこともある。また曖昧さがなく、常に両極端である点も、まさにロシア人だった。だがそれらはすべて、常に冷静を装うしかないことの裏返しであると紗羅は見抜いていた。

しかも、総領事館の誰に対しても細かい監視の目を向けており、顔色が少しでも変わっていれば、声をかけてくる。その口調はもちろんぞんざいで、プライベートな事柄にもずけずけ立ち入ってくることも紗羅は知っていた。

紗羅の仕事にも当然、いつもケチをつけられた。ウラジオストクの街にも少し慣れてきて、沿海州政府にも知り合いが増えてきた頃のことだ。その筋から、ウラジオストクから近い、北朝鮮と国境を接している幾つかの行政区で、北朝鮮からの人の流れが急増しているという情報を入手した。そこへ行って聞き取りをしたら、北朝鮮の国内情勢が、地域課の視点以外から多角的に分析できるはずだ、と具申した。しかし、奈良岡はあっさりと一蹴した。「そんな情報など必要ない。誰も欲しがっていない。余計なことをするな」とぼろくそに言われたのである。外務省という役所は、一般的に海外赴任が多いので、そのタイミングと結婚のことをナーバスに考える傾向にはある。しかし奈良岡のそれは実にネチネチしたもので、ストレス性と思われる皮膚炎がしばらく消えなかったほどだった。

だから、今、一番話をしたくない相手こそ、実は奈良岡だったのである。

紗羅はぎこちなく頭を下げて、緊張しながらやっと口を開いた。

「ご無沙汰しております」

しかしその声は掠(かす)れた。

「挨拶は抜きだ」

そう言って奈良岡は身を乗り出した。

想像はしていたが、かつて見たことのないような険悪な表情で奈良岡は紗羅を見据えていた。

そりゃそうだろう、と紗羅は想像した。かつての部下——今でも相当な後輩である、私のような、しかも外務本省からやってきた女に、聴取をされるようなことは我慢ならないのだろう。

だが紗羅は、そのことに配慮するつもりはなかったし、そもそもその余裕もなかった。

「ではさっそくに――。今回のズベズダにおける祝賀レセプションの実務協議につきましては――」

「それは後でいい」奈良岡が遮って続けた。「まず雪村のことだ」

一瞬、紗羅は戸惑ったが、小さく頷いてから口を開いた。

「はい、それにつきましては、大変申し訳ありませんが――」

「余計な言葉はいらない。君に協力するよう本省からすでに指示を受けている」

奈良岡は明らかに苛立っていた。

「じゃあ私からだ。まずクロノロジー（時系列）――」

そう言って奈良岡が、机の端に置いていたクリアーファイルを手に取った。

「一昨日の二月十二日、雪村隼人が総領事館を出たのが午後十一時過ぎ。仕事を手伝っていた和田――今日、君を迎えに行った航空自衛隊の男だ――の証言だ。雪村は、総領事館の前で、和田に対し、疲れたから早く寝る、と言って、いつもの通り、自家用車で総領事館を後にした。その時、特に変わった様子はなかった、と和田は証言している。そして――」

奈良岡はファイルを捲（めく）った。いきなり説明を始めたので、紗羅は慌ててビジネスバッグから大学ノートを取り出した。

「――明けて、昨日の二月十三日、雪村は、出勤時間の午前九時を過ぎ、午前十一時になっても現れなかった。そこで和田が、まず雪村のスマートフォンに電話した」

紗羅が準備を整えるのも待たずに奈良岡は続けた。

「だが電話は繋がらない。和田がアパートの固定電話にもかけたがこれもまた出ない。その結果、和田が私に報告してきた。その時刻は、午前十一時五分――」

「次席はどのようにご判断を？」

「雪村が遅刻することは今までなかった。君がよく知っている通り、融通が利かないほどの几帳面さがある彼は自分にも厳しい。ゆえに尋常ではないと判断した」

紗羅は頷いた。

「しかしそれでも彼も人の子だ。飲みすぎて、ということもあるだろう。最初はそう思った。だから、健康問題で倒れているか、または爆睡していることも考えられるので、和田を雪村のアパートへ行かせた」

「爆睡？」

「私が、欧州のある国の在外公館で副領事をやっていた、十五年くらい前のことだ。筆頭の副領事が、朝出勤してこず、アパートの電話にも出ない。館員がアパートに出向いたが何度チャイムを鳴らしても応答がないことで騒ぎになった。ついには密かに官邸にまで報告された。しかし結末はお粗末なものだった。その国を訪問する外務大臣の接遇対応のため、不眠不休で準備をしていたその副領事は、ずっと自室にいた。まる二日間、チャイムの音にも気づかず寝続けていた。今回も、ここ数週間のことを思い出すと、その時と同じように、雪村を働かせすぎた、と思った――」

紗羅は違和感を抱いた。奈良岡の声は、今まで感じたことがないような、あまりにも無機質で平板な響きであった。

「――和田によれば、午前十一時十五分にここを出て、午前十一時五十分、雪村のアパートに着。それから、三十分間、インターフォンを鳴らし続けた。で、結局、オーナー兼管理人が同じアパートの一階に住んでいることが分かり、和田がその人物と交渉の末――もちろん総領事館のローカルスタッフの通訳を介してのことだが――マスターキーによって雪村の部屋を開けてもらった――」

奈良岡の言葉はやはり、コンピュータで作ったような機械的な響きだった。だが、引っかかったのはそれだけではなかった。

――ローカルスタッフの手を借りた？　隼人の件は、やはり総領事館じゅうに広まっているということだ。

ならば、ローカルスタッフから、FSB、SVR、ロシア太平洋艦隊軍事防諜局などのロシアの〝機関〟に隼人の件が流れていることは間違いない、と思った。ローカルスタッフのすべてがロシアの〝機関〟と関係があると疑っているわけではない。しかし、外国の在外公館で働くそういった者たちを機関が指を銜えて放っておくわけがないことも間違いないはずだった。

「――そして午後一時十分、和田は部屋に入り、雪村が部屋にいないことを確認。部屋が荒らされたような形跡もない。駐車場には、雪村名義の車、トヨタのマークXが残されていた。午後一時十五分、和田が電話で私に報告。そして私が総領事にご説明申し上げた時間は午後一時二十分。総領事は昨日、一日、様子を見ましょう、とご判断された。だが、まる一日半経った現在、雪村とは連絡がついていない。以上だ」

最後まで奈良岡の言葉はあまりにも単調だった。

紗羅がようやくそのタイミングを見つけた。

「次席は、何かお気づきになられたことはございませんか？」

逆質問されたことが気に障ったのか、奈良岡は唇を曲げて頭を振った。

「雪村が出勤してこなくなった二、三日前の様子はいかがでしたでしょうか？」

紗羅は急いで訊いた。だが、所在不明という言葉はここに至っても、自分の口から出すのを拒絶していた。

「気づいたことはない」

奈良岡は吐き捨てるようにそう言ってさらに続けた。

「それに、本省からの指示によって、公式、非公式のいずれも、地元治安関係機関との接触は行っていない。ただ、ニュースなどを見ている限りでは、今のところ、それらしいことは入っていない」

奈良岡のその口調に、どこか他人事のような響きを感じた紗羅は怒りがこみ上げた。

「私が最も気になることは」奈良岡が続けた。「君も分かっている通り、今日がどういう日か、彼が知らなかったはずはない、そのことだ」

紗羅は深く頷いた。ただ、それに付け足すなら、私たちにとってこそ重要なイベントだった、という言葉を紗羅はもちろん呑み込んだ。奈良岡は知る由もない。隼人との二人の原点はズベズダにあった、いや、原点だけじゃない、二人のすべてがそこにあったということを——。だからその祝賀レセプションは、二人で祝うものであり、私たち夫婦にとっても重要な行事である。二人のすべてがズベズダにあるからだ。二人が出会い、愛し合い、そして一緒に生活した、そのすべてが詰まったズベズダ事業——。

冷戦時代、旧ソ連は数百隻にのぼる原子力潜水艦を建造していた。だが、冷戦後、アメリカとSTART-I（第一次戦略兵器削減条約）、START-II（第二次戦略兵器削減条約）を締結。両国は核兵器を減らしていく方向で合意。アメリカ同様、原子力潜水艦の巨額な維持費に苦労していた当時のソ連政府は、多くの弾道ミサイル搭載原子力潜水艦を〝退役〟と指定して最前線から引きはがし、解体作業を行うこととなった。

しかし、ソ連が崩壊した混乱や予算難で、多くの〝退役〟させた原子力潜水艦の解体作業が停滞。〝軍艦の墓場〟とまで呼ばれている、小さな入り江で、海水に半分浸かったまま雨ざらしにされたりしてしまったのである。そしてその原子力潜水艦の原子炉区画には、核物質のプルトニウムが残ったままとなった。しかも警備らしい警備はまったくない。そのまま放っておけば、悪意を持った者たちが略奪し、テロリストへ密売する危険があり、ダーティーボム（汚い爆弾＝放射性核物質拡散爆弾）が世界的な脅威となった。また、船体が腐蝕して放射能が海に流出でもすれば、その汚染は日本の水産資源に深刻な打撃を与える可能性もあった。それらを阻止するために、原子力潜水艦を安全に解体して廃棄し、核物質が残った原子炉区画だけを安全に管理するため、日本がその費用の一部を立て替える日ロ合弁事業が立ち上がったのである。

その解体事業は、ウラジオストクから直線距離で四十キロ離れた、ボリショイ・カーメニ市にあるズベズダという街にあるロシア連邦軍所有の原子力潜水艦修理工場で開始され、事業名はそのズベズダ――ロシア語で「星」の意味――の名をとって「ズベズダ事業」と命名することを日本とロシアの政府が合意したのだった。

そのズベズダ事業の日本側の管理をすべてやっていたのが、ウラジオストク総領事館の副領事で、紗羅の夫の雪村隼人だった。予定通り進行しているか、日本国民の税金たる支援資金は不正なく運用されているかの管理を行うのが主な業務だった――。

「次席は、さきほどお心当たりはないと仰いましたが、私生活においてもそうですか？」

「私生活？」

奈良岡は眉を上げた。

「お気遣いはご無用です」

「雪村に女がいたかどうか、そのことか？」

奈良岡は紗羅を見つめた。

遠慮もなくそう言える奈良岡の不躾さが今の紗羅には必要だった。

「実際のところを、ご存じの範囲で教えてください」

その言葉が口から出たのは、紗羅自身、思ってもみないことだった。隼人の女性関係を疑うことなど微塵もなかったからだ。

「私生活までは知らない」

女性関係などないはずだ、と完全に信じていたが、奈良岡の微妙な言葉に微かな不安が頭をもたげた。

「では、館員の皆さんから、お話をお伺いする準備を始めます」

そう言い放った紗羅に、奈良岡が「待て」と制した。

「君には同情する。だが、館員たちはそれぞれの業務に忙しく、聴取に対応できる状態ではない」

紗羅は訝(いぶか)った。なぜ、奈良岡は、分かりやすいほどに非協力的な態度を露わにするのだろうか。

「館員にいたずらに触るな」

それにもまた紗羅は驚いた。つまり、奈良岡の言い方は、隼人の調査については手を引け、と言ったも同じだ、と紗羅は心の中で身構えた。

だが、その理由を詮索している余裕はなかった。奈良岡を、〝敵〟としてあらためて認識できたことだけで十分だった。

紗羅は、まだ奈良岡と詰める必要があることがあった。

「ところで、ズベズダの祝賀レセプションに向けてのミーティングの件ですが――」

「延期だ」

奈良岡が言い放った。

「延期？」

「分かりきった話だ。仕切っていた雪村がいない以上、祝賀レセプションそのものが成り立たない」

紗羅はさらに、奈良岡の考えを知る努力をしようとした。

「つまり、君がここにいてできることは何もない。そういうことだ」奈良岡が最後通牒のように言った。

「心配しているのは我々も同じだ。だが、雪村の件は、とにかく待つことだ。テロ組織による拉致や誘拐というのも可能性としては否定できない以上、君は動き回るな」

紗羅はそれについても反応しなかった。

「ホテルで待機してろ。雪村について新しい情報があればすぐに伝える」

それもまた黙って受け止めたが、ズベズダに関することは引けなかった。

「ちょっと待ってください！　雪村の件はともかく、本省から私が与えられた指示は、外務政務官の永井先生のたってのご希望ゆえ、予定通り、祝賀レセプションを行えと――」

「バカ言え！」奈良岡が驚いた表情で身を乗り出した。「イスラム過激派による人質事案のお陰で、モスクワの大使館からの応援を得られる気配もない。こんな状況では、ワンハンドレッド・パーセント・アグリーできない。本省はいったい何を考えているんだ」

奈良岡が怒りを必死で堪えていることがその表情から分かった。

その理由について紗羅は想像できた。本省からの指示に、ウラジオストク総領事館のようなちっぽけな在外公館が逆らえるはずもない。その思いは、紗羅自身もかつて何度も経験したことだった。

しかし今回は、そのご威光を十分に使わせてもらおう、と紗羅は思った。とにかくすべての対応において時間がないのだ。

「本省の判断通り、ミーティングはギリギリでも可能です。なんとしても、祝賀レセプションは予定通りにやらせます。何卒、ご理解とご協力のほどをお願い申し上げます」

紗羅は、その言葉を後悔する気はなかった。強引に推し進めて、もし祝賀レセプションが失敗すれば、自分の外交官としての経歴に大きく傷がつくことは分かっている。紗羅は自分でも不思議だった。本当なら、今の紗羅の精神状態はズタズタも同然だった。夫の所在が不明となっているのは、まともに受け止めれば気が狂いそうな事態だ。頭がどうにかなってしまうんじゃないかとも思った。泣き喚いて、すべての気持ちを吐き出したいと頭では思っている。だがそうはならない。それが自分でも不思議なのだ。考えられるのは、全身が極限近くまで緊張していることだ。緊張状態がすべての感情に蓋をしているのかもしれないと思った。

「それでは雪村の執務室を使わせて頂きます」

紗羅のその言葉に、奈良岡は窓を向いたまま何も応えなかった。

一礼して紗羅がドアに向かった時、背中に奈良岡の言葉が投げかけられた。

「雪村の件だが——。真実を知ることが幸せだとは限らない」

「ご忠告ありがとうございます。では、時間もありませんのでさっそく——」

もう一度頭を下げた紗羅は静かに部屋を後にした。


目をつぶってでも行ける——紗羅がそう確信していた通り、かつて知ったこの館の通路を迷うことなく英語名のプレートが掲げられた木製のドアの前まですぐに辿り着いた。

立ち止まった紗羅は思わずため息を引き摺った。

懐かしい木の香りさえ感じた。密かに付き合いだした当初、このドアの前を通過する時、どれだけドキドキしたか、つい今しがたのことのように思い出す。

和田が、まず隼人しか知らないテンキーのロックパターンを消去するための操作を行ってから、新しいテンキーの入力方法を紗羅に伝えた。

「何かあれば、隣の部屋におります。ご遠慮なくお呼びください」

そう言って和田は通路へと姿を消した。

ドアが閉まると紗羅はまず、隼人の執務机の前に急いで座った。

紗羅は、真っ先にそのことに気づいた。

——ここにもパソコンがない!

ただ、外交公電送受信用の端末はある。

しかし、それは、文書の作成には使わないし、もちろんネットにも繋がっていない。実務で使っていたはずのパソコンがここにもないことは、明らかに異様なことだった。

隼人自身が持ち運びだした、と考えるべきだが、紗羅は納得がいかなかった。だが、その答えは見つからない。ただ、隼人の姿が消えたのは、パソコンが消えたことと関係しているはずだ、と紗羅は確信した。

机の上は、彼らしく、きれいに片づけられている。14型の小型の液晶テレビ以外には無駄なものは何もなかった。

机の端にふと目をやった。

紗羅は、思わず声が詰まった。

いつ、どこで写したものだったろうか。すぐには思い出せなかった。机の端に置かれた写真立てに、笑顔で二人が写った写真があった。

しかも一枚ではなかった。ピースをしたり、おどけてガッツポーズをとったり、どうぞ、といった風に片手を伸ばしたり、様々なポーズで紗羅だけが写った写真が、五個の写真立てに収められていた。

隼人から胸を強く摑まれた思いがした。そして心を両手で温かく包まれた思いに浸った。俯いた紗羅は頭を上げることができなかった。もしそうしたら、必死に押し止めてきた思いが溢れ出ると思った。

立ち上がった紗羅は、部屋の中をゆっくりと見回した。

真っ先に目についたのは、四方の壁を占領しているカラーのスナップ写真だった。デジタル一眼レフカメラでの風景撮影が好きだった隼人。紗羅がここにいた時と同じく、写真を飾ることだけは忘れていない。様々な風景写真がある。紗羅は、幾つかの写真に目をやった。彼が特に好んでいたものが幾つもあった。

ウラジオストク南西地区のシュコット半島にある、トカレフスキイ灯台を写したものは、紗羅にとっても特別なものだった。天国へ通じるような最果てを想像させるその場所で、隼人は私にプロポーズした。壮大な景観の中で響いた隼人のあの時の言葉は今でも深く心に刻み込まれている。

しばらく幾つもの写真を漠然と見つめていた紗羅の目が、その写真に留まった。殺風景な風景写真だった。こんな趣味なんてあったかしら、と紗羅は思った。小さな湖を囲む森の風景をただ撮ったものに過ぎないからだ。赤茶けたドアのある貸別荘風の建物が写っていたが、どれも紗羅にはよく分からなかった。

机の左右には、今、目の前にある大きな机の半分ほどのサブデスクがあった。そこには書類が堆(うずたか)く積み上げられている。一番上から取り上げて捲ってみると、ほとんどがズベズダ事業の関連文書と、今回の祝賀レセプションの準備のための細かい覚え書きだった。翻訳されたものと一対になっている。紗羅は、上から数枚を抜き出してみた。隼人が連絡を絶っていることに関連する、何かヒントがないか、それをまず探した。ざっと見ただけだが、準備は順調に進んでいるようである。しかしそもそも、隼人とは頻繁に打合せをしていたので、今更、確認することでもなかった。

紗羅の視線が、リビングに掛けられているカレンダーで止まった。それは沿海州観光局発行のもので、にこやかな表情のロシア人女性たちの写真が並んでいる。カレンダーをめくりながら、自分が今、抱えている強烈な不安の中で、そのことだけは確信がある、と紗羅は思った。ロシアの〝機関〟からのハニートラップには絶対に籠絡していない、という確信だ。

外国情報機関からの、ハニートラップについても隼人は常に真剣に脅威を感じていた。数年前、上海の総領事館で発生したハニートラップ事案。関係を持った中国人の女から脅迫されている、として副領事が首つり自殺したのだ。その事件の教訓から、外国に着任する前の研修において、ハニートラップ対策も加えられるようになった。

しかし、対策といっても、教科書的な対応方法を記した冊子を配布されるほか、一枚のDVDを見せられるだけだった。ただ本格的なドラマ仕立てで、役者もプロ級でかなりのレベルだ、と隼人は感心していた。

DVDのストーリーは、在外公館がローカルスタッフとして雇った現地語の語学教師の女から、日本人外交官が誘われて肉体関係を持つことから始まる。そして数ヶ月後、突然、その女から、困ったことになった——つまり妊娠したと告げられ、しかもその場に、突然見知らぬ現地人の男が現れて、本国にこのスキャンダルをバラされたくなかったら、と協力者になることを強要される。真っ先に要求されるのは、実質秘でもなんでもない、現地の新聞の翻訳文。しかしそれを、諜報接触形態——歩いていてのフラッシュコンタクトや、ベンチの裏に貼り付けるデッドドロップで求められる。まずそこで、危ういことをやっている、との意識を日本人外交官に敢えて植え付ける。次は、在外公館の内線電話表を求めてくる。それもまた実質秘ではないが、初めて内部文書を持ってこさせる点に意味がある。そうなると、もう情報機関のペースだ。罪悪感につけ込む情報機関員によって、そこで初めて、膨大な誓約文書にサインをさせられた挙げ句、徐々に高度な情報、資料を要求され、どつぼにはまっていく――そんなストーリーが流されるのだ。

しかし、その対応についてのアドバイスは、紗羅から見ても唖然とするものだった。

そういう接触があったならば――脅迫されたならば、直属の上司に速やかに相談すること。報告すれば、相手は追及してこない――あまりにも簡単で、楽観的すぎるのだ。

だから、隼人がその研修を受けた時、多くの〝赴任準備組〟の男たちは笑ってそのDVDを観ていたという。他の省庁の〝赴任準備組〟の者たちも、ローカルスタッフなんて、ババアばかりでそんな気分にはなれない、と笑い飛ばしていたらしい。しかし、隼人は真剣に観た、と言っていた。ただ、慌てて、自分がハニートラップに引っかかる可能性があるというわけじゃない、あらゆるリスクと常に向き合うべきことを頭に叩き込んでいたいからだ、と言っていた。だから、ビデオを真剣に観ない者たちを見て、大丈夫なのか、と思ったと隼人は真顔で心配していた。たとえローカルスタッフが若くなかったとしても、そんな関係を持たずとも、ふとした日常会話の中から、極秘事項の端緒を知られる危険があるのに、それをまったく分かっていない、と隼人はいつも言っていた。だからそのDVDを、〝真剣に観たよ。本当に気をつけないとな〟と言っていたこともまた思い出した。

気分を切り替えた紗羅は、もう一度、椅子に座った。そして書類の山に挑んだ。だが、隼人が何らかのトラブルに関係したような記述は見つからなかった。

紗羅は、書類を乱暴に引き寄せ、机に頬杖をつくと大きく息を吐き出した。

紗羅は両腕を重ね合わせ、そこに顔を埋めた。

――やっぱり、事件か事故に……。

紗羅は反射的にドアを振り返った。

廊下から、微かな靴音がしたような気がしたからだ。

その音は、奈良岡や、和田の部屋とは反対方向から聞こえたような気がした。

ドアに近づいた紗羅は、ゆっくりとノブを回した。そっとドアを開けた。

通路の先で、誰かの人影が消えた。

耳を澄ました。だが何も聞こえない――。

その時、奈良岡の部屋の方から和田の声が聞こえた。紗羅は急いでドアを開いた。突然、その方向から和田が姿を見せた。

「どうかされましたか？」

和田が怪訝な表情で訊いた。

「誰かがいたんです！」

和田は目を彷徨わせていた。

「見たんですね？」

紗羅は確信をもって和田に訊いた。

「……奈良岡次席が、紗羅さんの様子を探るような行動を――」

紗羅は暗い通路を走りだした。

和田も、後を追ってきた。

紗羅は、別のドアと廊下で繋がっている査証やパスポートの受付と発給を行う事務室である広いロビーに足を踏み入れた。慌てて四方八方へ視線を向けた。男性トイレにも躊躇わずに飛び込んだ。だが最後には、息を整えながら、事務室カウンター前の待合用ソファーに腰を下ろした。

「奈良岡次席は、私を妨害しようとしている――」

紗羅が押し殺した声で言った。

「確かに……あなたが来られることが決まってから、奈良岡次席の様子が何か妙でした……」

紗羅は黙ったまま和田を見つめた。

「警戒すべきです。サラさん――」

和田のその言葉に、紗羅は小さく頷いたあと、髪をかき上げながら立ち上がった。

「ご用がお済みでしたら、ホテルにお送りします」

和田が気を遣う風に声をかけた。

和田とともに夫の執務室に戻った紗羅は、もう一度、部屋の中を見回してから、大きく息を吸い込んだ。そして、一人頷くと、ビジネスバッグを肩に掛け、キャリーバッグを引きながら通路へと出た。

暗い空間を見つめながら紗羅は、さっき思考が途中で遮られたことを思い出した。

「車、すでに玄関につけていますので」

「ところで、先ほど、アパートを去る時、何かを言いかけてらっしゃいませんでしたか？」

和田は何も応えず、黙ったまま出口へと向かった。

車に乗り込んだ時、官品のスマートフォンが鳴った。ディスプレイへ目をやった時、紗羅の表情が思わず緩んだ。

「進展はないか？」

多岐川の緊張した声が聞こえた。

「ズベズダには明日、訪問しようと思っていますのでその時――」

「そうじゃない」多岐川が遮った。「雪村副領事のことだ」

「いえ、まだ何も――」

紗羅はそう答えながら、今、多岐川の声が聞こえたことが、どれだけ、自分の励みになったか、それがよく分かった。しかも、数々の多岐川の気配りに、感謝しても足りないほどだった。

そもそも、紗羅が、外務省の語学専門職の試験を受けようと思ったのは、多岐川の存在が大きかった。ウラジオストクの街の、雪に滲んだネオンを見つめながら思い出した。

私立大学の外国語学部ロシア語学科を卒業して、大手総合商社に総合職で入社したものの、実態は、はっきり言えば、男尊女卑の巣だった。男たちは、女性には大変だろうからと言って、タフなマネージメントからはいつも外す——その繰り返しだった。しかも、男たちが頼んでくるのはいつも、ロシア語の翻訳や通訳だった。紗羅は、語学はツールであって、ワークではない、と思っていた。だからストレスが溜まっていった。

そんな時だった。ロシア語が多少できたことで、港区にある外務省の迎賓館である飯倉公館で行われた、日ロ経済関係のレセプションに、専務のお供で出かける機会があった。その時、流暢な英語を使って、外国人たちと話す、一人の男に目がくぎ付けとなった。それが、若き外交官であった多岐川だった。

決断は早かった。二ヶ月後に円満退職した紗羅は、その日のうちに、外務省語学専門職の募集要項を霞が関の外務省まで取りに行った。

多岐川の姿に感動したその思いは、一年後、外務省に語学専門職として入省してからも、変わることはなかった。

二十四歳で外務省の語学専門職の試験に合格し入省した紗羅は、神奈川県相模原市にある外務省施設での約一ヶ月間の語学研修を経て、外務本省ロシア課に一年間勤務したあと、ウラジオストクの極東国立総合大学欧州学部ロシア語学科に、外務省から派遣されて二年間研修留学した。そして一年が過ぎようとしていた時、突然、総領事館からお呼びがかかったのだった。

近く北京で開かれる北朝鮮の核開発問題を巡る六ヶ国協議の場に、近いからというだけで——約千四百キロも離れていた！——ウラジオストクからも支援要員を一人出せ、となったのだが、〝みんないろいろ忙しくてね。そこで悪いんだが、君は、ロシア語に加え、英語も得意だと聞いている。だから、頼むよ〟と言われ、あれよあれよという間に手続きは進み、気がついたら、北京の首都国際空港の到着ロビーに立っていた。その時、北東アジア課の外務事務官として多岐川は、各国の外交官との事前協議の論戦を仕切っていた、その姿に、紗羅は、初めて外交官としての評価を行い、素直にすごい、と感動したのである。

外務本省で、すごい人というのは、個人のパフォーマンスで交渉や会議を仕切り、かつ物事の全体の流れを変えることができる、その評価を得た人物だ、というのが最近分かってきた。同時に、実績や結果ではあまり評価されないという不条理な現実も知った。そして最も重要なことは、多岐川のように、デキるという評価を受けている者が、それこそ高く評価され、事務次官コースへまっしぐらともなる。中には、難しい首脳会談の実現にこぎ着けるという大きな成果を出して評価を得た者もかつてはいた。だが、組織を無視して個人のパフォーマンスでそれをやったことで省内では彼を嫌う者が大勢いて、結局、事務次官にはなれずに退職することとなった。

「必ず、彼は姿を現す。信じるんだ」

多岐川は続けて労いの言葉を残して通話を切った。

クラスノスノメニ通りからホテル・ヒュンダイの広大な敷地に入ったRAV4は、ゆっくりと駐車場を回り込んでから玄関の車寄せに滑り込んだ。深い霧は依然として立ち籠めたままで、ドアマンの姿さえシルバーの世界に吸い込まれていた。雪の降り方もさらに激しくなっている。韓国財閥系が直営するホテル・ヒュンダイは、ウラジオストクで最も高級なホテルとされている。シベリア鉄道の東の終点であるウラジオストク駅からもほど近く、何より、街のほぼ中心にあって、どこへ向かうにしても好都合なので、観光ロケーションにも恵まれていた。普通なら、アラビアの宮殿を思わせるホテルの豪華な外観が霧の中に消えていることを残念がるところだろうが、今の紗羅には、もちろんそんな余裕はまったくなかった。

明日の迎えを依頼して和田と別れた紗羅は、コートの襟を立てて顔を被い、駆け足でホテルのドアをくぐり抜けた。

エントランスホールに足を踏み入れた紗羅は、コートの雪を払うのも忘れ、広々とした空間を見回した。昔のまままったく変わらないことに驚いた。フロント前の噴水や様々な調度品のほか、花瓶に生けられている赤い花まで同じような気がした。そして何より、芳しい香りもまた、二年半前を思い出すこととなった。隼人と二人だけの結婚式を挙げ、その夜、ホテルのサービスで泊まったのがこのホテルだった。

脳裏に様々な映像が蘇ってくる。パリのオペラ座の階段を思わせる重厚な木造の階段で、おどけたポーズをとる隼人。白い壁のバーカウンターで体を寄せ合って飲んだカクテル。ベンチシートに寝ころがって、お喋りばっかりして一度も泳がなかった豪華な温水プール……。

隼人は、このホテルがお気に入りだった。よく言っていたのは、このホテルには特徴がない、そのことが〝特徴〟だ、という言葉だった。また、だからこそリラックスできる、と楽しそうに言っていた隼人――。紗羅も、確かにそうね、とその時に頷いた記憶があった。もちろん貧相というわけではない。それどころか天井のシャンデリアは豪華に輝いている。ただ、いずれも、日本なら、昔よくあった、あまりにも平均的なホテル——そんな感じだった。ベルキャプテンが駆け寄ってきて、紗羅のキャリーバッグを笑顔で預かった。深夜というのにフロントマンたちの表情はいずれも柔和で、動きもキビキビしている。装飾は平均点だが、従業員たちのホスピタリティは、紗羅が知っているあの時と同じく、高級ホテルに相応しいレベルだった。

部屋に入った紗羅は、真っ先にカーテンを開けた。

やはり濃い霧で何も見えなかった。金角湾を渡る船の航行灯だけがぼんやりと見えた。それだけでも、二年半前を思い出すには十分だった。紗羅は胸が激しくざわついた。そして、心の奥底に封印していた思いが図らずも解放されていくのを許した。

——隼人はもう死んでいるのだろうか……。

思いがけず頭に浮かんだのはその思いだった。

昨日の出勤時間から計算すれば、連絡がとれなくなってすでに三十六時間以上経っている。

——誰だって、おかしいと思うわ。無事で生きているなんて誰が思う?

激しく頭を振った紗羅は乱暴にカーテンを閉めた。

ベッドの端に腰を下ろした紗羅は項垂れた。

堪えてきたものはとうに限界を超えていた。ずっと押し止めていた感情を紗羅は解放することを厭わなかった。

泣いてもいいのよ、弱さをさらけ出してもいいのよ、と自分に許したはずだった。

──泣けない！

どうしても泣けなかった。頭がそう望んでいても体がついてゆかない……。

紗羅はその理由に気づいた。

体が緊張したままなのである。まだ何も結論が出されていない状態が、緊張を与えているのかもしれない……。

それは紗羅にとって辛い状態だった。泣きたいのに泣けない……。

紗羅はすっくと立ち上がった。

窓辺に立って、もう一度カーテンを勢いよく開けた。

──霧が晴れたら、きっと姿を現す……。

2月15日

エレベータを降りて、ホテル・ヒュンダイのエントランスホールに急いだ紗羅は、ふとビュッフェ式の朝食が用意されているカフェラウンジを見据えて立ち止まった。

だがすぐに視線を外した。朝食は摂る気になれなかった。隼人が、どこかで行き倒れになっていると想像したら、とても食事が喉を通らないからだ。しかも、隼人を捜すために今日やるべきことを考えたり、ズベズダ関連の資料調べをずっとやっていたりして、睡眠は、朝方に一時間とったくらいで、空腹を覚える暇がなかったのである。

二重になった正面玄関ドアをくぐり抜けた瞬間、金角湾からの暴風にいきなり襲われた。紗羅は必死に足を踏ん張った。

雪に埋もれるようにして、RAV4は玄関の車寄せの端ですでに待っていてくれた。午前八時だというのに、やっと白んできた、そんな空だった。だが、昨夜よりさらに冷え込んでいた。この季節の早朝は、マイナス十度以下となっているはずだ、と紗羅は記憶を蘇らせた。ちょっと玄関を出ただけでも、両手の指が凍るように痛かった。この街を知り尽くしているはずなのに、手袋を持ってこなかった自分のミスを紗羅は激しく罵った。

ただ、辺りを見渡した紗羅は喜んだ。霧は相変わらず立ち籠めているし、降りしきる雪も酷い。でも、昨夜ほどではなかった。だから、視界は車の運転がなんとかできるほどには確保されていた。しかしそれにしてもこの寒さときたら――。二年のブランクは大きく、やはり体が慣れるまでにはまだ時間がかかりそうだった。

全身を襲う寒さと指の痛みに顔が歪んだ時、救ってくれたのは和田の機転だった。すぐに玄関前に滑り込んでくれ、凍りつく紗羅を拾ってくれたのである。

行き交う車の量は、二年前よりさらに多くなった気がした。しかし、車のボディに、〈岸和田水道局〉〈八戸工業〉など、漢字を残したままの日本の中古車が走り回っている光景は同じだった。ロシア人にとって、漢字のペイントは、一種のオシャレなデザインだということを聞いたことがあったが、本当のところは知らなかった。

ホテル・ヒュンダイからまっすぐ金角湾へ向かってすぐのところにある、中央広場で、紗羅は車を降ろしてもらった。

まず紗羅の目に飛び込んだのは三隻、居並んでいる巨大なミサイル巡洋艦の姿だった。対艦ミサイルの巨大なランチャーが霧の中に不気味に見え隠れしている。その前にそびえ立つ堂々とした建物を紗羅は見上げた。研修留学生時代から含めると、五年間もこの街にいた紗羅にとってもほとんど縁がなかったが、金角湾を間近に見下ろす、十一階建てのロシア太平洋艦隊本部ビルは、まさに白亜の宮殿という趣で、立派というしかなかった。

一階の入り口は、帆船の模型がひょいと載っかった薄いブルーの屋根の下に、重厚な木製のドアが二つ並んでいて、一般道に面している。その前には、白地にブルーのラインがクロスする艦隊旗が、降りしきる雪の中ではためいていた。

二年前はまだ工事中だった、金角湾を跨ぐ壮大な黄金橋が新しい観光スポットとして有名だといっても、ウラジオストクは、やはりこの光景だと紗羅はあらためて思った。

日本と敵対関係にあった頃から——現在でも緊張関係にあるが——同じネイビーの伝統を誇る日本人の一人としては、ロシアンネイビーの伝統にも正直、興味を持っていた。

雪と寒さに震えながら戻った紗羅を回収したＲＡＶ４が、車でごった返すシベリア鉄道駅前広場を右手に見て通り過ぎ、その線路を左手に見ながらヴェルフネポルトヴァヤ通りを西へ向かった時、和田がしきりにルームミラーを気にしているのに紗羅は気づいた。

紗羅はその行動の意味がすぐに分かった。

「私たちを尾けている車があるんですね？」

リアウインドウを振り返らず紗羅が訊いた。

「黒のアウディ、たぶん、そうだと」

和田が、ちらちらとルームミラーへ視線をやりながら言った。

紗羅は、リアウインドウを振り返ることはなかった。

「歓迎してくれている、そういうわけね」

紗羅はそう言って苦笑した。余裕があって出た言葉ではなかった。なぜ？　という言葉が脳裏に乱舞した。

紗羅は、冷静に考えるべきよ、と思った。この国が、そういう国であることを、紗羅は懐かしくも思い出した。追尾、張り込み、そして盗聴は、この国では、チェブラーシカの縫いぐるみよりも有名だ。だから、追尾されていることに今更緊張するはずもなく、突然にやってきた外国の外交官をマークしないはずもない、と受け止めていた。だが、体の反応は逆だった。緊張感を増幅させるホルモンが分泌されたような気がして、全身の筋肉が固まった。

――追尾者はどこの〝機関〟だろう？　警察？　いや民警たちはそんなことはしないし、できない。やはり、FSBなのか？　それともSVR（対外情報庁）なのか？　いやSVRは国外担当であるし――。なら軍事部門の情報機関なのか――。紗羅は思考を止めた。紋章をかざして行動しているはずもなく、分かろうとすることこそ無駄だ。

ただそのことだけには拘った。

「尾行してくる車を撒かないでくださいね」

強引に撒けば、次からは高度な追尾を仕掛けてくる。そうなればもはや、自分たちの目には絶対に入らない。だから、見えているくらいがちょうどいい。いざという時にこそ、撒くことができるからだ。インテリジェンスに精通していない私でも、五年もロシアにいれば必然的に身につくというもの、と紗羅はあらためて思った。

フロントガラスの先に、信号のある交差点が見えた。ここには最近オープンした韓国系のレストランがあるはずだ。

それにしても、行き交うトロールバスや路面電車の量もまた増えたような気がする。薄緑色や、黄色と黄緑の路面電車が車の間を駆け回っている。至るところに張り巡らされたトロリーの電線が空を被うかのようだった。しかし、ロシア大統領を讃える多くのスローガンが道路の上に掲げられているのは二年前のままだった。

紗羅は、体を少しだけずらしてルームミラーを覗き込んだ。その途中で、和田の鋭い眼光に気づいた。まともに見たらそれこそ体が硬直してしまうような鋭い視線が放たれていた。

もう一度、紗羅はルームミラーを見る位置を微妙にずらした。だが、和田は、ルームミラーの中で、屈託ない笑顔を見せていた。

想像していた景色はなかった。霧のせいではない。降りしきる暗い雪が、そこにあるはずの海を呑み込んでいるような気がした。天気のいい日なら、儚い極東の太陽に照らされてキラキラ光るピョートル大帝湾が広がっているはずである。だから、ここに勤務していた頃は、太陽の光を感じたならば、このピョートル大帝湾に面した在ウラジオストク日本総領事館の四階の窓を、紗羅はいつも開け放ってきた。しかし、ロシア太平洋艦隊の何隻もの、対艦ミサイルを搭載した巡洋艦が金角湾を横切る度に、それらは、日本と戦うためのものなのだろう、と複雑な思いに襲われた。

そこから中央広場を抜け、シベリア鉄道の線路を左手に見ながらヴェルフネポルトヴァヤ通りを進むと、金角湾を見下ろすようにそびえる八階建てのビルが見えてきた。昨夜とはまるで違い、はっきりとビルの全体像が分かった。

紗羅は、このビルを、〝お菓子の家〟と隼人の前では呼んでいたことを思い出した。オレンジと白にかわいくデザインされた二階建ての横長のビル。中央部分だけが八階建てで突き出ている奇妙なデザインでもあった。

紗羅は、ビルの玄関前で、クレムリンの警備兵のように膝下まで隠れる厚手の黒っぽいコートを着込んだ沿海州内務局直属の警備部隊員に軽く敬礼してから、ドアを開けた。奥にある二つ目のドアを押し開いた時、真剣な表情のまま小声で語り合う足早の北欧人らしき背の高い男女とすれ違った。ドアをくぐった時には、東南アジア風の男たちの集団が紗羅の行く手を阻む形となった。上品な笑顔を見せて謝った男たちは、柔らかい身のこなしで紗羅に道を譲った。四方八方に延びる通路に人が溢れかえってきた。

その光景は、紗羅がいた頃と何ら変わらなかった。このビルには、日本だけでなく、数ヶ国が総領事館を置いていた――というより、沿海州政府がやたら熱心にこのビルを勧めたと聞いたことがあった。だから、このビルに総領事館を構える欧州のある国の副領事が、〝盗聴器をまとめて仕掛けるのに便利だからよ〟と囁いてくれたことも思い出した。

右手の通路の奥まで歩き、そこにあるエレベータで四階に上がった。エレベータを降りた紗羅の視線の奥に、在ウラジオストク日本総領事館の出入り口のドアがあった。昨夜とは違う民間警備員に、紗羅は外交旅券を掲げた。

入室を許された紗羅は、総領事館の明るい通路に足を踏み入れるなり、立ち止まった。時間が戻った。何もかもがあのままだった。日本の生け花が飾られた受付デスク、銀のパネルに彫り込まれた、在ウラジオストク日本総領事館の看板、いずれもあの時のままだった。花は、ローカルスタッフの女性が生けたのだろう。紗羅が勤務していた頃、日本留学の経験があり、その時習ったというローカルスタッフで、ロシア語教育担当の女性が、生け花クラブを開いた。それで、通訳担当の女性のローカルスタッフや、その友達も語学担当の女性の家に集まっていた。それが今でも受け継がれているようだ。

それにしても、ここは昔と同じく暑かった。暖房がいつも利きすぎているからだ。紗羅は厚手のコートを急いで脱いだ。その時、通路の先に、隼人の姿を見つけた。真冬でもワイシャツの袖を捲り上げ、胸のボタンを三つも外している隼人。私に気づいて笑顔で手を挙げて、近づいてくる――。

だが、その懐かしい像はすぐに消え去ってしまった。

紗羅は、急いでスマートフォンを取り出した。相変わらず、隼人からの着信はなかった。ため息をついた紗羅は、重い足取りで通路を進んだ。通路の壁にも、あの頃のままの絵画が掛けられていた。

油絵も昔のままだった。沿海州政府の内務局長からの寄贈で、山と湖が描かれている油絵。沿海州のハンカ湖とシベリアの山々を描いた油絵だ。かつて、何代目かの総領事が、絵画が趣味で、休暇の度にハンカ湖へ出かけていた。そのハンカ湖は、ロシア情報機関の幹部とイギリス情報機関の幹部とがプレジャーボートで密会する有名な場所だという噂を耳にしたことがあったが。

紗羅は勝手知ったる狭い通路を進み、奥まったところ、最後の角を曲がる手前にある、右側のドアを開けた。

紗羅がドアを開けたのと同時に、後ろからスポーツバッグを抱えた和田が追いついてきた。

その声で、その大部屋にいる全員の視線が紗羅に集まった。紗羅たち外交官が〝官房室〟と呼ぶこの部屋には、人事、会計、総務を担当する一般職員がそれぞれ一名ずつ配置されている。またロシア人のローカルスタッフ二名と、派遣員と称される外務省の臨時職員一名のデスクもあった。

軽く会釈した紗羅は、何気なく部屋を見回した。二年前と比べると、壁の絵画や彫刻など装飾品の一部が変わっているだけで、あとはほとんど同じだった。紗羅は、会計か総務の担当と思われる日本人の男女に軽く会釈しただけであまり注目しなかった。一年前に大きな人事異動があり、多くの館員が入れ替えとなったと聞いていた。日本人を含めて、見知った顔はなかったし、隼人と深い部分で仕事に絡んだこともないはずだ、と思ったからだ。

ここにいる人たちの、驚きと好奇心とがない交ぜになった視線を紗羅はすぐに受け止めた。彼らは、いずれも無言のまま、露骨な視線を紗羅に浴びせた。誰の顔にも笑みはなかった。意味深に頷いたり、緊張した表情を浮かべたりして紗羅を見つめている。誰も口を開こうとはしない。覚悟はしてきたつもりだったが、隼人の件はすでにすべての館員たちの知るところとなっていることは当然と言えば当然であった。

この重苦しい空気に、紗羅は一刻も早くここから立ち去りたい、という気分に駆り立てられた。

「サラ!?」

声のする方へ目をやると、ロシア人女性がいた。紗羅は驚いた。人事ファイルにはない三人目のローカルスタッフがいるのか――。

しかし、すぐに誤解であることが分かった。紗羅の記憶と、彼女の姿はかなりかけ離れていた。エリザベータは二年前のあの頃より、顔の大きさは少なくとも二倍近くになっているし、ずいぶん太っていた。上腕はプロレスラーのように肉が盛り上がっている。それよりなにより、真っ先に目につくのは、派手な顔立ちである。派手というのは美人ということではなく、バリバリの厚化粧をしているということだ。ウラジオストクでも人気となっているのか、睫毛のエクステは目玉を隠すほどで、瞬き（まばた）をする度に、バサバサという音が聞こえそうだった。

長年、通訳兼翻訳係、さらに館員に対するロシア語の教師として総領事館を助けているベテランのローカルスタッフであるエリザベータは、五十五歳を超えているはずだった。ただ肌の感じは、紗羅がここに勤めていた二年前と同じく、透き通るように白く、年齢よりは若く見えるのが不思議だった。だが、鼻が上を向いており、唇も厚い。栗色をしたショートカットの髪にパーマがかかっている。いわゆる、おばちゃんの雰囲気だった。そして、一度話し始めたら、延々と喋りまくる、彼女の姿を紗羅は懐かしく思い出した。だが、紗羅はふと違和感を覚えた。エリザベータから漂うフレグランスの香りは以前よりもキツく感じたし、大きく開けた胸元からは乳房の割れ目がエロチックさを強調しているように思えた。早い話、脳裏に浮かんだのは、夫以外に、付き合っている男がいる、その言葉だった。

慌てて立ち上がったエリザベータは、紗羅に向かって突進するように駆けてきた。

「サラ！」

エリザベータは紗羅に飛びついて抱きしめた。「二年ぶり？　元気だった？　サラ、キレイになったじゃない？　体もスリムだし。この髪型も素敵よ」

エリザベータはそうロシア語でまくし立ててから体を離し、紗羅の全身をまじまじと見つめた。

「あなたも元気そうね？」

戸惑いながら紗羅もロシア語で応えた。

悲しそうな表情となったエリザベータは、紗羅の手をぎゅっと握った。

「ご主人のこと。みんな本当に心配しているのよ！」

エリザベータは声を張り上げて言った。

「こちらこそ、ご迷惑をおかけして」

そう口にした紗羅は、他のスタッフたちをさりげなく見渡した。〝官房室〟のスタッフの誰もが、二人の会話を聞いていない風を装って、急いで書類に目を落としている。

紗羅は、これで迷わず確信が持てた、と思った。総領事館では誰もが知っているし、ロシアの〝機関〟にも間違いなく把握されていることを疑う余地はなかった。エリザベータが、ロシアの〝機関〟の人間だと真剣に危惧したことはなかったが、何らかの接点は当然あるとこれまでも警戒を怠ったことはなかった。

いずれにせよ、このエリザベータからは早期に聴取すべきだろう、と紗羅は思った。

ふと、視線をエリザベータの先へ延ばした時だった。

壁に、1枚の集合写真が掲げられていた。

怪訝な表情を向けるエリザベータをよそに、紗羅はそこへゆっくりと足を向けた。

すぐに、その写真は、総領事館の全員が、どこかのレストランかバーの入り口で写したものであることが分かった。

隼人はすぐに分かった。屈託ない笑顔で立っている。

紗羅の目はそこへ吸い寄せられた。

隼人のすぐ横に、ロシア人女性がいた。

しかも、隼人にしなだれがかっているように見える――。

「ライサよ。同じローカルスタッフの。日本語は私より上手よ」

横からエリザベータが説明してくれた。

紗羅は、思わず唾を飲み込んだ。

高いヒールを脱いでも百七十センチ以上はありそうだ。脚の長さたるやモデル並みだった。典型的な透き通るような白い肌をしたロシア人。大きな碧眼(へきがん)が魅力的で、眩しいほどの長い金髪の、女優並みの美人――。

紗羅は、飛行機の中でチェックしてきた在ウラジオストク日本総領事館の面々についての記録を脳裏に浮かべた。

ライサ・ニコリスカヤ。二十九歳。総領事館の、いわゆるローカルスタッフである。仕事は、東京からの客のホテルの手配などの便宜供与や、ロシア側とのミーティングで通訳を務めたり、館員たちにロシア語を教えたりする教師でもあった。また文書や新聞の翻訳や、アポイントメントの取りつけなど、秘書的な業務も行うし、必要ならば外部での簡単な調査活動を行うこともある。ただ、彼女については、半年前からの勤務なので、紗羅は直接は知らなかった。

紗羅は驚いた。人事ファイルに貼り付けられていたライサの顔写真と、今目の前の写真に写った女性とは別人のようだったからだ。人事ファイルの写真のライサは、太い黒縁のメガネをかけ、顔は化粧気がなく、頬には無数のソバカスがあった。どう見ても、いわゆる田舎娘風だった。

紗羅はここに来るまではなんともなかった心が、ざわざわし始めたのを意識した。

――隼人は、こんな美人といつも一緒に仕事をしていたんだ……。

写真の中のライサの笑みは、さらに美人度を増していた。

しかし紗羅は外交官としての冷静さは失わなかった。若いのに日本語が流暢なのは、つまり、ロシア連邦軍の通信傍受部隊、太平洋艦隊の軍事防諜局、SVRもしくはFSBのどれかによって運営されている協力者ではないか、と考えた。しかし、紗羅の頭は再びそのことで一杯となった。ライサが美人でスタイルも抜群――ということだ。総領事館の日本人スタッフをハニートラップに引っかけるために送り込まれた、と考えても不思議はない、と紗羅は思った。いや、そもそも、ローカルスタッフに、軍事防諜局、SVRやFSBとの関係がないことなどあり得ない。ローカルスタッフという美味しい餌に食いつかないはずはない。だから、若い頃から育成したり、大学生の頃に微募（フッキング）したりと――。

しかし、紗羅にとって一番の不安は、やはり隼人との関係だった。気になったのは、こんな美人が総領事館にいることを、隼人は一度も話してくれたことがない、ということだ。半年も前からいるにもかかわらず。隼人の性格からすれば言うに決まっている。

――隠していた？

それはあり得ない、とすぐに頭の中で打ち消した。

しかし、いや、という言葉が脳裏に浮かんだ。

ライサと何らかの関係があったからこそ、隠していたとすれば……。そしてそれが今回、連絡がつかないことと関係が……。

「彼女は今？」

振り返った紗羅がエリザベータに尋ねた。

一瞬の間を置いてエリザベータが言った。

「病気でお休みなのよ」

「いつから？」

紗羅が急いで聞いた。

「昨日から……」

エリザベータは口ごもった。

紗羅は、体の奥深くで、邪悪なものがひっそりと立ち上がったことを自覚した。

和田が用意してくれた部屋は希望通りの個室だった。それは確かにありがたかったが、机らしきものはなかった。六畳半ほどの部屋は、コピー用紙やトナーインクが入った段ボール箱で占領され、ほとんど足の踏み場もなかった。そこに、和田が両手にパイプ椅子を抱えてやってきた。

隼人の執務室を使うことも一度は考えたが、やはり、独立した外交官の部屋である。隼人への配慮が先に立った。また、別の部屋にすることで、思考の切り替えをしたかったこともあった。

「すみません、こんな部屋しかなくて」

そう言って和田は、コピー用紙の入った段ボール箱の一部を退かしてから、パイプ椅子を並べた。段ボール箱の山をかいくぐるようにしてパイプ椅子に座った紗羅の前の、膝同士がくっつきそうな位置にあるパイプ椅子に背の高い体を折り曲げるようにして、和田が腰を下ろした。

「必要だろうと思って調べておきました」

和田が一枚の紙を寄越した。

紗羅が受け取ったのは、すべての館員の、この二日間のスケジュールだった。

紗羅は驚いて顔を上げた。

「本当に助かります」

心からの言葉だった。これで効率よく聴取ができる。自衛官はこういった段取りに長(た)けていると聞いてはいたが、ここまで揃えてくれたことに紗羅は感動した。航空自衛隊から出向中の彼とて、総領事館という小さな世界で、今、いかなる事態が起こっており、さらにズべズダでの祝賀レセプションを延期するかどうか、総領事館あげての問題になっていることも当然分かっているのだろう。

紗羅はざっと目を通した。外務省臨時職員で便宜供与の細かい部分をやってくれる派遣員、警察庁からの出向者である警備対策官、公電や外交行嚢(パウチ)を担当する電信官、会計担当、総務担当、人事担当、そして二名のローカルスタッフ——。

だがすべてから聴く時間はない。このうち、隼人と一緒に仕事をしたであろう者を推定すると、そう多くはなかった。

だが、その候補の一人である総領事は、昨日からモスクワへ出張中。また、隼人にロシア語の支援をした可能性のある副領事は、拿捕された日本人船員の解放交渉のため、遥かペトロパヴロフスク・カムチャツキーまで引っ張られている。それが紗羅にとってどれだけのマイナスとなるかは、今はまだ想像もできなかった。

「ではさっそく」

紗羅は、まず、昨夜、奈良岡から聞き取った、初動の経緯についてホテルの部屋でまとめた紙を出そうとビジネスバッグに手を突っ込んだ。

和田が先に、二枚目の紙を寄越した。

「この一週間、館で起こったことのすべてのクロノロジーです」

驚いた紗羅は、和田の顔と書類とを見比べた。それにしても、手筈を整える手際のよさに紗羅は再び感動した。

中身を読み込んだ紗羅は、すべて奈良岡の説明通りであることを確認した。隼人が出勤してこないことに気づいた時から、奈良岡へ報告した時間なども正確だった。

奈良岡よりも細かい部分は、管理人が、部屋のドアを開ける代わりに金を要求してきたことなど、些細なことばかりで重要とは思えなかった。

「この飲み会とは？」

紗羅が書類の一点を指さした。

「それは……」

滑舌よく話していた和田が、初めて歯切れが悪くなった。

紗羅は思わず身を乗り出した。

「三日前のことです。私も呼んで頂いて、ローカルスタッフも入れて飲みに行ったんです。それはもう盛り上がって――」

紗羅は、ローカルスタッフも入れて、という言葉に再び引っかかった。紗羅の脳裏に、ライサと微笑み合う隼人の姿が浮かんだ。

「もし、雪村副領事に何か特異なことがあったか、と訊かれれば、ライサとの関係、それくらいです」

紗羅は唾を飲み込んだ。その音を、和田に聞かれたんじゃないかとうろたえた。

「と言いますと?」

紗羅は自分の声が掠れているような気がした。

「ライサがいつも雪村副領事をサポートしていたんですが、それがちょっと異様でした」

「異様?」

「ええ。まず、普通、ローカルスタッフがサポートしたり、外出をともにしたりするのは、通訳のためですね。しかし雪村副領事はロシア語に堪能でした。しかも二人の関係には余人を近づけさせない、そんな雰囲気がありました」

紗羅は瞬きを止めた。言葉が出なかった。確かに、その点は、紗羅もずっと引っかかっていたことだった。

その姿に気づいた和田が慌てて言った。

「すみません、意味深なことを言ったつもりではありません。その……感想を申し上げただけです。もし変な風に聞こえたのなら忘れてください」

――忘れることなんてできるわけないじゃん！

紗羅は声に出さずに毒づいた。

「それが、雪村の所在不明事案と何か関係があると？」

自分の声が震えていないか、それが心配だった。

「いえ、ハニートラップとか、そこまで言えるだけの事実は知りません」

――ハニートラップですって？　その言葉に、紗羅は心が騒いで慌てた。

「ライサってその女性、男性関係は？」

その質問が性急だとは分かっていたが、もう訊いてしまったのだから仕方がない、と開き直った。

「存じません」

「分かりました。その件は結構です」

そう冷静に言えたのが不思議なくらいだった。事実、紗羅は激しく動揺していた。

紗羅は、和田が口にした言葉を、今すぐ、頭から消し去りたかった。その先を想像することは、今の自分には辛すぎる、と思ったからだ。今、自分はギリギリの精神状態で耐えている――そう思っていた。だから、渡された書類にもう一度集中した。だがそれでも、ライサの美しい顔と隼人の顔が頭の中で重なった。紗羅は必死でそのイメージを振り払いながら、書類を見つめた。

「さっきのライサの件ですが、私の表現が悪くて――」

「それより、ちょっと待って」

書類の一点を見つめたまま紗羅は制した。

紗羅は、資料のある箇所に目がくぎ付けとなった。

それは昨日の夕方の時刻の記述だった。東京から、内閣官房の職員と名乗る二人の男が、総領事館を訪問。一時間もしないうちに立ち去った、とある。

「これは？」

紗羅が記述部分を指さしながら訊いた。

「そうなんです。妙なんです。事前の便宜供与の要請もなく、突然の訪問だったようです」

和田は怪訝な表情で言った。

「誰に会いに？」

紗羅は続けた。

「私はいなかったんですが、他の者によれば、奈良岡次席だと――」

「用件は？」

「分かりません」

和田が答えた。

「この人たちの名前は？」

「書いてませんか？」

和田はそう言って書類をのぞき込んだ。

「あれ？　書いてあったはずなんですが……」

「内閣官房のどの部署なんです？」

「えっ！　それもない？」

和田は困惑の表情を浮かべている。

紗羅はそのことに気づいた。

「この先のページ、破られた跡があるわ……」

目を近づけると、小さな紙片が、文書の間に残っているのが見える。

「破いた？　まさか……」

和田は苦笑したが、紗羅の表情が真剣なことに気づくと真顔になった。

「あっ、それと言い忘れていましたが、彼らがここを出る時、段ボール箱を二つ、抱えていたことを目撃している館員がいました」

紗羅の脳裏に蘇ったものは、隼人の自宅での、あの光景だった。書斎やここの執務室のデスクにあったはずのパソコンである。

――なぜ、奈良岡は言ってくれなかったのだろうか？

わだかまりを引き摺ったまま、紗羅は和田に礼を言った。

「お時間を頂いて、ありがとうございました。次席にもお訊きしてみます」

そう言って立ち上がりかけた紗羅は、和田の何か言いたげな様子に気づいた。

紗羅は、座り直して和田を黙って見つめた。

「これは老婆心です」と言って和田は続けた。「ここにいらっしゃるのは、危険ではないかと思います」

「危険？　私が？」

それにはさすがに苦笑するしかなかった。

だが和田は真顔だった。

「今日はホテルからの出発後、明らかに追尾されていました。しかし、実は、昨夜もそうだったと確信しています。追尾者について、私がまず疑っているのは、ＦＳＢ沿海州支局、対外情報課の者たちです」

紗羅は、その名称をもちろん知っていた。西側の外交官を常に監視している諜報機関である。

「でも、あそこは、マンパワーがそれほどないのでは？」

かつてウラジオストクに赴任していた時、カウンターパートだったアメリカ総領事館のスタッフがそう話していたことを思い出した。

「確かに数年前までは。しかし、二年前に、課長として着任したコレツキイという男は、優秀なゆえに大抜擢されたとのことで、軍やFSBの高官とも深い繋がりがあるという噂があります。実際、コレツキイ中佐が対外情報課を仕切り始めてから、人員も予算も三倍に増えたと言われています」

「つまり、本物のプロフェッショナルであると？」

和田は深く頷いてから続けた。

「それも半端なプロではありません。自分に意見具申をした部下に激怒した時、その時のコレツキイ中佐の怒りたるや、人間の姿ではなかった、と聞いています。しかも、部下に激しく罵声を浴びせた後、『お前はもはや軍人ではない！　この場で、自決せよ！』と迫り、自分の拳銃を無理矢理に部下の手に握らせた――」

「で？　まさか……」

紗羅は和田の横顔を見つめた。

「バーン！　です」

和田はそう言って、人差し指を自分の眉間に当てた。

紗羅が何かを言いかけたのを、和田が「ところで──」と遮って続けた。

「駐在する西側の武官たちのネットワークから入ってきた情報なんですが、FSBが、ウラジオストクにテロの脅威が高まっている、として極秘活動を行っているらしいんです」

「テロの脅威？」

紗羅が眉間に皺を刻んだ。

「ええ。未確認ながら、西側の外交官を狙っているとも──」

「外交官を？」

紗羅が思わず身を乗り出した。

「そのコレツキイ中佐や、テロの脅威情報が、雪村副領事が消息を絶っていることと何か関係があると？」

紗羅が目を見開いて訊いた。

「調査中です。ですからお願いがあるんです」

「はい」

紗羅は怪訝な表情で頷いた。

「細かいことでも、何かありましたら必ず私に。他の者は信用してはなりません」

「信用してはならない？」

紗羅が急いで訊いた。

「とにかく、必ず私に――」

その時、遠くから足音が聞こえた。

軽く頭を下げた和田は、〝段ボール箱の部屋〟を急いで出ていった。

隼人の執務室に戻った紗羅は卓上電話を取り上げた。

かけた相手は、総務班の仙川（せんかわ）だった。紗羅が二年前にここを離れてから、ほとんどの館員とスタッフが人事異動で入れ替わった。変わらないのは、次席とローカルスタッフのエリザベータ、そして仙川だった。

仙川は、紗羅の依頼を二つ返事で了承してくれた。

電話がかかってきたのは三分後だった。

仙川は口を被っているのか、くぐもった囁き声が聞こえた。

「先週は全部で、今週も副領事が所在不明と……いえ、一昨日までの二日間、すべてです」

書き留めた紗羅が礼を言おうとした時、「実はですね」と仙川が続けた。「何かを訊かれたら報告しろ、と次席がすべての館員に厳命しています。でも、私は絶対にそんなことはしません。また何かあれば仰ってください。では――」

受話器を置いた紗羅は、この館は、空気が本当に悪い、と思った。それが空調システムの不具合が原因でないことも紗羅には分かっていた。

「派遣員の緑川です。この度は、本当に心配ですね」

そう口にした目の前の男の瞳が彷徨い、微妙な表情を作ったことに紗羅は気づいた。和田が用意してくれた、この段ボール箱だらけの部屋は狭苦しく、互いに触れ合うほどの近さで座っているから、紗羅には緑川の心理状態がよく分かった。

「ご迷惑をおかけしまして本当に申し訳ございません」

紗羅はそう言って頭を下げながらも、総領事館の状況が見てとれるような気がした。隼人のことは総領事館の最も関心の高い噂話となっており、口さがない者たちは、あれこれ勝手な妄想話に花を咲かせているのだろう――紗羅はそう想像した。隼人の名誉なんか誰も心配してやしない。所詮、他人事であり、格好の酒の肴だ。

髪の毛を後ろで結んだ緑川の顔立ちは、どちらかというと無骨でイケメンとは言い難い。だが、きりっとした鼻筋と切れ長の目は、女性によっては魅力的に感じるかもしれない。両耳たぶにピアスの穴が二つずつ開いていることから、素顔はちゃらい男なのかもしれない。ただ、ちゃらいかどうかはこの際、関係がない、と紗羅は思った。紗羅が注目したのは、緑川の職種が、いわゆる〝何でも屋〟である点だった。この人は使えるかもしれない、と思った。ならば、きちんと話しておくべきだ、と希望の光をそこに見つけたかった。

緑川についての人事ファイルを紗羅は頭に浮かべた。緑川の派遣員という職種は、外務省用語で言うところの便宜供与係であり、早い話が在外公館の〝スーパー雑務係〟である。それこそ、館内のＬＥＤの電球を取り替えたり、水漏れの修理を業者に依頼したり——。そうかと思えば、ホテルや貸し切りタクシーの予約、観光地での様々な手配など、ツアーコンダクターと変わらない業務もこなす。その一方で、現地のロシア人とコミュニケーションをとらなければならない時にも重宝がられるスタッフだ。緑川は、東京外国語大学のロシア語学科を卒業し、外交官や語学専門職の試験を受けているがなかなか受からず、二十八歳になっていた。ロシア語の点数はいずれも低かったと人事ファイルに註釈があったことを思い出した。ローカルスタッフの女性たちの手を借りなければ、完璧な仕事はできないのだろう。

彼の身分は、二年間のパートタイマーである。ただ、ジュネーヴ条約に基づく身分保障など外交官と同じ待遇は受けられる。しかしやはり外交官ではない。いわば派遣社員的な存在だ。実績を上げれば、外務省に外務事務官として正式採用される場合もあると聞いたことがあった。

「さっそくですが、雪村副領事と話をしたのは、直近ではいつのことですか?」

紗羅は、スカートの裾を伸ばしながら訊いた。さっきから、緑川の視線が膝のあたりへちらちら向けられていることが不愉快だった。

「確か……スリー・デイズ・アゴー(三日前)です」

緑川が言った。

「ランチです。和田さんも一緒に。でも、その時の雪村副領事には、ストレンジなトーンはありませんでしたが――」

なら、連絡がとれなくなる前日のことだわ、と紗羅は思わず身を乗り出した。

「最近、お仕事を一緒にされたとしたら、どんなお仕事ですか?」

「いえ特には。それより――」

緑川は、顔を近づけ、紗羅の耳元で声を潜めた。

「実は、お伝えしておきたいマターがあるんです」

緑川のトワレの強い香りで呼吸が止まりそうだった。

「ミセス・サラ、ここはパンデモニウム(伏魔殿)です」

緑川はドアを気にしながら続けた。

紗羅は、緑川から、サラ、と言われたことに違和感を覚えた。その感覚は初めて味わったものだった。

「エブリワン、アントラスト・ウォーシィー（誰も信用できない）」ならあなたはどうなんです？　と言いかけたが紗羅は口を噤んだ。

「ジェネラル（総領事）にしてもそうですからね」

緑川がさらに続けた。

「アシスタント（次席）の奈良岡さんなんて最たるもので、何を考えているかわからない。素朴に見える和田副領事にしても同じですよ」

紗羅はその会話に付き合うつもりはなかった。知りたいのは隼人のことであり、その手がかりだからだ。

また、総領事館について、緑川が〝伏魔殿〟という言葉を使ったことに紗羅は強い違和感を覚えた。紗羅がいた頃の総領事館は、全員が仲良しというわけではなかったが、特別に癖のある者はいなかったし、信用できない、という者もいなかった。奈良岡にしても厳しかったが、仕事を終えれば、気のいいジジイという感じだった。少なくとも〝伏魔殿〟なんて表現するほどややこしいものはなく、どちらかというと明るい空気だった。だから、このたった二年のうちに、総領事館の雰囲気が、緑川が言うように変わってしまったとはどうしても思えなかった。その時、紗羅は突然、愕然とした思いに襲われた。この二年間、隼人とは、ずっと離ればなれの生活で、たまに会ったとしても、総領事館での噂話をするようなことはなかった。その悲しい現実に今更愕然としたのだった。

しかし問題は隼人の行方である。緑川が言う総領事館のその複雑さが関係しているのだろうか。

「ですからね」

緑川がさらに顔を寄せた。

あまりにも強い刺激に紗羅は呼吸を止めた。

「雪村副領事のミッシング・ケースについても、私は、ここの誰かが、かかわっているような気がしてならないんです」

「ここの誰か？」

紗羅はさすがに訊かずにはいられなかった。

緑川は再びドアを気にしながら頷いた。

「なぜそう思われるんですか？」

「実はですね」

緑川がさらに顔を近づけた。緑川の熱い息が頬を撫でた。今にも押し倒されるんじゃないかと紗羅は体を固くして身構えた。

「私、ちょっとアイデア（心当たり）があるんです」

「アイデア？」

緑川はそれに応えず、意味深な笑顔を見せてから続けた。

「ここのローカルポリス（地元警察）とのコンタクトもケアフリー（慎重）にされた方がよろしいかと」

「警察との接触をするなと？」

緑川のペースに乗ることへの嫌悪感もわき上がったが、紗羅は訊かずにはいられなかった。

緑川は急に神妙な表情を作り、

「実はですね——」

紗羅は黙って、緑川の言葉を待った。

「どうもパブリックマネー（公金）のハンドリング（取り扱い）が絡んでいそうなんです」

「どういうことです？」

だがそれには応えず、緑川はニヤニヤしながら訊いた。

「あなたも、雪村副領事を引き継いで、おぞましい秘密の仕事を？」

「なんのことです？」

緑川が言葉を止めた。そしてドアに耳を傾け、眉間に皺を寄せて黙り込んだ。

「とにかく、ミセス・サラ、私を信用してください、私だけを。決して悪いようにはしませんから――」

真顔になった緑川はそう言うといきなり立ち上がり、紗羅の戸惑いを無視して部屋から急いで出ていった。

緑川が姿を消したドアを見つめながら、紗羅は緑川の言動を分析した。

信用できない男――それがまず脳裏に浮かんだ、緑川に対する評価だった。

仕事では機転が利く男であるらしいことは分かった。だが、緑川が口にした言葉の数々は、どこか軽すぎて、そのまま受け取ることはできなかった。チャラチャラした男どもは外務本省にもごろごろしている。しかし緑川の場合はそれとは違う危うさを感じた。

緑川が口にした、〝公金の取り扱い〟というフレーズには興味を持たざるを得ない。しかし紗羅の頭を占領していたのは、緑川が口にした別の言葉だった。――あなたも、雪村副領事を引き継いで、おぞましい秘密の仕事を？　緑川のその口ぶりが意味するのは、そのことに隼人が絡んでいるということだ。

館員からの聞き取りを続けたかったが、どうしても欠かせない予定があった。祝賀レセプションに向けたミーティングの日時を再設定する前に、関係者の元へ顔を出し、挨拶をしておく必要があると思っていたからだ。形式的なものだが、やはり、人間関係こそ、物事をスムーズに動かす原動力である。それは、かつて総領事館に勤務していた頃、数多くの失敗をしながら会得した教訓だった。

外出する支度のため、再び隼人の執務室に足を向けた。

テンキーでロックを解除し、部屋に入った時、すぐに足元のそれが目についた。

ドアの下から差し入れたかのような、小さな紙片が床にあった。

拾い上げてみた紙に書かれていたのは、明朝体で打ち込んでプリントアウトしたもののようだった。

〈雪村副領事は、その日の朝、レンタカーを借り、ヤニス・ラスイツ通りで、ライサを拾い、東へ向かった。その先は、あなたが知る必要のない醜い真実がある。心が傷つく前に帰国しろ〉

紗羅は苦笑した。

それは、中身についてではなかった。

こんなくだらないことをやる者がこの総領事館にいるということに対してである。

その時、紗羅の頭の中を占領していたのは、ベッドの上で、裸身で絡み合う隼人とライサの姿だった。

だが、隼人に対するわだかまりが生まれたのは否定しがたいことだった。必死に頭を切り替えた紗羅はズベズダ関連先へ電話をかけまくった。ロシアの〝機関〟による盗聴は気にしなかった。そんな暇はなかったし、その必要もない、と思った。少なくともズベズダに関する紗羅の動きは、隼人のアパートの管理人や、ローカルスタッフなどから、必ず流れているはずだからだ。

遥か黒海沿岸の都市、オデッサへ出張中の沿海州知事の秘書官とは、八回かけ直した挙げ句、やっと連絡をとることができた。

秘書官には、冒頭、今回のミーティングを、雪村の〝健康問題〟で延期したことをまず謝罪した。かつて秘書官が沿海州政府議会議員をしていた頃、紗羅は、彼の支援者たちの日本への旅行の査証はもちろん、宿泊先の手配もした。彼は今でもそれを感謝しており、紗羅が口にしたミーティング日時の再設定について、すぐに三つの候補日時を提示してくれた。ロシア人のイメージは表情に乏しく冷たいと思われがちだが、実のところ、かなり人情家であることを、五年間のウラジオストク暮らしで感じていた紗羅は、あらためてそれを意識することとなった。そしてその秘書官は、紗羅の〝密やかな財産（アセット）〟となったのである。

これで勝負は決まった、と思った。沿海州知事はロシア・シベリアの最高権力者である。秘書官が代理で出席したとしても、沿海州知事のバックアップをアピールすることになり、他の出席予定者も、ノーとは言えないだろうし、その日程は誰にとっても最優先事項となるはずだと紗羅は計算していた。

それからは、受話器を戻す時間もなかった。原潜を実際に〝ぶった切る〟業者であるオラリダ社の社長に引き続き、ズベズダ原子力潜水艦修理工場の所長ともミーティングの日時を慎重に調整し、二つの候補日にまで絞ることができた。紗羅が与えられたウラジオストクでのミッションを成功させるためには、あともう少しだった。

最後に、ロシア太平洋艦隊司令官セルバコフ海軍大将の副官と話した紗羅は、強引に話を進めた。副官を落とせたのは、永井政務官の表敬訪問にあたっては、ロシア国内と日本のテレビ局のクルーたちも冒頭撮影を切望していると告げたことにあった。そして、とりあえずは、表敬訪問の日時を調整するためのミーティングを二日後に行うことの了承を得た。

しかし本番はこれからだった。山のような難問と段取りが待っている。だが、それはいわゆる〝事務的〟な問題であり、淡々とこなすだけだと紗羅は楽観視していた。

紗羅は、サブデスクに堆く積み上げられた書類の束を抱えて机の端に置いた、その時だった。

書類の間から、開封された幾つかの封筒が床にこぼれ落ちた。しゃがんで拾い上げたのは、レンタカーや郊外のホテルの領収書が幾つも入った封筒群だった。

——レンタカー？　ホテル？

紗羅はゴミ箱に放り棄てたドアの下に置かれていたメモをもう一度手に取った。

なぜレンタカーを？　そんな経費は総領事館から外務本省に上がってきたことはなかった。しかも、紗羅が訝しく思ったのは、レンタカーの領収書の多さである。かなりの出費があったことが窺えた。しかも十数枚もあるホテルの領収書に、紗羅は何よりも驚いた。外泊するようなスケジュールは隼人から聞いたことがなかった。それもよく見ると、スポーツ湾に面したホテルなど、いかにもカップルが使いそうなオシャレなホテルばかりであった。それらは、隼人の業務とはまったく関係がない場所であることは明らかだ。それよりなにより、やはりレンタカーとホテルの領収書の多さが気になった。外交官の俸給は恵まれているとはいっても、ざっと計算してみただけでも毎月の出費は相当な金額である。隼人と紗羅は、互いの給料の管理は自分ですることにしていたが、将来のマイホームのために、それぞれで決めた金額を月給の中から共通の銀行口座に毎月預金することに決めていた。だからこそ余計、収入を遥かに超えたこれほどまでの出費は、まったく不自然だった。

——隼人、あなたはいったい何をしていたの……。

紗羅は体の奥底から邪悪なものが立ち上がるのを自覚した。

——自分の知らない隼人がいたんだろうか……。

しかし、それは理屈に合わない、と頭の中で必死に打ち消した。

書類の山を紗羅は見つめた。これらを作成している時の、几帳面な隼人の姿が目に浮かんだ。堪えていたものが全身から溢れそうな思いに駆られた。

だがそれも体が拒絶した。涙を流す方がまだ楽だった。紗羅は、両手で体を抱きしめた。全身が震え始めた。両手に力を込めて震えを抑えた。そんな姿の自分をもがき苦しむ哀れな女だと思った。


約束の時間よりも十分早く到着した紗羅は、うやうやしく応対する黒服の若いギャルソンに、本名での予約名を告げ、希望通りに金角湾を見下ろす窓際の席に案内されて腰を下ろした。昨年オープンしたというこのイタリアンレストランは、紗羅がいた頃の、どこかやぼったい、というこの街のイメージを完全に払拭していた。

手入れの行き届いた観葉植物が至るところに配置され、床には光り輝くグリーンのリノリウムが敷き詰められている。天井には派手ではなく、スタイリッシュな大人の雰囲気を醸し出すダウンライトが、昼間というのを忘れさせる怪しげな雰囲気を作っていた。床から壁、そして椅子からテーブルに至るまで、タマラ・ド・レンピッカを思わせるアールデコ調の黒と白のコントラストが鮮明なデザインだった。先導するギャルソンをはじめ、頭を下げてくるギャルソンたちは全員、筋肉質とは正反対のひょろっとした痩身だが、今時の顔と尻が小さい美少年である。

エリザベータ・ペカルスカヤが姿を見せたのは、ギャルソンから渡されたメニューを紗羅が捲っていた時だった。

エリザベータは、ギャルソンに椅子を引かれて腰を落ち着けると初めて紗羅に顔を向けた。紗羅は驚いて声をあげるところだった。総領事館で久しぶりに再会した彼女の顔とは別人のようだった。

「ドーブルイ・ディエン（こんにちは）」

紗羅は、あらためてロシア語で語りかけた。

ナプキンを膝に置きながらエリザベータは、頷いただけで用心深そうに紗羅の顔を硬い表情で見つめた。

紗羅は最初、彼女も、総領事館の内部で聴取するつもりだった。だが、昨夜会った奈良岡の口ぶりから、すでに紗羅が何をしようとしているのかは館内に知れ渡っていることが窺えた。つまり、ロシアの〝機関〟にも伝わっている可能性が高いと判断した。ゆえに、盗聴器の存在を意識して喋る必要もないと思い、このレストランでのランチを選んだのだった。

紗羅には一つの計算があった。それは全世界共通だという確信もあった。ゴージャスな雰囲気で、かつイケメンのギャルソンのいる素敵なレストラン――そういったところでの接待を心地よく思わない女性はいない。少なくとも、あんな段ボール箱だらけの狭い部屋で話を聞くよりは、口は滑らかになるだろう、と思った。

最初にエリザベータに出会ったのは、五年前、紗羅が副領事就任を発令されて着任した、その当日だった。彼女は、自己紹介をする前から、いきなりロシア語で話しかけてきた。総領事館の誰かから聞いていたことは容易に想像できたが、まったく遠慮もなく、早口で語りかけてきたのにはさすがに驚いた。自分に関するかなりのデータを持っていることが窺えたからだ。それからだ、彼女とロシアの〝機関〟との関係をいつも頭に置くこととなったのは。

だから、逆にエリザベータとはすぐに打ち解けることとなった。彼女を使って、ロシアの〝機関〟に対し、ディスインフォメーションを流したり、エスピオナージを仕掛けたりする〝遊び〟に少なからず快感を抱いたからだ。ランチから始まった二人だけの時間は、そのうち互いのアパートでの夕食に招待し合うまでになった。エリザベータの夫は、ウラジオストク港湾組合の幹部――彼女の申告通りだとすれば――で、十歳年上で痩せていた。さらにエリザベータと違っていたのは、常に無口で陰気なことだった。そのうち、二人は夜の街にも繰り出すようになり、互いの趣味に合うイケメンがバーテンダーの店にも何度か行ったことがあった。

「お忙しいところ、本当にありがとう」

紗羅は神妙に言った。

「そんなことより――」エリザベータは他のテーブルへ忙しく視線を投げかけてから身を乗り出した。「サラ、ご主人のこと、本当に心配だわ」

そう言って真剣な眼差しで見つめるエリザベータは、運ばれてきたグリッシーニを一本引き抜いてガリガリと食べ始めた。

「三日前まで、変な様子はまったくなかったのに――」エリザベータは、同情する表情で続けた。「警察にはどうするの？」

「まだそのタイミングじゃないって考えているの」

「それがいいわ。民警に相談したって、何がどうなるか、分からないものね」

「警察に届けるのは反対？」

紗羅は敢えてそう尋ねた。

「反対ってわけじゃないけど、サラも言ったように、まだそのタイミングじゃないのかなって。でも、何か助けが必要だったら、なんでも言ってちょうだい」

エリザベータはそう言って、テーブルの上にあった紗羅の手を優しく撫でた。

紗羅は驚いたが表情には出さなかった。

――彼女もまた、警察と接触することに明らかに反対している。これは偶然なの？　それにしても、どうして誰もが……。

「私は私でね、お節介かとは思ったんだけど、何しろ、行方不明というのは尋常じゃないじゃない？　だから今朝、館員の人たちに訊いて回ったのよ」

紗羅は口を挟まなかった。

「でもダメ」

エリザベータは頭を振って、白のグラスワインに口をつけた。

「雪村副領事はいい人だった、みんなそれを言うだけ――」

エリザベータは、しまったという顔をした。過去形で言ったことに気づいた様子だった。

「ごめんなさい、そんな意味では――」

「気にしないで」

紗羅は笑顔で応えた。

「それにしても、雪村副領事はいったいどこに……」

エリザベータは再びワイングラスを手にしながら呟くように言った。

「最近、隼人といつ一緒に仕事を？」

紗羅が訊いた。

「私もちょうどそれを考えていたのよ……確か……一週間ほど前かなって……」

そう言ってエリザベータは突然、目を見開いた。

「忘れていたわ」

ワイングラスを急いでテーブルに置いたエリザベータは、店内をもう一度見回してから、
神妙な顔で紗羅を見据えた。

「実は、妙なことがあったの」

紗羅は黙って頷き、その先を促した。

「私の思い違いかもしれないけどね……」

「どうぞ、その先を――」

紗羅はエリザベータの顔を覗き込んだ。

「あれは、一週間前のことだったわ。私ね、雪村副領事から、幾つかのロシア語の文書の翻訳を頼まれたの。もちろん、彼はロシア語が堪能だけれど忙しかったのよ。観光雑誌のどうだっていい翻訳の他に、ズベズダ工場かオラリダ社から届いていた書簡（レター）の原文に添付する仮

訳、それをやったのよ。短い文章だったので、一時間も経たずに雪村副領事に渡した。その時、私は見たの。彼の表情が強張ったのを。でもほんの一瞬だけだったので、もしかしたら、私の思い過ごしかもしれないけどね。とにかく、それ以外では、行方不明になるようなそぶりはまったくなく、何も変わったことはなかったのに……」

紗羅は驚いた。初耳だったからだ。

「ちょっと待って。私、ズベズダ工場やオラリダ社から、そんな重要なレターがあったという報告、東京で受けていないわ」

いつもの仕事のルールとして、ズベズダ事業に関するすべてのレターは、総領事館で仮訳したあと公電にし、まず外務本省のロシア課に届いたあと、非核化協力支援班の紗羅のデスクへ必ず転電されることになっている。解体作業の進捗状況や、追加的な安全対策が必要となったのでさらに資金が必要など、要請がくることは実に多い。それらは総領事館で判断するのではなく、外務本省が決めることだからだ。それが一週間も、外務本省に届いていないというのはまったく不可思議なことだった。

「そんなことはないはずよ。雪村副領事は、私の目の前で、原文と仮訳を公電に添付するためにスキャンしたあと、プリントアウトもしていたわ。決裁は、パソコンでもできるそうだけど、やっぱり、紙なのね。そしてそのあとすぐ、そのプリントアウトを持って、決裁を受けるため、奈良岡さんの部屋へ向かった、その後ろ姿は今でも覚えているわよ」

「どんな内容だったの？」

「特に変な内容ではなかったわ。もちろん、いつもの日ロ非核化支援事業ズベズダに関するものだったけど……確か……そうそう、太平洋艦隊のなんとかいう幹部が、近々見学に訪れ、解体作業に伴う安全管理の点検を行う予定で、その便宜供与を日本総領事館に頼みたいというズベズダの工場の誰かからかの書簡（レター）が届いたので、原文を仮訳とともに送付する。本件対応について、非核化協力支援班に転電願いたいと——」

紗羅は顔を上げた。

「そのズベズダ工場からのレターの差出人、名前、覚えてない？」

その時、エリザベータの目が彷徨い、頬の筋肉が微妙に動いたことに紗羅は気づいた。

紗羅は、そのことを記憶に留めた上で、さらに訊いた。

「どう？」

エリザベータは天井を向いて考える風に腕組みをした。

それ、演技じゃないの？　と紗羅はふとそんなことを思った。ただ、彼女がなぜそんな演技をしなければならないのかについては思いつくことはなかったが——。

「あっ、そうそう」エリザベータは笑顔で紗羅へ視線を戻した。「ズベズダのあれよ、原子力潜水艦の修理工場、そこに所属している、軍事防諜課の新しい課長だったかな……そうだわ、そこの課長さんよ、名前は……そうそう。カザンツェフという大佐――」

実は、紗羅はその大佐の名前は知っていたので、軍事防諜課という厳しい名称の部門について特別な感情がわくことはなかった。

そもそも秘密に包まれていた原子力潜水艦の解体作業に、日本人が加わること自体、太平洋艦隊では反対意見が多かったことを紗羅は思い出した。それが実現したのは、放射性物質の管理と除染について日本が世界最高の技術を持っていたからに他ならない。

しかし、それでも異を唱える、古参の太平洋艦隊幹部が何人もいた。その妥協の産物として、新しく設置されたのが、ズベズダ原子力潜水艦修理工場所属の「軍事防諜課」だった。軍事防諜という部門は普通、ロシアの軍事秘密を狙ってくるスパイなどを摘発する、いわゆるカウンターインテリジェンスだ。

紗羅の脳裏に隼人が言っていた、一人のロシア人の顔が浮かんだ。元軍事防諜部の幹部だった、あのスケベなオヤジ――。あの男と連絡をとれば、もしかすると隼人のことも――。

しかし、紗羅はその思いをすぐに打ち消した。あの男は、〝キワ者〟である。どんな風に利用されるか分かったもんじゃない――。

紗羅は思考を元に戻した。しかし、ズベズダのそれに限っては、古参の太平洋艦隊幹部を納得させるためだけのもので、責任者である課長のポストは、間違いなく閑職だという噂を、かつての副領事時代、隼人から何度も聞かされていた。まったくなんの権限もないのに、仕事をしている、とアピールをするためだけに、一ヶ月に何度も姿を見せては、重箱の隅を突くかの如き注文をつけてくる、と隼人は呆れていた。

「点検って言ったって、どうせ閑職なんだから、形だけのパフォーマンスよ」

エリザベータはそう吐き捨てて首をすくめてみせた。

黙って頷いた紗羅だったが、内心、まったく納得がいかなかった。

エリザベータの話によれば、隼人の様子が変わったのは、その短い文面が原因だったことになる。しかし、軍の関係者がズベズダ事業を見学、視察することは日常茶飯事である。軍としても、かつては国家機密であった弾道ミサイル搭載原子力潜水艦の取り扱いには、今でもやはりナーバスな部分があることを紗羅は承知していたし、隼人なら尚更、身に沁みて知っている。弾道ミサイル搭載原子力潜水艦そのものが、世界最高レベルの技術が満載されており、かつ国家機密の塊である。しかもＳＬＢＭ（海中発射型弾道ミサイル）の発射台の部分は、退役となる前に、カムチャツカ半島の機密施設で取り外し、代わりに通信機械が設置されているが、それでも、それ以外の魚雷発射システムなどはまだ国家機密の一つである。ゆえに軍は神経質になって、その厳重な管理を、ロシア太平洋艦隊からオラリダ社と修理工場に厳しく言い渡し、並行して、ズベズダへ定期的に視察にも来ている。

だから、警備システムへの追加支援を日本側に要請するために軍関係者が来るというレター一つで、隼人の様子が変わるようなことはまったく考えられないのである。

「そのレター、まだ残ってる？　よかった。あとで原文と仮訳を見せてもらえる？」

「もちろん」

エリザベータは軽くそう言って頷くと、再び顔を寄せてきた。

「ところで、緑川さんや、和田さんにインタビューしているみたいだから、もう聞いてるわよね？」

紗羅はそれには反応せず、なぜ、そのことをエリザベータが知っているのか、とふと思った。ただ、エリザベータが何を言おうとしているのかは分からなかった。

「ライサのことよ」

そう言ってエリザベータは意味深な笑みを投げかけてきた。

紗羅は小さく息を吸い込んで身構えた。行き着くところまで行く勇気が自分にあるかどうかを見つめた。彼女なら、本当のところを口にしてくれるかもしれない。しかし、それは〝知らなくてもいい現実〟であるかもしれないと覚悟を決めた。

「というと？」

紗羅が訊いた。

「妙な言い方したけどね、別に、彼女とご主人とが関係があったとか、そんなことを言いたいんじゃないのよ」

エリザベータが慌てて付け加えた。だがそれは、紗羅の気持ちを逆撫でするものだった。

「ただね、雪村副領事とライサ、誰の目から見ても、仕事で一緒になる時間がちょっと多すぎない、って思っていたの。だから、ちょっと心配していたのよ」

持って回った言い方はもういいわ、と紗羅は思った。肝心なことを聞きたかった。

「ライサの存在が、今の隼人の状況と関係があると？」

「そういうわけじゃないけど……」

歯切れの悪いエリザベータにも紗羅は苛立ちを覚えた。そもそも、エリザベータとライサの二人はロシアの〝機関〟と密かに通じている——そう紗羅は警戒していた。だから、もったいぶっているのも計算された作戦の一つじゃないか、とも疑った。

「なら、なぜ、隼人が浮気していたことをわざわざ密告するわけ？」

紗羅は、相手の反応を見たくてズバリ切り込んでみた。

「密告ですって？　よくもまあ、そんなことが言えるわね」

エリザベータが不機嫌な表情で紗羅を見つめた。

「そうじゃないっていうわけ？」

紗羅は、両足を大きく組み直し、エリザベータに向き直って腕を組むオーバーなアクションで、もうひと押しした。

「ライサっていう、あの小娘が、美貌と体を餌にして、隼人に、ハニートラップをかけていた、そうなのね？」

紗羅は、グラスの白ワインを一気に飲み干してからエリザベータを見つめ、さらに挑発した。

首をすくめたエリザベータは、大きく息を吐き出した。

「サラ、私たち、どれだけの付き合いなの？」エリザベータが真顔になって続けた。「ライサと私は確かにロシア人よ。だから日本人スタッフと話さないようなこともちろん話すわ。でも、ウラジオストクの、総領事館で働くすべてのローカルスタッフが、〝ルビャンカの亡霊たち（ロシア情報機関）〟のために働いているわけじゃないわ。今更、そんなこと、私に言わせる気なの？」

紗羅は直接、それには答えず、逆に訊いた。

「エリザベータ、あなたは、ライサのことをどれだけ詳しく知っているの？」

「少なくとも、ライサはそういった者たちとの関係はない、そう信じているわ」

「その根拠は？」

紗羅は畳みかけた。

「エビデンス？」エリザベータが苦笑した。「そんなのないわ」

「なら言うけど、私に同情するのなら、そんな半端なことは言わないでよ。だから、隼人はライサとセックスの関係だったの？」

紗羅は、自分でもその言葉が口から出たことに驚いた。

エリザベータは一瞬、驚いた表情を見せたが、軽く頷いてから小さく言った。

「たぶん……」

「たぶん？　はっきり言ったらどうなの」

しばらく考えるようにしていたエリザベータが、いきなり顔を上げた。

「なら言うけど――。雪村副領事、仕事でもない日にレンタカーをわざわざ借りる予約をしたり、郊外にあるリゾート型のホテルのことを調べたり、休日の待ち合わせ話を二人でひそひそしたり、そんな場面を何度か目撃したことがあったってことよ」

紗羅は、頭では、その言葉から何かを想像することを必死に堪えた。

しかし、体の反応は逆だった。ふらつきそうな体を必死で支えた。動悸がして、息ができなくなる錯覚に陥った。

辺りを見渡したエリザベータは、急に顔を近づかせた。

「いい、サラ。そこから先へ、あなたは近づいてはいけない。だから、さっさと帰国した方がいいわ」

エリザベータは意味深な微笑みを浮かべた後、ナプキンをテーブルの上に投げ出して席を立っていった。


隼人の執務室に戻った紗羅は、ズベズダの警備責任者を兼ねる、ズベズダ修理工場所属の軍事防諜課長のカザンツェフ大佐に真っ先に電話を入れた。

カザンツェフ大佐に会えるかどうかは運に任せてはいたが、実のところ、何としてでも会いたい、と思っていた。エリザベータによれば、隼人と連絡がとれなくなる寸前、送られてきたレターの中で触れられていた人物だったという。しかも、そのレターを外務本省に報告するために公電の準備をしながら、なぜか送らなかった。紗羅はそのことが強く心に引っかかっていたからだ。

しかし、カザンツェフ大佐は、今日は出張の予定があるので、時間ができたら、こちらから電話を入れるからと言い、紗羅の連絡先を聞いて慌ただしく電話を切った。紗羅のカザンツェフ大佐についての印象は、暗い雰囲気の男というだけで、すこぶる悪かった。

電話を終えた紗羅は執務室を出て、〝官房室〟と呼ばれる大部屋のドアを開け、総務班の仙川に近づき、より一層の笑みで声をかけた。そして、五十歳にしてはたるんでいない切れ長の目をじっと覗き込んだ。

「使える車は何がありますか？」

紗羅の唇に視線を合わせたまま仙川は、黒縁メガネの真ん中を指でひょいと持ち上げてから、記録簿を急いで捲った。

「ハリアーがあります。しかし、この霧では――」

「構いません。キーをください」

顔を近づけて笑みを送った紗羅に、仙川は、反射的にキーを差し出した。

地下の駐車場に降りた紗羅は、四方に向けてキーを忙しく振り、ロック解除ボタンを押し続けた。ブラックのセダン、トヨタのハリアー、と仙川から聞いていたが、駐車場は満車だった。

キュンキュンという音がしてその方向へ目を向けると、ライトが点滅する車が目に入った。

地下の駐車場から地上へとハリアーをゆっくりと滑り出させた紗羅は、かつてそうであったように毒づくことはなかった。朝からの霧は、かなり晴れて、二つ先の交差点の信号機も鮮明に見えるほどになっていた。

　まず、金角湾を見下ろす二十階建ての沿海州政府庁舎（ホワイトハウス）に立ち寄った。庁舎への階段を上る紗羅は、ビル中央付近に掲げられた、緑地にブルーのクロスと獅子の絵が描かれた沿海州旗を見上げながら、この地が魑魅魍魎が蔓延（はびこ）るロシアであることをあらためて思った。

　事務室窓口で、身分証明書や関係書類を提示し、ボリショイ・カーメニ市とズベズダ原子力潜水艦修理工場に立ち入るための許可書の発行を受けた。再びハリアーを駆った紗羅は、隼人がここに着任してきたのと同じ頃に開通した高速道路に入った。

　ところが、市街地から離れ、山間（やまあい）を縫うように延びる道をナホトカ方面へ走るにつれ、霧は徐々に濃くなっていった。フォグランプなんてまったく用をなさない。速度を落とした紗羅は、かつてここを何度も往復したことを思い出した。

　ズベズダ原子力潜水艦修理工場があるボリショイ・カーメニ市までは、ピョートル大帝湾に抱かれたウスリー湾を直線的に渡れば、東京から鎌倉くらいまでの距離である。だが、ウスリー湾をぐるっと回り込む山道を進まなければならないため、東京から静岡の三島くらいまでの距離となる。晴れていれば片道一時間ほどで行けるが、この霧では二時間近くはかかるかもしれないと思うと、ため息が出た。

　だが、山道を抜けて平地を走りだすと、急に霧が晴れてきた。怖ろしいほどに視界が広がった。紗羅はハリアーを軽快に飛ばした。広大なウスリー湾の向こうのその突端に、ウラジオストクがあるムラヴィヨフ＝アムールスキー半島がフロントガラス一杯に雄大に広がった。

紗羅は胸が詰まった。

その雄大で美しい景観に感動したからではない。

かつて隼人と通い詰めたことを昨日のことのように思い出したからだ。

視界を独占するこの景色は、あの時と何も変わっていない。この匂い、空気の流れさえも同じように思えた。

変わっていることと言えば、隣に隼人がいないことだった。

三年前、一緒にズベズダへ向かう道すがら、ハンドルを握る隼人がよく話していたのは、シベリア一周旅行の夢だった。ズベズダからほど近いナホトカで一日遊んだあと、船旅の計画も作った。懐かしい思い出に、紗羅の胸が締め付けられた。

ピョートル大帝湾に沿って北上すると、ズベズダ工場のクレーンや煙突群が見えてきたものだった。今、その時とは逆方向に走りながら高速道路A188号線を降りて誘導路から一般道へ流れ込んだ時、それまでののどかな景色が一変した。映画「スター・ウォーズ」に出てくるような巨大で厳つい黄緑色のジブクレーンや何本もの黒い煙突、延々と続くような赤茶けた工場の屋根が見えた。

おぞましい世界——。

——おぞましい？

そんな言葉が頭に浮かんだことに紗羅は自分でも驚いた。

かつてここへ通っていた時は、そんな風に感じたことは一度としてなかった。

ボリショイ・カーメニ市までの一本道に入ると、視線の先に、平屋建ての小さな建物と、踏切のような施設が徐々に大きくなってくる。いずれも懐かしい光景のはず——だった。しかし、今は異様な感じがして、薄気味悪い、とさえ思った。そして、この光景を、紗羅は激しく拒絶していた。

遮断機の前に立つ武装したＦＳＢ部隊に近づくにつれ、薄気味悪さは胸騒ぎへと変わった。かつて何度も通過したが、こんな気分に襲われたのは初めてだった。得体の知れない恐怖までも感じ始めていた。

遮断機より五メートルほど前に、自爆テロ車両に備えて三本のコンクリートの円柱が地面から突き出て、縦にくねくねとした状態で配置されていた。

三本の円柱の間を微速で進み、遮断機の前で停止した時、完全防寒姿で緊張した表情の若い兵士が近づいてきた。外国人だから、若い兵士は戸惑い、こんな反応をするのだろう、と紗羅は思った。ここから先は、観光客やビジネスマンであっても絶対に立ち入ることが禁じられている完全に閉鎖された街である。もちろんその理由は、この街に原子力潜水艦の修理を専門とする工場があるからである。

日本外務省発行の身分証明書と沿海州政府が発行した立入り許可書を示した紗羅に対して、若い兵士はいきなり、車から降りろ、と身振りで命じた。

紗羅は困惑することもなく、素直に従った。ルールが変わったんだろうと受け止めて車から降りた。しかしそこから先が異様だった。女性兵士を呼ぶこともせず、その若い兵士が紗羅の全身のボディチェックを始めたのである。AK47を担いでいる兵士に抵抗などできようはずもなかったが、大腿部を触られた時にはさすがに怒りが込みあげて抗議した。外交官であることを示している以上、身体への不可侵も守られるべきである。まして女性の体のあちこちを男が触るなど、言語道断なのだ。

紗羅が流暢なロシア語で激しく罵ったので驚いた若い兵士は、視線を激しく彷徨わせて後退りした。

コンクリート造りの検問事務室から、将校らしき男が出てきた。肩章と部隊マークから、FSB沿海州支局の将校だと分かった。

将校は、真っ先に、ハリアーのナンバープレートへ目をやり、外交官ナンバーであることを確認すると穏やかな表情で紗羅に駆け寄った。

将校は若い兵士から、紗羅の身分証明書と立入り許可書を乱暴に奪い取った。

書類と紗羅の顔を見比べながら将校が訊いた。

「ズベズダに行かれるのですね？」

「沿海州知事のご招待でもう何度もここを訪れていますが、こんな扱いを受けたのは初めてです」

紗羅はそう怒りを口にし、将校の背後にいるさきほどの若い兵士を睨みつけた。

「大変失礼しました」と意外にも将校は素直に謝って書類を紗羅に返した。「どうぞお通りください」

周りの兵士たちを怒鳴って道を空けさせた将校は、検問事務室へ向かって大きく手を振った。

遮断機がゆっくりと上がった。

運転席に戻って紗羅はギアをドライブに入れながら、ふと気づいた。

検問所の周りに立つ兵士たちの数が異様に多い。こんな数の兵士を、昔は見たことがなかった。

「何かあったんですか？」

紗羅が訊いた。それは素直な好奇心からだった。

だが、将校は、身振りで先を急がすだけで何も答えなかった。

地面を這い回る電線や様々なケーブルの間を歩きながら、紗羅は時折、足がふらついた。その度に、紗羅は、頭に被ったヘルメットを必死に押さえなければならなかった。

妙な威圧感を覚えて、ゆっくりと顔を上げると、湾に延びる埠頭(ふとう)に巨大な潜水艦が係留されていた。上甲板は雪で被われていて全体像は分からなかった。ただ、司令塔の左右に水平舵があるのは邪魔だが、スリムなフォルムには美しささえ感じた。

〝ぶった切る〟対象の潜水艦は、酷く赤茶けて、汚れている。しかしこの潜水艦は、まるで寝化粧をしたかの如く黒光りしていた。ということはつまり、修理かメンテナンスを施した、現役ということなのだろう。

潜水艦の上甲板へ繋がるタラップの傍らに〈第一埠頭〉というロシア語の立て札があった。

第四埠頭と思われる三つ先の埠頭にも、同じタイプの潜水艦があるが、船底部分だけでなく全体が赤茶けていた。こちらが〝ぶった切る〟対象なのだ。

思わぬところで時間を潰してしまったことに気づいた紗羅は、駆け足で事務所へ急いだ。

右前方、倉庫の向こうに巨大な足場がちらっと見えた。その奥に目的の事務所がある。紗羅は足を速め、そのまま倉庫の先を勢いをつけて曲がった。

巨大な電動カッターの、耳障りな大きな音が響き渡った。顔をしかめた紗羅が、足を止めてヘルメットの縁を上げた、その時だった。十階建てのマンションほどの巨大な円柱形の鉄の塊の中央部分から、猛烈な火花が四方に放たれた。その一部が紗羅に襲いかかった。思わず悲鳴をあげた紗羅は、必死に飛び退いた。たまたま通りかかったベージュ色の制服を着た修理工場の電気技師が、驚いて支えようとしてくれたが、間に合わなかった。足がもつれた紗羅は、その場に転がった。

何人ものブルーの繋ぎを身につけた作業員が駆け寄ってきて抱き起こしてくれた。

「スパシーバ（ありがとう）」

ヘルメットを被り直しながら、それだけを言えた紗羅は、情けない自分に苦笑した。

騒ぎを聞いてさらに駆けつけた三人の男たちに支えられながら、紗羅は、胴体部分の切断面から火花を上げ続ける原子力潜水艦を横目に、事務所への外付け階段を上った。

事務所へ迎え入れられて、ようやくヘルメットを取った紗羅に、ズベズダ原子力潜水艦修理工場のソスベコフ所長が満面の笑みで声をかけた。

「一時は、ソ連の主力原子力潜水艦だったヴィクター級の勇姿も、こうなっちゃったら、情けないものだね」

ソスベコフ所長は、そう言って監視カメラの画面へ顎をしゃくった。

画面には、巨大な乾式ドックの中で、まるで手足をもぎ取られたように、切断面が露わになった鉄の塊が横たわっていた。

ソスベコフは突き出た腹を抱えるようにして紗羅に近づいた。

「サラ。元気だったかね？」

手を差し出された紗羅は固い握手を交わした。

「はい、すこぶる。所長はいかがです？」

「悲しいね」

ソスベコフは首をすくめてみせ、紗羅に応接セットの黒いカバーの椅子を勧めた。

「あんたら日本のお陰で、どんだけ技術者の家族たちが助かったことか。これがなきゃ、また技術者が流出してたよ。だが、それもあと少しで終わりだ。当初から決まっていたとはいえ、まったく残念という他はない。技術者の流出がまた始まるというもんだ――」

そう言って顔を歪めたソスベコフは、家から持ってきたのか、保温用の携帯ポットから、カップにコーヒーを注いで紗羅の前に置き、自分も重そうな尻を椅子にどすんと置いた。

「ところで、第四埠頭に、〝ぶった切って〟いない潜水艦がありましたが、あれは？」

「国家機密――と言いたいところだが、第四埠頭のＫ‐４１５は、あれは退役したやつで、

〝ぶった切り〟前というところです。ただ、第一埠頭のK-399は、通信特務艦として第二の人生を歩むことになっています」

「退役？　それにしては、錆び付いているとはいえ、見事なフォルムの潜水艦でしたね」

「ミセス・ユキムラ、あなたもすっかりサブマリナーになりましたね」

　ソスベコフが笑った。

「実は――」ソスベコフは白髪をかきむしった。「まあ、いいでしょ。ある国が買うことになっていたんですが、ま、いろいろあって結局はおじゃんです」

「中国に売ると？」

　紗羅は急いで訊いた。

　ソスベコフは一瞬驚いた表情を見せたが、苦笑しながら頭を振った。

「それを言ったら、母ちゃんと二人のガキに、メシを食べさせられなくなりますよ」

　首を切る仕草を一度してから、ソスベコフは話題を変えた。

「そうそう、あの時からいつも一緒に来られていた、イケメンのご主人、体調を崩しておられるとか。どうかお大事に、とお伝えください」

　ソスベコフは、出入り口へ視線を送った。

「今日、私が参りましたのは、まさにそのことなんです。二日前のミーティングが、こちらの都合でキャンセルとなりましたこと、大変申し訳ございません」

紗羅は深々と日本式に頭を下げた。そうすることは、外交官としては如何なものか、と眉をひそめる幹部は多い。しかし、あくまでも日本式を通すことが重要な場合があるというのが紗羅の確信だった。それは情に訴えることではない。誠心誠意という日本の美俗こそもっと活用すべきだと思っていたからだ。

そして紗羅は本題に切り込んだ。

「ズベズダ事業の完成をお祝いすることこそ、これからの日ロ友好の証であり、また皆さんへの感謝の気持ちを込めるものとしましても、祝賀レセプションは、なんとしても開催したく、明後日のミーティング、何卒、よろしくお願い申し上げます」

ソスベコフは笑顔を向けていた。

「もとより、その件はこちらこそ楽しみにしております。あとは、祝賀レセプションの日程の問題でしょうが、まっ、なんとかなるでしょう」

楽観論者のロシア人などあまり聞いたことはないが、協力的であるという感触を摑んだだけでも、ここに来てよかったと紗羅は安心した。しかし、これはまだ一歩なのだ、と思うと緊張は解けなかった。

そこからは、ソスベコフ所長に、同じボリショイ・カーメニ市にあるオラリダ社まで同行してもらうことになった。社長と三人で話す機会ができたことこそ、本当にありがたかった。

あとは、沿海州政府からの出席者についてだが、日本を離れる前に、知事の出席が叶わなくてもいい、という政務官の承諾を多岐川を通じて得ることができたのは大きかった。沿海州政府には、副知事が八人もいるので、そのうち一人でも出席してくれれば、ロシア側と日本側の双方の顔が立つ。そのアイデアは、沿海州政府内の紗羅の〝密やかなアセット〟である知事秘書官の内諾も得ていた。

　オラリダ社を立ち去る時、紗羅は、ソスベコフ所長に、実はもう一人ご紹介頂きたい方がいまして、と願い出た。カザンツェフが出張に出るまで、まだ時間があるので幸運ならば会えるかと思ったからだ。

「太平洋艦隊に所属する、ズベズダ修理工場付きの軍事防諜課長でいらっしゃるカザンツェフ大佐です」

「カザンツェフ大佐？　ああ、あの新しく着任した？」

「ええ、当日の警備の問題もありますし、ぜひ一度、ご挨拶をしたく――」

「別に、構わないけどね……」

　ソスベコフ所長は一瞬、言い淀んでから続けた。

「軍事防諜課って名称こそ厳めしいが、なんにもやることがない閑職だ。だから、しょっちゆういなくなるよ。魚でも釣りに行っているんじゃないかというのがもっぱらの噂でさ。ただね——。なんでも、チェチェンの最前線で功績があって勲章をもらったということだ。そんな野郎が今じゃ……哀れなもんだ」

功績とは、人間を多数、殺したということなのだろう、と思うと、紗羅は妙な好奇心を覚えた。

カザンツェフ大佐のオフィスは、修理工場のずっと奥まったところにあった。ソスベコフの指示通りに進み、解体作業を行っている乾式ドックを越えてゆくと、まず、海に開かれた四つの埠頭があり、さらに行くと、鋼材などが無造作に放置された空き地みたいな場所に、ぽつんと建つ平屋があった。ソスベコフから持たされた手描きの地図を見れば、ここらしい。ただ戸惑ったのは、その平屋へ辿り着く道がなかった。敷き詰められた何枚かの赤茶けたトタンの板を渡った先に、深いヒビが入っているコンクリート打ちっぱなしの粗末な平屋の、塗料がすっかり剝げてカビが生えているドアが見えた。

かなり回り道をして、散らばっている資材を乗り越え、やっとオフィスの前に辿り着いた紗羅が、ノックしようと手を伸ばした時、中から「開いています」という低い声が聞こえた。

ドアを開けると、黒い海軍服を着て背筋を伸ばした男がデスクトップパソコンに向き合っていた。紗羅が声をかけると、男は振り返った。

紗羅は、一瞬息を呑んだ。男の顔には無数の切り傷らしき痕があった。これが、チェチェンでの激しい戦闘で多くの人間を殺した〝功績〟なのだろう、と紗羅は勝手に思った。

カザンツェフ大佐については、エリザベータから、オラリダ社からのレターの件で、その名を教えてもらってから、すぐに、ロシアのメディアデータベースにアクセスし、新聞などの公刊資料を基に調べ上げていた。チェチェンから戻ったカザンツェフ大佐は、マスコミ数社のインタビューに、捕虜になった時の自身の境遇を語っていた。内容は戦争の悲惨さを物語るものだった。

その記事は、カザンツェフが、当時少佐として統合軍第２１１歩兵師団の統合軍軍事防諜局兵器盗難・密売対策課の次長としてチェチェンの戦闘に加わってから数ヶ月後の時点から始まっていた。

カザンツェフは、ある地元の協力者から、チェチェンゲリラが、ウクライナで購入した９Ｋ38・イグラ１携帯式対空ミサイル五十基をグルジアとの国境経由で密輸入しようとしているとの情報を入手した。

カザンツェフは統合軍の軍事防諜局次長ゴルバトフ大佐宛に、この報告書と対策措置計画案を送った。ゴルバトフ大佐はこの計画案を直ちに承認。一週間後、カザンツェフは軍事情報部(GRU)特殊部隊の十二名を連れて、目立たぬよう、チェチェン共和国のワハチュ村に出動した。カザンツェフと特殊部隊はワハチュ村の近くにある林で待ち伏せのため、本部との通信を一切せずに、三日間待機した。

しかし、午前四時、チェチェンゲリラ部隊が逆にカザンツェフと特殊部隊の拠点を囲み、戦闘が突然始まった。

十五分後、戦闘が終わった。生き残ったのはカザンツェフだけだった。戦闘で自分たちに十数名の損失が出たことに激怒したゲリラたちは負傷していたカザンツェフを殺そうとした。しかし、ゲリラ隊長のカラビエフは「ロシアの豚でも価値がある。身代金の支払いや捕虜の交換に利用できる」と殺気立つゲリラたちを制して、カザンツェフをゲリラの秘密基地へ運ぶよう指示した。

カザンツェフはそれから三ヶ月間、北カフカス山脈の中にあるカラビエフ隊長の基地で、捕虜暮らしを強いられた。その後、常時弾薬不足に悩むカラビエフ隊長はカザンツェフを他のゲリラ隊長に売却した。その後も、カザンツェフは何回かゲリラ部隊の間で転売された。

カザンツェフが最後に売られたのは、ルスランという男が隊長を務める部隊だった。ちょうどその頃、ロシア陸軍戦車部隊の攻勢で負傷しキプロスで静養していた特務旅団長がチェチェンに帰国していた。

ルスラン隊長は、その旅団長に、

「統合軍第211歩兵師団の参謀将校の捕虜がいる」

と通報した。ちょうど特務旅団長の部隊は、ロシア軍の第211歩兵師団の中隊との戦闘でゲリラ七名が殺され、統合軍がこの七名の遺体を持ち去った直後だった。ゆえに第211歩兵師団と交渉して、その遺体と、ルスラン隊長から聞かされたカザンツェフを交換しようと考えた。そして特務旅団長はルスラン隊長に、「兵器と弾薬にチェンジしよう」と提案した。一週間後、ルスラン隊長ほか十名の護衛部隊を乗せた二台の装甲兵員輸送車が砂埃を巻き上げて山岳地帯の谷間を走行中、ロシア空軍のSu－27戦闘機が急襲し、発射したKH－29空対地ミサイルが二台の車を吹っ飛ばした。車両は大破したが、その隙に、カザンツェフはゲリラたちの銃を奪い、全員を射殺した上で、息も絶え絶えになりながら、なんとか一人だけ脱出できた。その後は、手錠をはめたまま、砂漠をまる一日歩き続け、ロシア陸軍の偵察ヘリコプター部隊によって発見され、救出されたのだった――。

紗羅が自己紹介すると、カザンツェフは姿勢よく立ち上がった。見事に磨かれた黒靴が紗羅の目に入った。

「カザンツェフ大佐です」

彼は握手を求めなかったし、笑顔もなかった。

「ソスベコフ所長から、さきほどお伺いしました」

カザンツェフ大佐は無表情のまま、執務机の前にあるパイプ椅子へ座るように頷いて促した。

パイプ椅子に腰を下ろしながら、紗羅はちらっと部屋の中を見回した。お世辞にもきれいな部屋とは言い難かった。

まず感じたのは饐えたカビの臭いだった。恐らく何年も空気の入れ換えをやっていないのだろう。窓も汚れがへばりつき、木の板の床も何かヌルヌルしているように思えた。そしてなによりもこの部屋の狭さである。正直言って、大佐という階級の者がデスクを構える部屋ではなかった。紗羅が思い出したのは、大学生の頃、付き合っていた男が住んでいたアパートの四畳半の部屋だった。それにしても、この男はなぜこんな場所に甘んじているのだろうか——。

「ズベズダ事業へのご協力を心から感謝いたします」

紗羅は微笑みながら礼を口にして頭を下げた。

「私は、ズベズダ事業のことにつきましてはあまり詳しくは知らず、一度、日本総領事館の方とお話をさせて頂きたいと思っておりました。お聞きになられていると思いますが、ご協力できる点がございましたらなんでもいたします」

「再来週、事業完了を祝うレセプションを予定しております。実務面で、あらためてご協力を頂きたくお願い申し上げることになるかもしれません。何卒、よろしくお願いいたします」

カザンツェフ大佐はなんの反応もないまま口を開いた。

「間もなく私は、この修理工場の隅々まで知ることになります。すべてを把握します。そうでもしないとこの修理工場は守れませんからね。よって、私はお役に立てると思うのです」

紗羅は思ってもみなかった、カザンツェフ大佐の協力的な態度に素直に感激した。

まずは、挨拶はこれでよし、と紗羅は思った。オフィスがどんなに粗末であろうと、このズベズダ修理工場では、彼が、ロシア太平洋艦隊の唯一の関係者であることに変わりはない。このパイプはいずれ重要になるかもしれないと計算していた。

「ところで、これまで、副領事の雪村がお世話になったと思うのですが、私の夫なのです」

紗羅が本題を切り出した。

「それは素晴らしい」

そう口にしたカザンツェフ大佐だったが、特別な表情を見せることはなかった。

「最近、とても失礼なことをしてしまったようで、お詫びを兼ねて、今日は、伺ったのです」

「失礼なこと？」

カザンツェフ大佐はさすがに反応した。だが表情は変わらなかった。

「一週間ほど前、雪村宛に、レターを頂きましたね。ズベズダ修理工場の保安検査に関する、便宜供与のご依頼について、と題するものです。それに対する、返事をまだお届けしていないかと――」

カザンツェフ大佐は急に押し黙った。

その反応は、ここに来てから初めての、異質なものだった。

「ご気分を悪くされたのではないか、と本人、心配しておりまして」紗羅はさらに強引に押し込んだ。「いかがでしょうか？」

「そのレターについては、私は存じません」

カザンツェフ大佐が口を開いた。

「では、保安チェックについては実際には？」

「聞いておりません」

カザンツェフ大佐はそう言ったきり、紗羅が何度か挑発してみても口を噤んだままだった。

あっけなく話が終わったことを紗羅は自覚した。

退去する挨拶をしようとした紗羅は、ふと妙なことに気づいた。

目の前の男はさっきから瞬きをしていない。瞳はじっと紗羅を見つめている。でも、瞼どころか、瞳の動きさえまったくない。

「記念行事のご成功をお祈りしております」

立ち上がったカザンツェフ大佐は、微かだが初めて笑顔を見せ、握手を求めてきた。


その一報は、和田からの電話だった。

「今、テレビつけてますか？」

和田の声が緊張していることに気づいた。

「観てないわ。待って」

紗羅は慌ててリモコンを手に取ってテレビに向けた。

「お話しすべきかどうか迷いましたが、どんな些細な情報でも欲しい、と仰っていましたので」

「ありがとう。で、チャンネルは？」

テレビを点けて、教えられたチャンネルに合わせると、地元テレビ局のニュース番組が流れていた。紗羅は、スマートフォンを握ったまま、リモコンで音量を上げた。

画面では、頭にバンダナを巻いた若い女性が戸惑いながら、テレビ局記者のインタビューを受けている。クレジットには〈第一発見者〉とあった。彼女の肩越しに、どこかの川が流れている。

紗羅は思わず唾を飲み込んだ。

――まさか……。

画面が変わって、ラビットフラッシュをまき散らす数台の警察車両が停まる河川敷で、制服警察官たちが何かを捜している姿が流れた。

〝警察では、アジア系らしい容貌の男性と見られるほかは、身元を示すものがないため、被害者の特定を急ぐとともに、殺害した犯人の足取りを必死で追っています〟

最後の言葉を聞くまでもなく、紗羅はスマートフォンに向かって言った。

「この現場、すぐに調べてもらえますか？」

そう依頼して通話を切った紗羅は、急いでショルダーバッグを手に取り、ポールハンガーにかけたコートを羽織り、オレンジ色のマフラーを首にぐるぐる巻きにした。そしてドアをロックして通路を駆けだしたが、次の角で、奈良岡とぶつかった。

「外交官が走るなんて、それだけで失格だ」

顔を歪めた奈良岡が言った。

「すみません、急ぐもので」

そう言って頭を下げただけで早足で通路を急いだ。

「話がある」

奈良岡が紗羅の背中に声をかけた。

「すぐ戻ります」

紗羅は振り向かずにそう言って先を急ぎ、〝官房室〟に飛び込んだ。もう一台のハリアーがまだ空いていることを確認した紗羅は、総務班の仙川へ満面の笑みを送ってカギを借り受けると、エレベータへ急いだ。地下の駐車場に降りた紗羅は、さっき降りた同じ場所にあったハリアーまで走った。ドアを開けると同時に、和田からの着信があった。

「極東国立総合大学辺りです」

「そうですか。ありがとう」

それだけ言うと、スマートフォンを助手席に放り投げ、シートベルトを装着してイグニッションスイッチを押した。

記憶がどこまで残っているか自信はなかった。だが、捜査チームが引き揚げるまでには到着したかった。もし遅れれば、公式の照会をしなければならなくなる。

「またこれだ！」

地上に出たところで、紗羅はハンドルを叩いて毒づいた。

無情な霧が視界をほとんどなくしていた。

紗羅は、頭を切り替えた。こんなことって初めてじゃないじゃない！　今更なによ！

だが記憶にある景色をどうやって確認しようかと思った。紗羅は開き直りが解決してくれると思った。

一度、深呼吸して紗羅は、そっとアクセルに足を乗せようとした。

その時だった。紗羅は、今、自分がやろうとしていることを、あらためて思った。

自分が、今、行こうとしているのは……つまり……最悪の結末だ。なのに、なぜ、急がなければならないのか——。

紗羅は思った。今、自分が何をしたって結末は変わらない。なら、はっきりさせるべきだ。一旦、公式ルートに乗ってしまえば、煩雑な手続きが必要になるし、余計な雑音に振り回されることになる。だったら、自分が結末を見つめるべきだ、と紗羅は確信した。

大きな川を渡った辺りを通過して、夕闇の中でも急に視界が広がった。遠く、秋には紅葉がきれいなペタン山を見通せるほどになった。

　突然、強い風がハリアーに叩きつけた。紗羅はそれで理由が分かった。金角湾から吹き付ける猛烈な潮風が、まるで箒で掃いたかのように霧を吹き払ってくれたのだ。しかし、それが果たして喜ばしいことなのかどうか、紗羅には分からなかった。

　アクセルを踏み込んだ紗羅は、総領事館のビルを出た時に見たものを思い出した。ルームミラーの映像だった。駐車場から地上に出て、金角湾沿いを走るスヴェトランスカヤ通りに出た直後のこと。すぐ後方で、霧の中でぼんやりとフォグランプらしきオレンジ色の光が点灯したのがルームミラーに微かに映った。

　そしてその後も、滲んだようなオレンジ色の光は、一定の距離を保ってついてきた。妙だったのは、信号で停まっても、そのオレンジ色の光が近づいてこないことだ。

　しかも、強風で霧が晴れた時、ルームミラーの中にはそれらしい車はなかった。

　予想よりも時間がかかって現場に辿り着いた紗羅の目の先で、数十人の制服姿の民警が水辺に自生している草むらに分け入っていた。

　紗羅は、辺りを見回した。この強風のお陰で、霧が晴れ、遥かな山々まで見ることができた。

　ウラジオストクに来てから、こんな景色を見ることができたのは初めてだった。

　紗羅は、足が動かなかった。

ここまで来て逡巡したのである。

もし、隼人だったら……。

「ここで何をしている？」

飛び上がって驚いた紗羅が振り向くと、異様なまでに腹の出た民警の男が見下ろしていた。

紗羅は腹を括るしかなかった。

「日本国、総領事館の者です」

紗羅は、身分証明書を差し出した。

それをひったくった民警は、貼られている写真と紗羅の顔を何度も見比べた。

民警は身分証明書を戻しながら、大して関心もなさそうに訊いた。

「で、ご用件は？」

「ニュースで、被害者が東洋系と言っていましたので、もしかして日本人かと思いまして」

民警は納得したように大きく頷いた。外交官がこんな現場に駆けつけることは珍しく、外交ルートという手段を使わなければならないことなど民警が知っているはずもない、と紗羅は思った。

「なら、ちょうどいい。確認してくれ」

民警の男はそう言うなり、胸のポケットから一枚の写真を取り出した。

「身元が早く分かれば、彷徨う魂が救われるというものだ」

民警は写真を紗羅の顔の前にいきなり掲げた。

覚悟を決める余裕もなく、紗羅は血まみれの被害者を見せつけられた。

目をカッと見開き、血の中で顔を醜く歪めた男がそこにいた。

紗羅はすぐに分かった。隼人が金髪であるはずはないからだ。しかも写真の男は、シベリア南部の内陸部にあって、アジア人に近いイルクーツク地方の男のように思えたし、それにどう見ても少年だった。

車に戻りながら、自分が滑稽すぎて笑いが止まらなかった。ただ、結論が先延ばしになったに過ぎないのかも、と思うと急に寒さを感じた。コートの上から両手で体を抱き締めた。だが、ウラジオストクは、そんなことで寒さを凌げるような街ではなかった。

総領事館に戻る前に、紗羅は、十分ほど車を走らせたところにある、〝すべての物が揃う〟と呼ばれるルバガヤ市場へ向かった。知り尽くした街だったはずなのに、日本から持ってきた防寒用の服だけでは足りなかったからだ。

選んだ市場は、中国系の住民が開くオープンマーケットだった。ブルーのビニールシートだけでできた店舗が延々と並んでいる。乾物や海産物の店も多いが、やはり古着類の店がほとんどである。しかしこの街で売っているわけだから、分厚い生地ばかりで、幸運ならば、アンゴラといった高級素材のものにお目にかかることもあった。

その気配に気づいたのは、四軒目の古着屋を冷やかした直後のことだった。

視界の隅に入った二人の背の高い男が、ついてきているような気がした。アジア人が多いこのエリアでは、その男たちはあまりにも目立ちすぎた。

最初は、強盗かレイプ犯かとも思った。シベリアンマフィアは未だに健在だという、国際情報統括官室からのレポートを思い出した。

スカーフを手にした時、勇気を出して——それとなく振り返った。

男はいた。それもやっぱり二人——。

視線はこちらに向けていないので、紗羅は、この男たちはプロだと思った。どういったジャンルのプロかは分からなかったが——。

とにかく、自分が監視されているのは間違いなかった。

紗羅は、和田に注意したように、撒くことを止める、ということは到底できないと思った。

なんとかここを早く離脱したい、とそのことばかり考えた。

五軒の店を蛇行しながら足早に回った。

走ってくる靴音を背中に聞いた。

紗羅は思わず駆けだした。

やっとハリアーに飛び込んだ紗羅は、まずドアロックをかけ、エンジンをスタートさせ、背後を見ずに発進した。

咄嗟にルームミラーを覗いた。

二人の男の姿はなかった。しかし、紗羅の頭は混乱していた。二人の男の顔がアジア系だったからだ。ただ、沿海州の国々は、アジアの原点であることから顔立ちは日本人に似ているが……。


総領事館が入居する〝お菓子の家〟の地下駐車場にハリアーを停めて車を降りた時、紗羅はふと足を止め、入り口を振り返った。

入ってくる車はなかった。

地上から流れ落ちてくる霧の波が、のんびりと漂っているだけだった。

帰り道で、後ろに注意を払ったが、特に気になるような車はなかった。だから紗羅は、神経が昂ぶっているせいだ、と結論を下した。

小さく息を吐き出した紗羅は、車から降り、エレベータに向かって歩き始めた。

紗羅はもう少しで声をあげるところだった。

駐車中の車の陰から、突然、緑川が飛び出してきたのである。

身構えた紗羅の前で、緑川は薄笑いを浮かべていた。

「いかがでした？」

紗羅は緑川を無視してエレベータへと歩き始めた。

「ご主人、いや雪村副領事、やっぱりビー・イン・ア・フィックス（マズいことになる）みたいですよ」

緑川の声が背中に聞こえた。

振り返ることなく紗羅は歩を進めた。彼とかかわることを頭が拒絶していた。はっきりした理由があるわけではない。馬が合わない——そうとしか表現できなかった。

「トゥエンティーサウザンド・ダラーズのキャッシュが入ったパウチがミッシングのようです。雪村副領事のマターで——」

さすがに聞き捨てならない言葉だった。

足を止めた紗羅は振り返った。

「それを私にわざわざ？」

そう言ってから、どうもこの男には強く出てしまうと、あらためて気づいた。

「今朝、言いましたよね、パブリックマネーのことで、はっきりしたらお話しすると」

「で、それが雪村とどう関係が？」

紗羅は苛立って訊いた。

「言ったでしょ？　おぞましい秘密の仕事、それをインオペ（実施中）だったようですね」

「おぞましい仕事……」

緑川は続けた。

「三日前、電信官の毛利（もうり）さんがいつものようにウラジオストク国際空港へ出かけ、パウチを引き取り戻ってきて、まず金庫に入れた――そこまではコンファーム（確認）されている。でもその後、金庫から雪村副領事扱いのものだけが消えたんです」

「雪村は、外交行嚢（パウチ）の記録簿に、受け取りのサインをしているんですか？」

「それがないからおかしいんです。もし横領するつもりなら、サインをしてからそうする奴なんていませんからね」

　その緑川の言葉で、この男の話は信用できないと紗羅はあらためて確信した。この男は、外交行嚢（パウチ）のシステムの重要部分を知っているはずなのに、誤魔化している。物理的にそんなことは起こるはずがないのだ。受け取りから管理まで電信官以外のもう一人を入れて行うという規則があるからである。

それに、そもそも、パウチで現金を運ぶことはほとんどない。たとえば、総理や他の大臣などの接遇費の増額が必要になれば、銀行送金を使うのが一般的だ。特別の事情がある国とか、銀行業務が脆弱な国でない限り、現ナマをパウチで運ぶことはほぼあり得ない。ただ、スペシャル・アサインメントではあり得るが、今回の場合、隼人は関係なさそうなので、結論を言えば、緑川が、何かを企んでいることは間違いないと思った。

だから、それをここで指摘しておかないと噂が一人歩きしてしまう、ということもちらっと頭を過ったが、とにかく、今の紗羅には、やらなければならないことが多すぎた。

「愛欲と銭——。テレビドラマならずとも、男が失踪する時には欠かせないアイテムだと思いませんか？」

露骨な悪意を感じた紗羅は黙殺した。

その言葉には何の感情もわかなかったが、あのくだらないメモの犯人はこの男なのだ、と確信した。

「このまま突き進んで、〝知るべきではない、おぞましい真実〟がもしあった時、ミセス・サラ、あなたは向き合えるんですか？」

エレベータを目指しながら紗羅は緑川を無視した。

「サラ、あなたには知らなくていい権利がある。だから、もう、帰国した方がいい」

紗羅は振り返ることなくエレベータへ急いだ。ドアが閉まる寸前、紗羅は言った。

「ご丁寧な忠告、ありがとうございます」


〝段ボール箱の部屋〟に紗羅が近づいた時、警備対策官の笠原が現れた。余りにも突然だったので思わず声が出た。

「勝手なことをしてもらっては困ります」

部屋に入った途端、警察庁からの出向者である笠原は、険しい表情でまず不満をぶちまけた。

紗羅は最初、笠原がなんのことを言っているのか分からなかった。

「私のような外交の素人が言うのもなんですが、カウンターパート、相互主義、紳士協定――これらは、外交で最も基本的なことではないんですか？」

笠原が怒っている意味に、紗羅はすぐに気づいた。他殺死体発見現場に行って、民警と接触したことが問題なのだ。

「それを、こんなにもあっさりと蔑ろにされたんじゃ仕事になりません」

紗羅は奥歯を嚙みしめた。笠原が言っていることは正論である。それにしても、情報の入手が早すぎる、と紗羅は訝った。それが彼の仕事だと言えばそれまでだが、ここに戻ってきてからまだ十分ほどしか経っていない。ということは、いや、もしかすると、この男は、ロシアの協力者として——。

紗羅は、笠原を観察した。航空自衛官の和田よりもその立ち姿は背筋が伸びて凜とし、芸術的でさえあった。その理由はすぐに理解できた。人事ファイルに書かれてあったのは、かつて鹿児島県警時代、剣道特練員であったという事実だった。剣道特練員という言葉の意味は何か、かつて紗羅が総領事館勤務時代にいた警備対策官から聞いたことがあった。勤務時間内でも剣道の訓練ができるという特別待遇を受けるほどの腕前の、極めて優れた者の代名詞であると。しかも笠原は、ここに着任して間もなく、その才能を生かし、外交官並みの力量も発揮した。それは隼人から聞かされたことだった。経費の支出にも厳しいあの奈良岡を説得し、館の主催という形を整え、レーニンの記念碑近くにある市営スポーツセンターの柔道場を借りて、小学生相手の剣道教室をウラジオストクで初めて開いたのである。もちろん、笠原は経営には携わらず、きたる自由港としての発展を期待して進出を考えている日本のスポーツ用品メーカーを引っ張り出すという〝腕力〟も見せつけたらしい。しかもその剣道教室に子供を連れてくる保護者たち——警察、内務局、企業など様々な職業の——と手伝いに訪れていた副領事たちが自然と人脈を構築することにもなったという噂を耳にしていた。

——しかし、それは実はカモフラージュで……。紗羅はより強く、警戒すべきだと思った。

ロシアのスパイかもしれないのだ。

「では、私にできることがありましたら、また」

そう言って、目配せだけで紗羅を通路へと誘い出した笠原は、先に立って進み、総領事館の玄関を出た。エレベータを使って一階に着くと、〝お菓子の家〟のビルの、公共のスペースとなっている通路の端まで先に歩いていった笠原は、窓のない空間で立ち止まって、ようやく紗羅を振り返った。

「さっきの部屋はまったく安全ではありません」

紗羅は大きく頷いた。

「脅迫めいたものも含め、不審と思われたメールや電話はありませんか？」

紗羅は明確に否定した。

紗羅はさっきまでの姿とは別人のような笠原を見つめたまま、その先の言葉を待った。

「今の段階では、イスラム過激派による誘拐、拉致、またマフィアやインテリジェンスがらみ——様々な可能性を考えなければなりません。日本であれば、それに対応するプロもインフラもありますが、ここにはまったくありません」

笠原の言うことは、何もかも正論だと紗羅はあらためて思った。しかし、彼にしてもまた、自分に帰国を促しているのだ。

「しかし、静観して、ただ待っているわけにはいきません」

紗羅にとっては純粋な心の叫びだった。

しばらく考えるようにしていた笠原が、一度、頷いてから紗羅の目を見据えた。

「実は、外務省のあなたに言うべきではありませんが——」一瞬の間を置いてから口を開いた。「これから申し上げる情報は、公電にはしないものです。実は、明日、私は東京からやってくる伝書司(クーリエ)と秘匿で接触します」

「公電の転達(てんだつ)はせずに？」

「ええ。ご存じのはずですね？」

紗羅は、まったく無表情で頷いた。警察庁は、派遣した警備対策官からの報告を直接受けることにいつも拘っていたことを思い出したからだ。警備対策官が極秘情報を警察庁に伝えたい場合、公電の転達というシステムで伝えることができる。だがその場合、公電は必ず外務大臣宛であるがゆえ、一旦、外務省に入る。つまり中身を読まれてしまう。警察庁はいつもそれを嫌がり、わざわざ運び屋たるクーリエを派遣してくるのだった。

笠原は誠実そうな視線で、紗羅の瞳を覗き込んだ。

「この総領事館では、今、おぞましいことが発生しています」

紗羅は息が止まった。緑川が口にしていたのと同じセリフをまた聞かされることとなったからだ。

「しかし、それは、口にすることはできません」

「ただ、そのことと雪村副領事の行方不明と関連があると？」

紗羅は急いで訊いた。

「恐らく――。しかし、雪村副領事が善意の側にいるとは限りません」

笠原が言った。

「どういうことです？」

紗羅は勢い込んで詰め寄った。

だが笠原は頭を振った。

「あなたにすべてをお話できるのは、本庁の判断を仰いでからとなります」

「本庁？」

紗羅が訝って聞いた。

「お察しの通り、警察庁で――」

「その〝すべて〟とは――」

笠原の言葉を遮って紗羅が続けた。

「ハニートラップ、その言葉と関連するんですね？」

笠原は無言のままだった。

だが紗羅は引けなかった。

「笠原さん、それでも、それだから尚更、それがたとえ〝知るべきではない真実〟であったとしても、私は、その真実と毅然と向き合います」

大きく息を吐き出した笠原は、「話は終わりのようです」と言っただけで、紗羅を押し退けると総領事館へ繋がるエレベータへと向かっていった。

紗羅は笠原を追ってエレベータに飛び乗った。

――絶対に引き下がらない。ここまでやってきたのよ。今更引けるわけがないじゃない！

エレベータが四階に着いて、笠原を追いかけた時、紗羅は思いがけず足がもつれた。バランスを崩して笠原に向かって倒れ込んだ。さすがに予想もしないことだったので笠原もそのまま、通路の端に置かれていた大きな観葉植物に突っ込んだ。大きな音とともに、鉢の中の土が辺りに散乱した。ちょうど歩いていた会計担当の女性スタッフから悲鳴があがった。

「雪村！」

床に転がった紗羅は、力が抜けたように振り返った。

「何度言ったら――」奈良岡は頭を振ってため息をついた。「部屋に来たまえ」

背中を向けて歩く奈良岡に、立ち上がった紗羅は従うしかなかった。辺りを見回したが、すでに笠原の姿はどこにもなかった。

紗羅は内心、暗澹たる気分だった。

なぜ、誰もが非協力的なのか。これでは、バックアップどころか、よく言われるように、背後から弾を撃たれるが如し、であった。

副領事室の二倍以上はある広い次席室に足を踏み入れた紗羅は身を固くした。奈良岡は、そんな紗羅に声をかけることもなく、小さなエスプレッソマシーンを自ら操作していた。

「シングル？　それともダブル？」

振り向かずに奈良岡が訊いた。

「ダブルで……お願いします」

戸惑いながら紗羅は答えた。エスプレッソを淹れてもらうなど、今まで、想像したこともなかった。

だがそんなことはどうでもよかった。

笠原が口にした言葉が頭の中を占領し、高鳴る動悸がはっきりと聞こえた。そして、あの言葉がまた思い出された。

〝知るべきではない真実〟

でも、その言葉が、さらなる勇気となったことを紗羅は自覚した。

熱湯を吹き出す重いモーター音が終わると、小さなカップの半分ほどに抽出されたエスプレッソが奈良岡の手によって前に置かれた。

目の前に座った奈良岡は、意外なことに静かに言った。

「ズベズダ案件は、どうやら、相手側から公式なエンドース（承認）も受けて、上手くいきそうじゃないか」

「明後日の夕方、ミーティングを再開するところまでこぎ着けました」

ロシア側の一部は、日本料理店のディナーでの懇親会を期待していたが、紗羅は、粘り強く説得して強引に夕方のミーティングを設定した。会食の時間が遅いと、酷い酔っ払いが約束を無視し、せっかくの〝調整〟が台無しになる。それこそ避けたく、慎重に事を進めた。

「さすがだ」

そう言った奈良岡の顔には笑みはなかった。

紗羅はここへは、自ら望んで来たわけではなかったが、あらためて後悔した。胸騒ぎがした。何か様子が違う。だが隼人のことではなく、私に関することで——。

「疲れただろ？　ご主人のこともあるし」

「いえ、大丈夫です」

実際は、身も心もぼろぼろだった。

「イスラム過激派の事案以降、満足に睡眠をとっていないようだな」

「いつものことです」

「体は嘘をつかない」

そう言って奈良岡は、紗羅の顔のいろいろなところへ視線を向けた。

紗羅は慌てた。スキンケアやメイクのことを気にしている暇はなかったからだ。

「いろいろ、何人かから話を聞いているようだな」

紗羅は、瞬きを止めた奈良岡の、その先の言葉が想像できた。

しかし、挑発には乗らない、と自分に言い聞かせた。

「長話になってしまい申し訳ございません」

紗羅は深く頭を下げた。

「分かっていないのか？　館員の多くが、君に不愉快な思いを抱いていることを。それでなくとも、雪村が行方不明となって誰もが不安に苛まれているというのに、君ときたら、根掘り葉掘り質問攻めにした挙げ句、他の館員のスキャンダルも密告しろと強要しているそうじやないか」

紗羅は愕然とした。誰がいったいそんなことを……。

奈良岡の携帯電話が鳴った。「失礼」と言って奈良岡は後ろを向いた。

日本語でのその会話は、ウラジオストクに在住する日本企業からの食事の誘いのようだった。

〝強要〟という言葉に、怒りにまみれていた紗羅は、憮然としたまま、ふと奈良岡の執務机に目をやった。

興味深いものを見つけた紗羅は、そっと腰を浮かして覗き込んだ。

それは、隼人の件についてのクロノロジーだった。しかも、隼人の最近の仕事ぶりや動きに合わせて、奈良岡がどのように振る舞ったのかが対照表のように細かく書かれている。

紗羅は、この文書の目的に気づいた。早い話、〝自分は悪くないアリバイ時系列〟なのである。しかも、隼人には、日頃からどれだけ気を使っていたかも書き込まれている。

ここまでやるかと、呆れるしかなかった紗羅は、気になって二枚目も覗いた。そこには、この事態を受けても出張先から戻ってこない総領事への批判がずらっと書いてあった。そして三枚目を持ち上げた時、奈良岡が電話を終えたので慌てて手を引っ込めた。

椅子に戻った紗羅は、今しがたの怒りも忘れ、もはや何も言う気がしなくなった。

ただ、三枚目の冒頭にあったその文字には引っかかった。

配布先限定の公電の作成用紙で、まず本橋様、と書かれ、件名には、隼人、という名前が確かにあった。本橋とは、あの総合外交政策局のエリート、総務課長の本橋だろう。しかしなぜ、隼人のことについて本橋に報告を？　何か隠すべきことがあるのか？

「雪村、私は忠告したはずだな？」

奈良岡が話を再開した。

紗羅は沈黙した。

「ミーティングを実現させた君の功績は賞讃に値する。明後日の、ズベズダ案件のミーティングで、祝賀レセプション開催にこぎ着けたなら、君の仕事は終いだ。その後すぐに東京へ戻りたまえ」

紗羅は開きかけた口を閉じた。

突然、すべてが分かった気がしたからだ。

女、金、スパイ、これだけ揃ったスキャンダルが明るみに出るのを総領事や奈良岡は恐れているのだ。いや、外務本省こそ恐れているに違いない。総領事はキャリアであり、外務本省としては、保護すべき人物である。だからこそ、ノンキャリアの奈良岡と自分に責任を負わせようとしているのだ。たとえマスコミが嗅ぎつけても、事件性や諜報性はなく、個人的な問題と述べる応答要領さえ、すでにできあがっているのだろう。

だから、外務本省のお偉い方々の予想に反して私がいろいろ探ることで、〝個人の問題〟で済まなくなることを避けたいがゆえに、ここに長らく置いておきたくないのだ。

しかし、隼人は、単なる、海外旅行をしていた一般市民ではない。日本を代表する外交官なのだ。国家が救うべき存在である。にもかかわらず、隼人は切り捨てられようとしている。

「ちなみにズベズダには雪村の荷物があるから、それも回収するように」

紗羅は何も応えなかった。

「外務本省の、君の上司である課長からも了承を頂いている」

もはや奈良岡は、紗羅の言葉を聞こうとはしなかった。

紗羅を無視するように立ち上がった奈良岡は執務机に戻った。

会議机の前に一人残されて目を彷徨わせる紗羅に、早くも書類に目をやりながら奈良岡が言った。

「念のために言っておくが、省のルールを忘れてないだろうな。明日から帰国までの二日間、宿泊ホテルのランクを落とすように」

その言葉を紗羅は、頭の中に入れることさえ拒絶した。

ホテル・ヒュンダイに引き揚げた紗羅は、靴を脱ぐのも忘れ、真っ先に冷蔵庫へと向かった。中から、アサヒのスーパードライを摑んで、プルトップを引くとすぐに喉に流し込んだ。大きなゲップを繰り返しながら一気に飲み干した。

ビール缶をゴミ箱に投げ入れ、そのままベッドに倒れ込んだ。

今日一日が、めまぐるしく過ぎ去っていった。

誰に会って、どんな話をしたのか、思い出す気分にもなれなかった。

しかも、隼人のことを思い出そうとしても、詰め込んだものが多すぎて、それを邪魔した。

だが、これだけは信じていた。

——明日こそ、隼人と必ず会える。

その直後、強烈な睡魔が襲ってきた。

2月16日

中世風の西洋建築の街並みで有名なアドミラーラ・フォーキナー通りからほど近い場所にある、十一階建ての高層ビルと三つの建物群、さらに平屋建てでガラス張りの食堂で構成されるFSB沿海州支局ビルの裏口から姿を現したコレツキイ中佐は、すっと滑り込んできた黒塗りのジルの後部座席に素早く乗り込んだ。

北はカムチャツカ半島から南はウラジオストクまでの広大なエリアでのスパイ活動やテロ行為を取り締まる責任者である対外情報課長のコレツキイ中佐には、ジルの専用車と秘書があてがわれていた。それだけでも特権階級の仲間入りだと、周りの者から畏敬の念を持って見られていることに満足ではあった。

ただ、本音では、車は国産の時代遅れのジルではなく、日本総領事館が持っているようなトヨタのハリアーが欲しいし、秘書も定年間近の老女ではなく、肌の艶が眩しい若い女性をあてがってもらいたい、と不満に思っていた。

フロントガラスで切り裂かれる霧の粒を漫然と見つめるコレツキイ中佐は、このポストを勝ち得たのは、あの事案を取り扱ったためだ、と一年前を思い出した。

それは、在北京ロシア大使館で1等書記官の少佐であった時、ソファーさえもない狭い執務室にかかってきた、一本の電話から始まった。

相手は、中国外務省の〝友人〟で、唐突な夕食の誘いだった。

〝友人〟は本当は公安部に在籍しており、外務省というのは外向けの肩書だった。ゆえに接触には細心の注意を要する諜報担当同士だった。

ロシア大統領の訪中を間近に控えていたので、その接遇準備に忙殺されていたが、〝唐突な誘い〟という点に、妙な期待もあって、その日の午後七時、なんとか時間を作った。

コレツキイ中佐は、天安門にほど近い「北富」という、三ツ星レベルの飯店（ホテル）で彭家義（ポンジャーイー）と会った。彭家義は、たくさんの料理と大量の高級な酒を注文した。普段、彼は金を節約しているのに、今回の話は重要なのだ、とコレツキイ中佐は思った。

三十分ほど雑談したあと、彭家義が本題を切り出した。

「現在、ロシアは予算の赤字や資金不足に悩んでおられる様子で、しかも、大軍縮を実施していらっしゃる。中国政府当局はロシアに一つの提案を申し上げようと計画している。もちろん、この提案は極秘だ」

コレツキイ中佐は、これは自分にとって初めての重要任務だと思いながら、「伺いましょう」と冷静な声で言った。

「中国は、ロシア海軍の中古の弾道ミサイル搭載原子力潜水艦を数隻購入しようと計画しています。購入がだめなら、リースでもよい」

感情を押し殺すコレツキイ中佐に、彭家義は笑顔で続けた。

「珍しいことではありませんよ。旧ソ連時代の海軍は、インド海軍に、NATOが言うところのチャーリー級原子力潜水艦一隻を移譲した実績があるほか、中国海軍も、旧ソ連設計局の援助でヴィクター級原子力潜水艦を原型とした国産の原潜を建造しているケースもあるんです」

コレツキイ中佐は食事の手を止めることはなかった。しかし、表情には出さなかったが、この商談のどこかに絡めれば——下っ端でもいいので——自分にとっての大きな切り札になる、と内心、激しく興奮していた。

「そこで具体的な提案がある」彭家義は身を乗り出して続けた。「実は、中国政府はすでに、大統領府の次官と副首相に、この提案の内容を非公式に伝えています。二人ともOKと言い、大統領に直接に報告することを約束しました。しかし、その返事が未だに届いていないのです。このため、ロシア大使館の友人であるコレツキイ1等書記官経由で再び提案を伝えて頂きたい。中国の国務院常務副総理（第一副首相）と中国共産党中央軍事委員会副主席からの提案であると伝えてもらって結構です」

彭家義と別れたコレツキイ中佐は、自宅のアパートへは向かわず、大使館に大急ぎで戻って、大統領府次官、外務大臣、ＦＳＢ長官、ＳＶＲ長官宛に、暗号で極秘電報を送った。

それを契機に、中国とロシアの秘密取引が一気に動き始めた。

大統領府次官は、ロシア国防省中央資源管理局長に、太平洋艦隊の退役原潜を一隻探すように指示した。さらに国防省中央資源管理局長は、国家資産管理委員会チュバイス議長に同じ指令を伝達した。その結果、リストアップされたのが、カムチャツカ半島で退役していた、６６７Ｍ型弾道ミサイル搭載原子力潜水艦Ｋ－４１５だった。Ｋ－４１５は、アメリカとのＳＴＡＲＴ－Ⅰに沿って、大統領の特命により退役し、カムチャツカ半島の基地の片隅で、解体されるのを静かに待っていた。

一週間後、ロシア海軍総司令官チェルナヴィン大将は、大統領府次官から、太平洋艦隊の退役したＫ－４１５原子力潜水艦一隻を国防省中央資源管理局に移譲するよう指令された。同時に、ロシア海軍の後方局長と中央技術局長に指示を出すようにも命令された。指示すべき内容は、沿海州のボリショイ・カーメニ市にあるズベズダ原子力潜水艦修理工場へ、原子力潜水艦一隻の修理に関する発注を準備しなければならないというものだった。修理代は大統領の特別資金から出されるとされた。チェルナヴィン大将は、６６７Ｍ型弾道ミサイル搭載原子力潜水艦の全隻がＳＴＡＲＴ－Ⅱの締結に基づいて退役したのに、それをそのまま修理するとすれば、国際問題になり、条約違反になる、と危惧したが、大統領府の意向には逆らえず、結局沈黙した。

そして、K－415は、まさにそこは役所仕事で、誰も責任を取りたくないという思いと、是が非でも修理費を稼ぎたいという思いが重なり、カムチャツカ半島の基地から、遥かウラジオストク近くの、ボリショイ・カーメニ市にあるズベズダ原子力潜水艦修理工場まで曳航されたのである。

ただ、修理工場の所長には、SLBM発射台は取り外すよう、伝えられた。それが売却の条件であり、中国側も納得していた。

この取引で、前払い金としてのワイロが飛び交ったという幾つもの噂をコレツキイ中佐は聞いた。それらを総合すると、大統領府と副首相が、それぞれ最低でも二百万ドル（二億円）儲けたことはどうやら間違いない。コレツキイ中佐に、そのおこぼれはなかった。その代わりに、今のこのポストへの大栄転がなされたのである。

結局、その取引は、ズベズダでの一年間の修理とメンテナンスを終えた翌月、今から三ヶ月前に破綻した。ロシア政府や軍の権力闘争により、大統領府次官と副首相が失脚。しかも副首相はその直後、病死した。そして紀元前からの習わし通り〝前職が歩いた道は歩かない〟という人間の醜さで、原子力潜水艦の取引も、新しい海軍総司令官から中止命令が出ることとなった。そうなるとズベズダに残っているのは無意味で、係留費もかなりのもののはずである。また、解体しようにも億単位の予算が必要で、緊縮財政を続ける今の連邦政府に、潰すことだけに金を出す余裕はなかった。ゆえに今、K－415はカムチャツカ半島へ戻って静かな余生を送っているはずだ。

そのことを思い出したコレツキイ中佐は、横に置いたアタッシェケースのロックを外し、中から資料を取り出した。出発前に部下が手渡してくれた情報レポートを読むのを忘れていたのである。表紙には、ブラギン大尉が記述した、とある。ホテルに泊まる外国人の調査と監視を担当している部下の名前だ。

〈朝鮮人民軍の代表団が、ハサン国境駅経由でロシアに入り、翌日、ウラジオストク・ホテルに泊まった。代表団は五人で、そのうち海軍の将校が三人、情報機関の将校が二人。北朝鮮の代表団をホテルで出迎えたのは、肩章などから太平洋艦隊の海軍大佐（氏名確認中）であり、ホテルの部屋でのロシア語の話の内容は、鉄スクラップの売買契約に関してであった〉

資料の最後には、北朝鮮の代表団員の旅券やビザなどのコピーとモノクロの顔写真が添付されていた。

コレツキイ中佐は怪訝な表情で情報レポートをもう一度読み込んだ。コレツキイ中佐はいつも、情報レポートの書き方について〝消毒(サニタライズ)〟せず、そのまま事実のみを伝えろ、と厳しく指示していた。つまり、分析、評価など余計なものは一切含めるなと厳命していた。コレツキイ中佐のみがそこから答えを導くのだ。コレツキイ中佐の答えこそが〝正解〟だった。

まず妙に思ったのは、ただの鉄スクラップのためだけに五名の軍と情報機関の将校がわざわざやってきたこと、しかもその存在を隠すように長時間かけて陸路でやってきたことである。

また本当に海軍大佐が迎えたのか、ということにも引っかかった。情報レポートを作成したブラギン大尉を信じないではないが、それほどの幹部が鉄スクラップの取引如きに対応するはずはないからだ。

とにかく、その大佐を特定できればさらに真実へと繋がってゆく、とコレツキイ中佐は思った。

コレツキイ中佐は情報レポートの表紙に、その特定を急ぐこと、また北朝鮮代表団の監視をより強化せよ、人員が足りなければ要請せよ、とブラギン大尉に伝えるメモを書いた。

情報レポートをアタッシェケースに戻してロックをかけた時、車がストップし、クラクションが鳴った。ふと腕時計を見やると、FSB支局を出てからすでに一時間弱が経過していた。ボリショイ・カーメニ市に入った頃だろうと思った。

「どうしたんだ？」

　そう訊いたコレツキイ中佐がフロントガラス越しに見ると、兵士たちが集まった検問所の遮断機の前で五台の車が列をなして渋滞していた。

「ＦＳＢ幹部専用車と分かっていながら、こいつらなかなか遮断機を上げようとしないんです」

　首をすくめた運転手が文句を言うために外へ出ようとするのを、コレツキイ中佐は押し止めた。

「私が行く」

　車から降りたコレツキイ中佐は、検問所に近づいた。

　高校を卒業したばかりのように見える若い二名の兵士が小銃を突きつけた。

「検問中だ！　ちゃんと待て！」

「先任の将校はどこにいる？」

　コレツキイ中佐が静かに言った。

「な、なんだと？」

　二人の若い兵士は互いに顔を見比べた。

「こら！」

背後から将校服を着た男が大急ぎで駆けてきた。コレツキイ中佐の前に来ると、直立不動で敬礼をした。

「第12警備隊、ザァイツェフ大尉であります。コレツキイ中佐、大変、失礼いたしました！」

そう声を張り上げたザァイツェフ大尉は、二人の若い兵士を乱暴に退かし、他の兵士を呼びつけると、コレツキイ中佐の車を最優先で今すぐ通せ、と命じた。

軽い敬礼をしただけでコレツキイ中佐は車に戻った。

「あいつら本当にふざけ――」

「いいんだ」コレツキイ中佐は運転手の話を遮った。「あれだけ緊張感を持ってやっているのだから安心というものだ」

コレツキイ中佐はそう言うと、腕時計に目を落とし、先を急ぐよう運転手を促した。

ズベズダ原子力潜水艦修理工場の前の警備部隊に対しても、事実上の検閲を行ったコレツキイ中佐は、大いに満足していた。先任将校は冷静かつ俊敏である。腕力の世界である警備実践は専門外だが、ズベズダは大丈夫だ、とコレツキイ中佐は確信した。

ズベズダの門の中に滑り込む車内で、コレツキイ中佐は、遥か二千五百キロ離れた酷寒地へ思いを巡らせた。

チェチェンゲリラが、原子力潜水艦基地と核兵器保管施設に対してテロ攻撃を行うという情報を太平洋艦隊軍事防諜局の第12課が入手してから三ヶ月。その後も、第12課長からの情報は増え続けた。

それらの情報は、太平洋艦隊司令官やFSB沿海州支局長を緊張させるのに十分だった。

そして三日前、ついにFSB沿海州支局長は決断を行った。ウラジオストク郊外の秘密基地に駐屯するFSBの精鋭であるアルファ部隊と東部管区の陸軍の特殊部隊を、カムチャツカ半島と、ウラジオストクから千キロと七百キロそれぞれ離れたハバロフスク地方の二ヶ所、コムソモルスクーナーアムレ市とハバロフスク市に送り込んだのである。現在、二つの部隊は、チェチェンゲリラの拠点と思われる施設の近くで、最終命令を待ち続けていた。

だがコレツキイ中佐は、深い憂慮を抱いたままだった。アルファ部隊を派遣する根拠となった情報のほとんどは、確かに原子力潜水艦の防諜を担当する第12課が提供したものである。FSB沿海州支局にもその情報は、太平洋艦隊司令官に届けられたのとほぼ同時に、リリースされた。しかし、その措置によって、ウラジオストク周辺は、テロ対策の大きな穴となってしまっている。アルファ部隊はほとんどすべてがその三ヶ所に投入されたし、陸軍の部隊も一般部隊しか残っていない。

ゆえにその不安を払拭すべく、こうやって自分の目で確かめるためわざわざやってきたのだった。しかし、ここまでやってきたのにはもう一つの理由があった。最良かつ最高の協力者から、ズベズダと北朝鮮というフレーズに関心を寄せろ、との情報が届いていたからである。その情報は、FSB沿海州支局長や、太平洋艦隊司令部にも伝えたが、彼らの関心は、カムチャツカ半島、ハバロフスク市、コムソモルスクーナーアムレ市——そこでのチェチェンゲリラ対応だけに向いていた。

だから、コレツキイ中佐は嫌な胸騒ぎがしていたのである。

しかし、今、コレツキイ中佐は大いに満足していた。要はどれだけ本気で緊張感を持って警備にあたっているか、である。その点、検問所でもズベズダでも、素晴らしい緊張感を持っていた。

再び車が停まった時、コレツキイ中佐は、呆然としたまま車から降りた。

まさか、と思いながら、トタン板の通路を歩いていったコレツキイ中佐は、言葉が出なかった。

コンクリート打ちっぱなしの粗末な平屋だった。それも新しい建築物ではない。至るところに深いヒビが入っている。雪が積もっているので、これでもまだ醜い部分は隠れているのだろうから、実際は廃屋そのもので、築三十年では済まないだろうな、と思った。

塗料がすっかり剝げて黒いカビが生えているドアを、コレツキイ中佐は躊躇いがちにノックした。

　押し殺した声が中から聞こえた。

　ドアを開けたコレツキイ中佐は、視線を外したくなった。普通ならとても正視できないだろうと思った。

　英雄というイメージに合うのは、無数の切り傷らしき痕が顔にある、というくらいで、薄い白髪はまったくブラシが入っていないようにくしゃくしゃに乱れ、頰の筋肉はブルドッグのように垂れている。一番ショックだったのは、目の力がまったく失せて、敢えて言えば、死人のようだったことだ。

　それでも、彼は自分よりも先任であり、そしてなによりロシアの英雄だった。

　コレツキイ中佐は毅然として敬礼した。

「コレツキイ中佐であります。カザンツェフ大佐、お久しぶりです」

　カザンツェフ大佐は、虚ろな目のまま、軽い身振りだけで応えた。

　コレツキイ中佐は、すぐにここを去りたい、という衝動と必死に闘っていた。

　カザンツェフ大佐は、雑談にしても、まともに話せないようで、しかも何度もコレツキイ中佐の言葉を訊き返した。

　だが一方で、コレツキイ中佐は涙が出る思いだった。

ロシアのために果敢に志願して、チェチェンで壮絶な戦闘を行い、そして捕虜となって八ヶ月、残虐なリンチに遭いながらも耐え、自力で脱走して数百キロを走破し、このウラジオストクに戻ってきたのである。その英雄伝は、テレビや雑誌でも取り上げられた。

そしてなにより、今回のチェチェンゲリラ対策においては、敵のターゲットが、カムチャツカ半島、ハバロフスク、コムソモルスクーナーアムレの三ヶ所の可能性がある、との端緒情報を、太平洋艦隊軍事防諜局の第12課に入れたほか、次々と続報を第12課長に報告している。それもまた〝ロシアの英雄〟に相応しい貢献であった。カザンツェフ大佐は、それらの情報を捕虜にされていた時に耳にしたとされ、またチェチェンと関係が深い現地の者たちの中に、未だに情報源を維持しているという。

そんな英雄が、捕虜の時に受けたトラウマから病を発症したのだろうか。それともこんな劣悪な環境に押し込められ、精神が破綻してしまったのだろうか。いや、ここを希望したのは、本人だと聞いている。静かなところで軍歴の最後を送りたいと——。

天井を見上げてコレツキイ中佐は涙を堪えた。

カザンツェフ大佐の事務所を後にしたコレツキイ中佐はすぐに頭を切り替えた。

感傷に浸っている余裕はない。カザンツェフ大佐が指揮をとる軍事防諜課は、他に二名の課員がいるだけである。しかもその二名にしても、周辺の警備に駆り出されていた。

しかし、あれだけの警備は必要なのである。

——何も言うべきではない。

そう判断したコレツキイ中佐は車に乗り、ウラジオストクへ戻るように運転手に告げた。

ところが、深くなっていた霧のせいで、運転手は門までの道に迷ってしまった。

微かに埠頭が見えたので、運転手は誰かがいるはずです、と言って車から急いで出ていった。

何気なく埠頭を見渡していたコレツキイ中佐は、ゆっくりとドアを開けて、何本ものホースが散乱するコンクリートの地面に足を下ろした。

何かの力がそこへ導くように、コレツキイ中佐の足が勝手に動いた。

第四埠頭で、上甲板に雪のカーテンを掛けて係留されているのは、NATOが勝手にヤンキー型と称する、プロジェクト667シリーズの弾道ミサイル搭載原子力潜水艦であることはすぐに分かった。司令塔の左右に、水平舵が張り出しているのがはっきりとした特徴である。コレツキイ中佐にはなぜかそれが分かった。今、目の前にあるのは、667M型弾道ミサイル搭載原子力潜水艦K-415だ！

ふと反対側へ視線をやると、第一埠頭とされた場所に、ほとんど同じタイプの潜水艦がもう一隻ある。しかし、コレツキイ中佐は間違えるはずはなかった。K-415とは〝腰のくびれ〃が微妙に違うのだ。

潜水艦に近づいた時、ヘルメットを被ったブルーの繋ぎ姿の技術者が大きな丸い工具を肩に担いでＫ‐４１５のある埠頭へ向かっていた。

コレツキイ中佐は思わず走って技術者を呼び止めた。

「これは、Ｋ‐４１５だろ？」

技術者は怪訝な表情でしばらくコレツキイ中佐を見つめていたが、制服の肩章と、胸に貼られたグレーの盾に剣が突き刺さる独特の紋章に目がくぎ付けとなった。

唾を飲み込んだ技術者は、まざまざとコレツキイ中佐を見たあと、震える声で口を開いた。

「そうです……Ｋ‐４１５です……間違いありません」

微笑んで技術者の肩を叩いたコレツキイ中佐は、Ｋ‐４１５の前に戻った。

自分の今の姿は、まるで初恋の女性と再会したようだな、と思った。

いや違う、と頭の中ですぐに否定した。

初恋なんてとんでもない。彼女は、もっと偉大なのだ。

このＫ‐４１５が、私の人生を劇的に変えてくれたのだから。

しかし、とコレツキイ中佐は訝った。

カムチャツカ半島に戻るはずじゃなかったのか？

だが、それは今、余り関心がなかった。

コレツキイ中佐は、運転手が呼びかける声にもしばらく気づかず、惚れ惚れとした表情でK－415を見つめていた。


隼人の執務室に入った紗羅は、執務机の前でしばらく身じろぎもしなかった。

昨日、笠原がハニートラップを調査していることを認めたあとでも、逆に勇気がわき起ったはずだった。

その一方で、そうじゃないわ、と打ち消す自分を見つめた。祝賀レセプションの件はなんとか上手くいきそうだが、肝心の隼人のことは何も、まったく何も分かっていないのだから！

それにしても、と紗羅は、理解できなかった。道義的に理解に苦しんだ。なぜ、ここの人たちは、こんなにも非協力的なのか？　しかもその非協力ぶりが、常軌を逸している——。

紗羅は、突然、両手で髪をくしゃくしゃにかきむしった。体が本棚にぶつかった。何冊もの書籍や雑誌が紗羅の体に降り注いだ。

気づいた時には、紗羅は、書籍や雑誌に埋もれていた。

脳裏には、様々な残像があった。でも、どこまでが現実なのか分からなかった。たとえば、今、私はどこにいるの？　ここはいったいどこ？　朝なの？　それとも夜？

腕にしびれを感じた。それが頭の下に敷いていたためだと分かるまで時間がかかった。床の上で寝ている自分に気づくまでにはさらに時間がかかった。ただ、いつからここで寝ていたのかは覚えがなかった。

紗羅は、けだるく半身を起こした。胸にあった書籍がバタバタと床に落ちた。ようやく立ち上がって、足元に散乱している本や雑誌を片づけ始めた時、ふと、妙なことに気づいた。

――地図のたぐいが一冊もないわ……。

隼人は、ちょっと異常なほどの、まさに地図マニアだった。住宅地図など、東京二十三区のものをすべて揃えていた。国土地理院発行の地図は、何十枚とあった。最近は、グーグルマップがあって重宝されている。だが、隼人はそれでは補えないものを求めてきた。それ以外にも、海図、航空図――。観光地に行けば徹底的にまず地図を探すので、こっちが辟易(へきえき)するほどだった。そんな彼の執務室に、地図が一つもないのは不自然だった。ウラジオストクは軍港でもあるので、日本のような詳細なものはない。だから隼人は、観光用のものでもなんでも集めていた。それがまったく見当たらないというのは――。

紗羅の記憶の端に何かが引っかかった。

ウラジオストクに到着して、まず向かった、彼のアパート……そこの本棚に……。

気づいた時には、紗羅は総領事館のハリアーを再び駆っていた。霧はまだ街を包んでいるが、視界はかなり改善しており、視線の先、二つ目の信号を完全に確認できた。

霧さえ晴れていれば、アパートまではあちこち裏道を走っても辿り着ける自信は未だにあった。

アパートの前に横付けするや否や、紗羅はすぐに車を飛び出た。

ドアを開けるのももどかしく、ブーツを脱ぎ捨てて部屋の中の、本棚へ飛んでいった。

本棚を乱暴に開けて、地図の塊を見つけた時だった。自分が滑稽に思えた。急いで来たもののの、ここに何かがある、という具体的な根拠は何もないのだ。だが、自分を駆り立てるものに紗羅は任せた。

地図の塊を見つけるとすぐに両手に抱え、そのままリビングにぶちまけた。

一つ一つ手に取って調べた。時間がかかったがそれでも一つずつチェックした。誰かが見たら、何かに取り憑かれているように見えて不気味だろうと思った。

しかし、しばらくして、紗羅は大きくため息をついてその場に座り込んだ。

乱暴に髪を何度もかき上げながら苦笑した。

言葉にならなかった。

立ち上がった紗羅は、けだるい足取りでキッチンへ向かった。

気持ちを奮い立たせて次に探ったのは、冷蔵庫のフリーザーだった。やはり冷凍食品でぎゅうぎゅう詰めだった。隼人はここを開ける度に、考古学者の真似をして、これは紀元前のカレーだとか、ふざけたことを言っていたが――。紗羅は、ラップで包まれた冷凍食品をかき分けた。

フリーザーの奥の天井部に何かが貼られているのが見えた。

――なんだろう？

引き出してみると、ガムテープで留められた部分が破れた。

出てきたのは、Ａ４サイズの封筒だった。少し厚手である。氷結したところを手で払ってから、リビングまで持っていった。

糊代（のりしろ）の部分はセロハンテープで留めてあった。隼人が見せたくないプライバシーかとも一瞬思ったが見ないわけにはいかなかった。

中には三度ほど畳まれた地図があった。それも、どうやらウラジオストクの地図のようである。

広げてみると、一メートル四方以上もあった。

ウラジオストク市街の詳細地図だった。すべての道が描かれているほどの細かさである。

紗羅は不可思議に思った。ウラジオストクは自由港になったとはいえ、今もってロシア太平洋艦隊の拠点であるし、様々な基地や連邦機関の施設がある。ウラジオストクの南に位置する広大なルースキー島は今もって一般人は立入り禁止だ。だから、こんな地図を持っていること自体、いわゆる〝御法度〟であるはず——というか、そもそも市販されていないはずじゃ——。

紗羅は、そのことに初めて気づいた。地図の右下に、白地に青色の線が交差している国旗のような図がある。その横には、錨の先が交差したマークが——。紗羅はそれで分かった。総領事館勤務の頃、総領事館が絡むマターで日本からの公式訪問ゲストを案内する便宜供与役を仰せつかった時、ホテル・ヒュンダイから歩いてほど近い場所に、お土産店があった。と言っても、ロシア連邦軍の様々な部隊や、FSBなどのワッペン、タオルやTシャツなどしか置かれていなかったが、そこへ何度も足を運んだ。その時よく見かけたものの一つがデザインされていた。ロシア太平洋艦隊のシンボルマークである。しかもどこを見ても印刷会社の名前も住所もない。つまりロシア太平洋艦隊が作製したものだ。

紗羅は驚いた。関係者しか手に入らない、いわば実質秘の地図を隼人が隠し持っていた、そのことにではない。こんな話は隼人から聞いたことがなかったので、どこか秘密めいたことをやっていた隼人の姿が、紗羅の中にある彼のイメージとは重ならない、そのことに驚いたのである。

紗羅は、次に、体の奥底から立ち上がったものに心がざわめいた。

それは、今回、隼人のことがあってから初めて感じたものだった。

地図をもっといっぱいに広げるのに邪魔で、床に置いた封筒を触った時だった。封筒の一部に何か硬いものを感じた。

封筒を逆さまにすると、ポロンと、小さな一本の鍵が床に転がった。

鍵の形状がシンプルなものなので、コインロッカーや貸金庫のものではない、と思った。ただ、ここに隠しておいたということは、隼人にとって極めて重要なものである証拠だ。総領事館の隼人の執務室には、これが使えそうなものはなかった。

その時、紗羅は突然、動揺した。

——自分の知らない彼がいた……。

ウラジオストクに来てから、このアパートも訪ね、この部屋でも彼の執務室でも書類にあたり、何人もから話を聞いてきた。しかし、そこにあったものは、紗羅のイメージ通りの彼だった。

ところが、今感じているのは、紗羅の知らない彼だった。笠原が伝えてくれた、ハニートラップにかかわる話は、確かに、紗羅の知らないことばかりであり、もし本当に隼人がそんなことをしていたのなら頭がどうにかなってしまうんじゃないかと思うほどにショックだった。

しかし、今感じたことは、まったく異質だった。

たかだか地図一枚のことじゃない、とも思った。だからいったい、それのどこに動揺したというの？　と自問したが、答えがはっきりしなかった。

まるでその答えを探すように、紗羅は地図の隅々まで見て何か特徴的なものはないか探した。

このチェックマークは、普通ならば絶対に見落とすはずだ、と紗羅は思った。幾つかの通りの、あるポイントに記入されていたチェックマークは、一ミリ以下の大きさだった。チェックマークは、◎だったり、▲だったりと様々である。また、マークによっては、その隣に小さなアラビア数字が並んでいる。それが日付だと分かったのは、じっと眺めていて、他のチェックマークと丹念に比較してみた結果だった。

そして、紗羅はついに見つけた。日付は簡略化されていたが、★のマークの隣に、二月十二日と書き込まれている。隼人との連絡が途絶えた前日のことだ。その場所を俯瞰してみた。金角湾を見渡せることで有名な鷲の巣展望台からほど近いように見えるが、この辺りは、スープラと呼ばれる通り急勾配の小高い丘と言っていい場所だろうと想像した。この街はアップタウンに属するエリアだ。ウラジオストクは実は坂の街である。総領事館があるエリアや、ホテル・ヒュンダイがある市街地(セントラル)は平坦な土地だが、高級なアパートが並ぶ、典型的なスープラである。

その★マークもそういった傾斜地のてっぺん付近にあるようだった。それもかなりの急な坂の先である。

紗羅は妙に思った。そのエリアは、確か住宅街のはずである。紗羅とて行ったことはないが、何らかの便宜供与で、近くにある灯台へ案内した時の行き帰り、何気なく坂の上を見上げたことがあった。記憶では、住宅用のアパートが林立していたような気がする。それも近代的なものではなかった。築三十年以上の黒ずんだアパートばかりで、それぞれ十階建てだった気がする。だから違和感があった。

その違和感はますます大きくなった。動かざるを得ない思いにまでなった。

〝違和感〟に背中を押されるように、総領事館に向かった紗羅は、電信官の毛利を捜した。電信官室へ足を向けた時、ちょうど出てきた通路の途中ですれ違ったエリザベータに訊くと、〝毒ガス室〟へ向かうのを見たわ、と教えてくれた。

地下に降りた紗羅は、階段をぐるっと回ったところにある、密閉された喫煙室の中に毛利を見つけた。日本なら屋外に設けるところだが、ウラジオストクでそんなことをしたら、利用者は凍死しかねない。

総領事館で、公電システムとメインサーバー、パウチなどを担当業務とする毛利は、機械デバイス系の専門家であり、そういった職種も募集によって選ばれる。彼が担当するのは、名称を見ても分かる通り、総領事館で最も秘密にかかわる部分である。外務省内での地位は決して高くない。にもかかわらず、彼らのプライドはほとんど例外なく高かった。また、毛利は四十八歳と人事ファイルに記載されており、ベテラン中のベテランである。

毛利は、ずっと紗羅からの聞き取りを延期してきた。理由は、もちろん多忙につき、ということだった。事実、電信官の仕事は多忙を極める。だから、タイミングを待っていた。隼人の行方が分からなくなる五日前の、あの公電にまつわる話と、緑川が言っていた公金の扱いについて訊きたかったからだ。

今日こそはどうしても訊かずにはいられなかった。

紗羅の姿に気づいた毛利は、タバコを吸うのを止め、階段の上の方をしきりに気にした。喫煙室から出てきてもそれは同じで、周囲へも鋭い視線を送った。

「いいですよ、今なら」

紗羅も辺りをチェックした。通路の奥にあるのはボイラー室と機械室だけである。機械室へ目配せすると、毛利が深く頷いたので先に向かった。

鍵がかかっていなかったので、紗羅がドアを開けて毛利を通した。

意外なことに音は小さかった。だが怖ろしく寒かった。

立ったままの格好で、思わず両手で体を抱きすくめながら紗羅は口を開きかけた――。

「すみません、奈良岡次席から、あなたに協力するな、そう言われていたんです」

毛利はそう言って頭を下げた。

次いで紗羅が口を開こうとしたのを、

「その前に言っておきたいんですが――」

と毛利は遮った。

「ご主人の雪村副領事には本当によくして頂きました。度々外でご馳走になったり、家族ともどもドライブに連れていってくださったりして、本当に感謝しています。本当にいい方です。でも、ここで悲しんでいるのは私だけでしょう。少なくとも、あのヨーダなんて絶対に――」

――ヨーダ？　ああ、あのSF映画に出てくるキャラクターであることにすぐ気づいた。すぐに脳裏に浮かんだ顔は奈良岡だった。

毛利には、確か、五歳下の妻と、三歳の子供がいたはずだ、と人事ファイルを思い出した。歳をとってからの子供だからさぞかしかわいがっているんだろうと想像すると、隼人との間に子供がない紗羅は羨ましかった。

「そう言ってくださってありがとうございます」

毛利の言葉の中の〝私だけ〟という悲しい響きを紗羅は受け止めた。これまでのことを考えると、当たっていると思わざるを得なかった。しかしそれでも、紗羅は素直に嬉しかった。初めて隼人のことをきちんと評価してくれていた人がいたことが――。

それにしても、総領事館って、もっと温かくて、ある意味純粋な、開けた雰囲気があったと紗羅は記憶していた。これじゃあ、緑川が言う通り、まさしくパンデモニウムじゃない――。

「それほど親しくお付き合い頂いていたのなら、雪村の何か変わった様子に気づかれませんでしたか？　変わった、というのは、毛利さんが感じられたことならなんでも結構ですので教えてください。いかがです？」

「気づきました」

思ってもみない即答に、紗羅の方が戸惑った。

「どんなことでしょう？」

「二ヶ月ほど前のことでしたか――。その夜、スイス風のお洒落な街並みのアドミラーラ・フォーキナー通りにできた寿司店に連れていってくださって。もうほんと久しぶりで感激し、その上、家族にもお土産を――」

「毛利さん、そこでどんなことがあったんです？」

「盗聴器と、相手に気づかれない撮影機材の作り方について教えて欲しい、そう言われました」

――どうしてそんなものを……。

紗羅は思わず身を乗り出した。

「で、どうされたんです？」

「盗聴器を仕掛ける場所は、雪村副領事が日常的に入られる場所か、そうでないかをお訊きしたら、前者であると。それなら電池交換をする余裕がありそうですから、市販のＩＣレコーダーで十分であり、問題はマイクで――」

「仕掛ける場所についてはどこだと？」

毛利の話を遮るように、紗羅は訊いた。

「恐らく職場でしょう」

「どうしてそうだと？」

「当直がどうとか、見回りの警備員がどうとか、独り言を仰っていましたから」

「撮影機材についてはどのように？」

「私が作って差し上げました」

毛利がズボンのポケットを探したので、紗羅はビジネスバッグから急いでボールペンを取り出して手渡した。

「こんな小さなバッグの中に、この、KOOLのデザインの〝O〟の部分にレンズを固定させただけのものです」

「どんな環境で使うかは言ってましたか？」

「工場内で、すれ違う時に、とかなんとか――」

「工場？　本当にそう言ったんですね？」

そう勢いづいてみたものの、それがどんな意味を持つのかについては、紗羅には実ははっきりとは分からなかった。

「はい、間違いありません」

「ところで話は違いますが――」

そう言っただけで口の中が凍りそうだった。酷い底冷えのせいなのか、急に尿意を感じた。

「八日前、雪村は、オラリダからレターが来たので、その返信要領について、外務本省と打合せをすべく、一度、公電を作成し、奈良岡次席の決裁ももらった――そう館内の方からお聞きしました。しかし、雪村からは発信していない――」

その時、毛利の目が彷徨ったことを紗羅は見逃さなかった。しかし紗羅はそれでも構わず続けた。

「そのことと、雪村が連絡を絶ったことと関係があるような気がしてならないんです。事情をご存じですか？」

「このような話は――」とひと呼吸置いてから毛利は続けた。「尊敬する雪村副領事の奥様でいらっしゃるからお話ししておりますことをどうかご理解ください」

紗羅は頷いて言った。

「この場限りのことだと肝に銘じます」

毛利は安堵したように大きく息を吐き出してから口を開いた。

「よく覚えています、鮮明に。その時、雪村副領事は、奈良岡次席の決裁は受けられていません」

怪訝な表情で紗羅は毛利を見つめた。

「決裁を受けていない？」

「次席が許可しなかったからです」

「どうしてです？」

「真相は分かりません、ですが、恐らく、転電先が問題だったのだと思います」

紗羅は黙って毛利を見つめ、その先を待った。

「それが分かったのは偶然でした。ご承知の通り、まず文書による決裁を受けた公電は、それぞれの席の端末から自動暗号化された発信が可能で、東京の外務本省の公電棟に到着します。よって発信については、本来、私の知るところではないのですが、その日の夜、急に公電サーバーの発信システムの一部に不具合が見つかり、自宅から急遽呼びつけられました。その時、被害見積もりを行う必要上、発信ログもチェックしたのです。ノットデリバリーは、私にとって命取りですから——」

毛利は神妙な表情のまま話を続けた。

「その中で、さきほどの話の通り、雪村副領事は確かに東京へ公電を送っていらっしゃいました」

紗羅はじっと毛利を見つめた。

「まず、転電先の一人は軍備管理軍縮課の総務班長、多岐川さんです」

紗羅は声が出なかった。

何事にも動じない上に、柔和な表情を崩さない多岐川の顔を思い出した。だが記憶のその顔は、今は、醜く歪んでいた。

――どうして多岐川はそのことを黙っていたのか、まったく理解できなかった。紗羅の脳裏に、裏切られた、という言葉が浮かんだ。あれだけ心配している私に、それを隠す意味はいったいなんなのか。

紗羅の中で、戸惑いがすぐに怒りへと変わった。

しかし、ふとそのことを思い出した。

「今、〝まず一人は〟と仰っていましたね?」

「ええ、もうひとつの転電先は内閣官房です」

毛利が言った。

「内閣官房? どなたに?」

紗羅が訊いた。

「内閣官房――それだけでした」

――内閣官房……

紗羅は怪訝な表情で毛利を見つめた。

しかも毛利は首をすくめるだけだった。

だが、さらに毛利は続けた。

「十二日の、次席と雪村副領事のお二人の激しいやりとりは、私がその前を通る通路まで聞こえてきました」

　――激しいやりとり？

　館員へのインタビューでは誰もそんなことを言っていない。隼人についての〝最近の変わったこと〟であるにもかかわらず――。

「どんな言葉が聞こえたか、覚えてますか？」

「すべてを聞いたわけではありませんが、確か、〝知ってしまった以上〟〝ズベズダで起こる〟〝悪魔の所業〟〝日本の安全保障にも重大な〟そんな言葉があったことは鮮明に覚えています」

　紗羅はそれらを頭の中で繋いでみた。だが、隼人が何を主張していたのか、想像さえできなかった。

「では、雪村は諦めたんですね？」

　紗羅は確認のためにそう言っただけだった。

「いえ、それが……」

　毛利の目が再び彷徨った。

　しばらく毛利を見つめたあとで、紗羅は、彼の動揺を理解できた。

そんな方法をとる館員がいないわけではないことは知っていた。特に警察からの出向者にそれが多い。明らかに規則違反である。しかし、彼らはそのために、日頃から電信官の面倒をみて、特別な人間関係を構築した上で――。

紗羅は慌てた。それって、まるで、隼人みたいじゃない……。

毛利が苦笑しながら口を開いた。

「ご推察通りです」

言いかけた言葉を紗羅は呑み込んだ。そこまで言わせておいて、さらに追及することはできなかった。そもそも隼人が強引に頼んだことだろうから。

つまり――パウチにしても、それを封印したのち付けるタグにある署名欄に、必ず総領事か次席のどちらかが自筆の署名を行う決裁が必要なところを、毛利はその決済サインを自分で書いて――早い話が偽造して――発送したのだ。

ただ次のことだけは確認せざるを得なかった。

「宛先はやはり同じ――」

毛利は力強く頷いた。

「それはどのような？」

「一つの封筒です」

――つまり、隼人は、連絡を絶つ五日前、多岐川へ、特別な扱いを要する極秘の情報を伝える必要があった。電信官に違法なことを強要してまで――それは間違いない。

「さらに、言ってしまいますが、雪村副領事は、その後、あの部屋を使っていらっしゃいます」

紗羅は、思わず唾を飲み込んだ。そこを使うにしても総領事か次席の許可を得るべきところを――同じように、毛利の手を煩わすことになったのだろう。隼人は、絶対的な情報保全が必要な話をするために、外務省では通称〝バードケージ〟と呼ぶ、特別な改造がなされた盗聴防止室を使っていたのである――。

いずれにしても、初めて聞く、重要な話ばかりだった。

つまり、隼人は何らかの極秘の情報を入手した。そして極秘に、かつ緊急に伝えなければならなかった。パウチの宛先は、あろうことか多岐川であった。電話の相手は分からない。もちろん記録は残っているので物理的に捜すことはできるが、それこそ厳重に管理されており、そこまで毛利に頼むことは、彼に人生を賭けることをせがむのと同じである。しかも、彼にはかけがえのない家族がいるのだ。

突然、近くで足音が聞こえた。

毛利は驚いて目を見開いた。

紗羅は、咄嗟に唇に指を立てて、毛利の目を見つめた。

そのまましばらく、二人は押し黙った。

だが、足音は二度と聞こえなかった。

紗羅は、靴音を消しながら、ドアまで歩き、そっと開いた。

顔だけ出した。ゆっくりと顔を左右に向けた。

ボイラー室からの重い音だけが聞こえた。

ハッとしてその方向へ視線を向けた。階段を上がってゆく人影らしいものがゆらめくのが見えた。しかしそれは一瞬のことだった。

背後から近づいてきた毛利は、紗羅に深くお辞儀をしただけで何も言わず、喫煙室に戻っていった。

後ろ姿を追っていた紗羅は、あることに気づくと、階段を駆け上がった。次席からうるさく言われようが、もうどうでもよかった。どうせ二日後には〝強制送還（FR）〟されるのだ。

隼人の執務室に入った紗羅は、すぐに、秘話機能付きのＩＰ電話を手にした。かける相手はもちろん決まっていた。

紗羅は、思わず舌打ちして受話器を置いた。

「クソッ！」

多岐川は、マレーシアのクアラルンプールで開催中の国際会議に、総合外交政策局のスタッフとともに出張中だった。

「まったくどいつもこいつも！」

紗羅は愕然としていた。

――行き止まりか……。

せっかく公電やパウチについての新事実が分かったが、その先へどうやって進めばいいのか思いつかなかった。多岐川と連絡さえつけば、何かが分かるかもしれないが、戻ってくるのは明日の夜だという。〝強制送還〟のギリギリのタイミングだった。紗羅は、隼人のアパートから持ってきた地図を、もう一度、机に広げた。

――このマークが記された場所を、一つ一つ、回ってみるしかないか……。

しかしその数は、五十ヶ所以上ある。二日間でも足りないほどだ。奈良岡に命じられた、二日間という限られた時間の中、無駄な動きをしたら〝致命傷〟となる。なら、どの場所を優先すればいいか、その見極めができるはずもなかった。しかも、セキュリティには人一倍敏感だった隼人のことだ。ロシアの機関が〝宝探し〟に来てこの地図を発見することも想定していただろう。だから、このマークの中には、ディスインフォメーションも含まれているはずだ。それゆえ、一つ一つ潰していっても徒労に終わる可能性があった。

頬杖を突いた紗羅が、諦めの気分で地図をしばらく見つめていた時、ふと気づいたことがあった。

たとえば、◎は、公園、入り江、港にマーキングされ、★は、大きなビルの上に書き込まれている。つまり、何かの種類ごとに分けられていることになる。知りたいのは、その〝種類〟だ。しかし、それを理解するためのアイテムが少なかった。

ただ、マーキングの位置に、特徴的なことが一つだけあった。★のマーキングが、ボリショイ・カーメニ市の中に集中している。その街にあるのは、もちろん、ズベズダ原子力潜水艦修理工場なのだが、隼人はそれを担当していたので、当然だろうとしか考えていなかった。

しかし、よく考えてみれば、隼人が通うべきは、ズベズダ修理工場の事務所か、原子力潜水艦の解体を行っている作業現場、それとその業者であるオラリダ社の本社——その三ヶ所である。かつて紗羅が、ウラジオストク総領事館にいて、隼人を支援していた時も、隼人はこの三ヶ所にしか行かなかった。他に行くとすれば、ボリショイ・カーメニ市にある、たった二軒の地元の食堂くらいだ。しかし、この地図にマークされた場所は、幹線道路や住宅街からは遥かに離れている。ズベズダ修理工場の関連施設だろう。

しかも日付を見ると、妙なことが分かった。ボリショイ・カーメニ市内にマーキングされた日付は、二ヶ月前から、四日前までの間に集中している。しかも、これまでのズベズダ案件で、現場に行っていた頻度と比べてその数は異常なほど多かった。

――二ヶ月前から、四日前の十二日まで……。

紗羅の中で、ふとその疑念が立ち上がった。

――隼人が、ボリショイ・カーメニ市のこれらに足を運んでいたのは、もしかして、ズベズダ案件と深く関係があったからじゃないだろうか。考えてみれば当たり前の想像である。彼も熱意と決意、さらにそれなりの正義感を持った外交官だった。だから、余計な動きをするはずはない。自分の任務を自覚した上で活動していた――紗羅はそう確信した。

ならば、彼の関心は、ズベズダから離れなかったはずだ。

紗羅は、地図の中で、ボリショイ・カーメニ市に集中する★のマーキング、さらにその中のズベズダ修理工場の、あるピンポイントのマーキングに注目した。

紗羅は目をつぶった。脳裏にある記憶の映像と、この地図とを交差させていった。ズベズダ修理工場の埠頭のさらに奥にある空き地に、ぽつんと建つ、塗料が剝げ落ちたドアがある平屋――。

さらに紗羅の目は、◎の横に記された日付にくぎ付けとなった。

それは今から四日前の日付だった。つまり、またしても、隼人と連絡がとれなくなった前日だった。

紗羅は息を呑んだ。自分の中で起こり始めたある変化に、はっきりと気づいた。そして頭の中に浮かんだ言葉があった。

――輪になった！

紗羅の頭の中で、バラバラに舞っているだけでしかなかった事柄が、突然、激しく回転を始め、次第にそれらが次々と繋がっていき、そして一つの輪になっていった。

それは、紗羅にとって愕然とする事実だった。

すべてはそこに繋がっていた。すべてのベクトルは同じ方向、私たちの原点を向いていた。二人の人生が詰まった、ズベズダ修理工場にすべての謎は集約されていたのだ。

しかし、同時に、ここまで辿り着くのに、どれだけのことを見落としていたかということにも気づいた。紗羅は自分を罵った。

「ドラーク（バッカ）！」

〝官房室〟のドアをそっと開けた紗羅は、総務班の仙川一人しかいないことを知って、それを実行しようと決めた。

「仙川さん」

背後から声をかけたので、仙川は飛び上がらんばかりに驚いて振り向いた。

「な、なんですか……」

「……またお出かけですか？」

仙川が怪訝な表情で見つめた。

「公務です」

紗羅が即答した。

仙川の目が彷徨っていることに紗羅は気づいた。

「何か？」

「……実は……奈良岡次席がですね……」

仙川のその言葉の先を紗羅はすぐに想像できた。

「私に協力するなと？」

「いえ、そこまでは」

仙川が慌てて言った。

「では何と？」

紗羅が勢い込んで続けた。

「……つまり、あなたの行動を――」

「監視して、報告せよと。そういうことですね？」

　紗羅は苦笑しながら言った。

　仙川はぎこちない笑顔で応えた。

「ところで――」と言って紗羅は、仙川の顔をあらためて覗き込んで続けた。「この一週間分の車両の貸し出しドキュメントを見せてください」

「しかしそれは――」

「心細い私にとって、頼りはあなただけなんです……」

　仙川が逡巡している雰囲気を察して紗羅が続けた。

「この館では、私、仙川さんだけが味方なんです。仙川さん、どうか助けてください」


　ハンドルを握る紗羅の視線の先に、巨大な黒い雲が広がっていた。不気味な色をした雲は、雪に被われた山々を半分まで呑み込んでいた。

　久しぶりに視界はほとんど晴れていた。

　だが、紗羅の心の中では、暗い闇が広がり始めている自覚があった。その闇は、最後には自分の体を食い尽くしてしまうんじゃないかと思った。

紗羅の脳裏に、仙川からもらった車両貸し出しの記録が蘇った。

——やはり、二ヶ月前からだった。

隼人は、二ヶ月前を境にして、連絡が途絶える前日の十二日まで、頻繁に総領事館の車を借りていたのである。行き先はバラバラだった。走行距離は、実に約五百キロだった。

これであらゆるベクトルが一点で交差した、と紗羅は確信した。

その交差した一点が、今、紗羅の視界の中に入っていた。検問所が遠くに見えたので、片手で助手席に投げ置いたビジネスバッグをまさぐってクリアーファイルを手に取ると膝の上に置いた。

ブレーキペダルをゆっくりと踏み込みながら、紗羅は驚いた。

昨日、ここに来た時にも、厳重な警備ぶりに違和感を覚えた。しかし今日の警備態勢はその二倍、いや三倍以上だった。

三本の円柱の前からして、六名の男たちが仁王立ちになっている。ＡＫ47を構える位置も、昨日のローレディから、胸の高い位置となっているような気がした。さらにその左右には、土嚢（どのう）が円形に盛り上げられた中に、バカでかい銃を銃座に構える兵士がすでに照門を見つめていた。そして遮断機の前後には、数十名の兵士たちが、検問事務室を背にして小銃を構えている。

検問事務室の裏のヘリポートには軍用ヘリコプターが駐機されていた。最も顕著なのは、素人目にも、兵士たちから発散される緊張状態が分かることだ。

どう見ても、いわゆる〝不測の事態の発生〟だ。

紗羅の車もミラーを使って車体の底まで徹底して調べられた。渋滞もあって遮断機を通り過ぎるまで三十分もかかった。だが今日もまた、その理由を教えてくれる者は一人もいなかった。

検問所を離れ、通い慣れた道を突き進んだ紗羅は、まず、隼人が地図に書き込んでいた、ボリショイ・カーメニ市の入り口にあたる、海沿いの工場地帯にハリアーを滑り込ませた。何者かの視線が集まっていないかどうか確認してから慎重に車を降りた。

紗羅は、辺りを見回した。

目に入るのは、一見して古い建物と分かるものばかりだった。コンクリート造りのものが多いが、トタン板だけの安普請のものもあった。高い建物はなかった。高くても三階建てほどである。ホテアリニ山脈の山々を遠くに望むことができた。

車を背にしながら耳を澄ましたが、生活音はまったく聞こえなかった。また、機械音やボイラーの鈍い音や鼻につく軽油の臭いもしない。

つまり、この辺りは、人気がまったくないのである。

話には聞いていたが、この有様は想像以上だった。文字通りゴーストタウンだった。

かつて、アメリカと核兵器開発が熾烈に争われていた時代、弾道ミサイル搭載原子力潜水艦の製造が急ピッチで行われていた時、メンテナンスのために、ズベズダ修理工場には多くの原子力潜水艦が集結し、どの埠頭もドックも満杯で、ウスリー湾に順番を待つ原子力潜水艦もあったと、ズベズダのソスベコフ所長から聞いたことがある。その時の街の活況は凄まじく、人口は溢れ返り、二つの映画館もできたほどだった、とソスベコフ所長が懐かしんで言ったこともあった。

しかし、ソ連とアメリカとの戦略兵器削減交渉で、多数の原子力潜水艦が〝退役〟扱いとなって、メンテナンスの需要が激減した。それでも〝退役〟した原子力潜水艦は解体されることになる、と一時は喜んだ。ところが、ロシア連邦が誕生してみると、経済が停滞し、解体予算の優先度は最下位にまで落とされ、期待された新たな需要は絶望的になった、とソスベコフ所長は吐き捨てるように言った。

隼人がマーキングしていた建物は、地図を頼りに、数分歩いただけで見つけることができた。二階建てのコンクリート造りの建物だが、ところどころ鉄筋が剝き出しになり、窓も幾つか割れたままだった。

入り口を探すと、西側の壁に嵌まった今にも朽ちかけそうなドアが、ちょうど大人一人が入れるほど開いていた。

警戒しながら中に入った紗羅は、呆然となった。

ところどころに雑草が生えていて、床も泥だらけである。しかも、二階があったはずなのに完全に抜け落ちていた。

どう見ても廃屋、それも何年も前からのように思えた。

——何もないわね……。

そう思って建物を出た紗羅は車に戻った。キーでロックを解除してドアを開けた時、異様な光景が目に入った。

ドアを閉めないまま、紗羅は建物の裏へと足を向けた。

そこは、広い駐車場と思われる空間だった。

だが、紗羅の目に入ったのは、たくさんの木箱が散乱している光景だった。近づいた紗羅は怪訝な表情になった。どの木箱にも、オレンジなどの果物が入ったままなのである。それもまだ新鮮に見えた。ざっと数えただけでも、三十箱は軽くある。動物が食い散らかしたような跡も見えた。

あらためて見渡すと実に異様な光景だった。誰かが慌てて捨てていった——そんなことが想像できた。そして、盗難品なのだろうか、という疑問へ繋がった。

しかし、隼人とどう繋がるのか、まったく見当もつかないし、彼がなぜここをマーキングしていたのかについても、その謎を解く手がかりは何もなかった。

力なく頭を振って車に引き返そうとした紗羅は、途中で何かの気配を感じ、足を止めた。ハッとして振り返ると、三十メートルほど先に、三匹の野犬が紗羅の方を向いて立っていた。どの犬も、紗羅が好きな柴犬ともシベリアンハスキーとも似ても似つかぬ、全身が黒い犬種だった。しかも、日本で見かけるような優しい目をした犬ではなかった。野生化しているせいだろう、獰猛（どうもう）な目で紗羅を睨みつけていた。

唾を飲み込んだ紗羅は動けなかった。

そのうち、三匹の野犬が一斉に歯を剝き出して唸り始めた。

恐怖を感じた紗羅は、ゆっくりと後退りした。ブーツのヒールが砂をジリジリと引き摺る音が聞こえた。

紗羅は視野の片隅にハリアーを捉えた。運転席は確か開いているはずである。しかし、そこへ飛び込むためには、ぐるっと車を回り込まなければならない。自分の脚力とどちらが——。いや、考えるまでもない、と紗羅は思った。

そっと辺りを見回した。人気はやはりなかった。

叫ぼうかと思ったが、それが刺激となって犬が飛びかかってくる姿が想像できた。

だが、もはや選択肢はない。腹を括った。コートで全身をくるむやいなや一気に走った。犬の吠える声が近づいてくる。ハリアーのエンジンルームを回り込んだ、あと少し！　猛烈な力が紗羅の足を止めた。後ろに強烈に引っ張られた。目をやると、血相を変えた一匹がコートに嚙みついて振り回している。もう一匹がビジネスバッグに食らいついていた。紗羅は必死に振り返った。顔面を蹴りつけ、ひるんだ隙にバッグに反動をつけて犬の頭に全力で叩きつけた。コートが自由になったことで紗羅は、開いた運転席側のドアに急いで回り込んで、その中へ飛び込んだ——。最後の犬が右足のブーツのヒールを銜えて離さなかった。紗羅は咄嗟にドアを閉めた。それも思いっきり——。悲鳴のような声をあげたので、思わず力を緩めると慌てて逃げていった。ドアを閉めてロックし、シートベルトを締めて顔を上げた紗羅はギョッとした。

視線の先に、数十匹の犬がいずれも、仲間を虐めた紗羅に復讐するかのような顔で近づいてくる姿があった。紗羅は血の気が引く思いだった。もし、あと少し乗り遅れていたら、どうなっていただろう——。

隼人がマーキングした箇所を回ることを諦めた。野犬と戦うリスクを冒してまで、得られるものはないだろう、と思ったからだ。もちろん、重要な意味があってマーキングしていたはずである。だが、それは今、想像さえできない……。

紗羅はやはりズベズダ修理工場へハリアーを向けた。

考えてみれば、最初からそうすればよかったんだ、と紗羅は車の中でずっと後悔していた。

これまで総領事館やアパートばかりに目を向けていたが、二人の原点を忘れていた——。しかも、あの地図のマーキングに、気になることもあった。そして、帰国命令を口にした奈良岡がふと、ズベズダに隼人の荷物があるから回収しろ、と言っていたことも思い出した。

それらを確かめるためにも、今こうやってズベズダ修理工場を目指しているのは正しいはず——。

間近に迫ってくる黒くて巨大な工場群を睨みつけるようにして、紗羅はアクセルを踏み込んだ。


ソスベコフ所長は、明らかに困惑している、と紗羅は感じた。そういった資料は、経理関係など他の資料も入っているパソコンの中にあるので簡単には見せられないと言い、最後に、協力したいのは山々ですが、と言って顔を左右に振った。

しかし、紗羅は、諦めることは絶対にできなかった。

臥せっている夫が、仕事を中断しなければならないことを、涙ながらに――と紗羅が泣き落としを演じたことで、ソスベコフ所長は、ため息をつきながら快諾してくれた。

論理に論理で押し続けても、ロシア人は絶対に引かないし、そのうち、大声でキレたかと思うと突然、貝のように口を閉ざしてしまう。それよりは、案外、情に訴えた方が上手くいく場合がある――それが紗羅がかつての総領事館勤務時代、会得したことだった。しかしもちろん、ロシア人全員に当てはまるわけではない。頑なに冷たさを、いや残酷さを見せる場合も多い。ただ、見た目の雰囲気――あまり笑わないなど――よりは人情家だと紗羅は感じていた。

案内してくれるソスベコフ所長についてゆきながら、奈良岡が言っていた〝隼人の荷物〟に期待したが、すぐに落胆することになった。ついさっき、ソスベコフ所長から渡してもらった紙袋には、衣類が押し込まれているだけだった。それでも、もしかすると何かあるんじゃないかと思い、衣類の一つ一つを確かめたが、結局、徒労に終わった。

だが、紗羅は諦めなかった。隼人は、ここで何かを発見したのだ。隼人には似つかわしくない――使うことを拒否さえしていた――〝悪魔の所業〟という言葉を使わざるを得ないような事実を知ったに違いない。しかもその事実が、〝日本の安全保障〟にかかわると認識していたことこそ重要だ、と紗羅は思った。何事にも慎重な隼人は、そんな言葉を決して軽々しく使う外交官ではなかった。マスコミや評論家がそんな言葉を使う度に、〝日本の安全保障は、日本人の多くが知らない現実に包まれている、だから軽々しく使えないんだ〟とよく言っていたからである。

だからこそ、どこまで協力してくれるか分からなかったが、いや必ず協力させるという強い決意を持って臨み、ズベズダ事業そのもののドキュメントを見せてくれるようにソスベコフ所長に頼んだのだった。

ソスベコフ所長は、意外な提案をしてくれた。

「パソコンはやはり個人情報もあって、見せることはできないが、ズベズダ事業については、あまりにも人手不足だったから、パソコンに入力する暇がなくてね」

ソスベコフ所長が案内してくれたのは、事務室の階上にある狭い倉庫だった。天井まで届くスチール棚を埋め尽くすほど段ボール箱が積み上げられていた。

だが紗羅は、すぐには礼を口にできなかった。この倉庫に足を踏み入れるや否や、暖房が入っていない、凍り付いたような空間に唇が震えたからだった。

「だから、すべてここにある紙のままだ。これでよかったら、たっぷりご覧ください」

笑顔でそう言ってソスベコフ所長は鍵を渡してくれた。

「ところで、お訊きしたいことがあるんです」

突然の轟音に、紗羅は思わず屈み込んだ。上空を何かが通過したことだけは分かった。

「今朝から、FSBか軍か知らないが、騒がしくてね」

倉庫の窓に近づいたソスベコフ所長はブラインドカーテンに指を突っ込んで外を覗いた。

「うわっ、また来やがる！」

そう叫んでソスベコフ所長はのけぞった。

直後、またさっきと同じ轟音が窓ガラスを激しく叩きつけた。

「なんです？」

感覚が薄れた指を擦り合わせながら窓に駆け寄った紗羅が訊いた。

「武装ヘリコプターだ。無茶しやがる」

ソスベコフ所長はもう一度、ブラインドカーテンから外を覗いた。

「装甲車じゃないか……」

ソスベコフ所長のその言葉に紗羅もブラインドカーテンに指で隙間を作った。

二台の厳めしい車両が、排気筒から青い煙を出し、重低音のエンジン音を鳴り響かせながら工場の玄関門の前に集結している。その背後に、迷彩色の戦闘服を着て、自動小銃らしき武器を手にした兵士たちが十数人続いていた。

「検問所も厳重警戒でした。何かあったんですか？」

紗羅が訊いた。

「今朝早く、FSB沿海州支局から、警備を強化する、との連絡はありました。ですが、理由を何度訊いても教えてくれなかったんです。まっ、FSBですからね」

紗羅は、外の様子に目がくぎ付けとなっているソスベコフ所長の横顔を見つめた。ソスベコフ所長は確か、六十歳を前にしていたはずだが、彼のような年代の者の中には、FSBに、未だKGBのイメージを重ねている者が多い。それどころか、KGBそのものだと畏怖しているロシア人を紗羅は何人も知っていた。ソスベコフ所長もその一人なのだろう。最後に口にした〝FSBですからね〟という意味深な言葉は思わず出てしまったのだ。

「しかし、こりゃ、ただごとじゃない。カザンツェフ大佐に訊いてみます。失礼――」

真剣な表情でソスベコフ所長は慌てて倉庫を出ていった。

装甲車の前で整列を始めた兵士たちを見下ろしながら、紗羅は想像してみた。まず考えられるのはテロ情報がある、ということだろう。ならチェチェンゲリラだろうか？　だとしたら、ソスベコフ所長が言ったように、カザンツェフ大佐は軍事防諜が任務であるから、何が起きているかを知っているはずである。だが、まだ着任したばかりだとは言っていたが――。

紗羅は急いで腕時計を見つめた。午後三時を過ぎている。

明日は、午後五時半に、ホテル・ヒュンダイで祝賀レセプションに向けてのミーティングをやって、簡単なビュッフェディナーで親睦を図り、その翌日、午後三時過ぎの便に間に合うように空港へ向かわなければならない。そして、ウラジオストク国際空港へ向かうタクシーの中でリアウインドウを恨みがましく振り返り、涙で霞むウラジオストクの街並みを見つめている……。

紗羅はその思いを振り払うように、素早くスチール棚を振り返った。

まず、積み上げられた段ボール箱がカテゴリーで分けられていることを期待し、そこから調べ始めた。もし、無造作に書類が突っ込まれているだけなら、途方もなく時間がかかる。もしかすると、タイムアップになるかもしれず、そうなれば——絶望的な思いで成田行きの便に乗っている自分の姿を紗羅は想像した。そして、こんなことをやっていて本当に、隼人のいる場所へと繋がっていくのだろうか、という思いが急に全身にのしかかった。

その悲観的な考えを紗羅は必死で振り払おうとした。

だが、最初の段ボール箱を抱えた時、思わずそのまま床にしゃがみ込んでしまった。床の冷たさは感じなかった。それよりも突然に襲った脱力感が何もかもを麻痺させているような気がした。

紗羅は頭を振った。ここまでがんばってきたと思う。でも、残された時間はほとんどない。

唯一の頼りである多岐川は、クアラルンプールに出張中だった。そもそも総領事館の誰もが非協力的であるのに、何ができるというのか。なのに、ここで今更、自分は何をしようと——。

隼人の声を聞きたかった。あの笑顔を見たかった。そして、がんばれ、と言って欲しかった。ここまできて情けない、と分かっているが、時間の制約を考えると自暴自棄な気分に襲われた。

しかし、そんな紗羅を救ってくれたのは、脳裏に浮かんだ、隼人の言葉だった。

〝オレはここにいるぜ。だから早く捜し出してくれ〟

隼人は、ウラジオストクのどこかにいる、と紗羅はあらためて確信した。身の安全が完全に保たれるまで息を潜めている。連絡をとろうにもその手段がないのだろう。

紗羅は、じっと目をつぶった。瞼に浮かぶものはなかった。

でも今、初めて分かった。最後は、隼人の力を借りずに私がやらなきゃいけない。そうしないと後悔して絶望する自分の姿が想像できた。

だからこそ今は、とにかく今こそ、自分の得意なことを精一杯、使ってやらなきゃいけない。つまり、今、考えるべきでないこと、考えないでいいことを、心の奥底に囲い込む(ホールディング)。

立ち上がった紗羅は、手際よく作業することを心がけ、段ボール箱を調べていった。調べていくうちに分かったのは、期待していた、分別するためのカテゴリーがあるということだった。紗羅はそれらをノートに控えた。そのカテゴリーとは、日付ではなかった。〈日ロ非核化協力委員会の設立〉というラベルが貼られた段ボール箱には、初期の書類が集められていた。

今更それらの書類を捲るまでもなく、当然ほとんどを諳んじていた。

原子力潜水艦を解体し、原子炉部分を別の陸上施設で安全に保管する一連のズベズダ事業は、ロシア政府と日本政府とが合意した合弁事業である。日本はこの事業に二億ドルを拠出し、合弁の事業主体として、日ロ非核化協力委員会を設立、事務局として総務会を設置した。

そして解体する原子力潜水艦ごとにプロジェクトを作成。一隻ずつに対してその度に、総務会が、資金供与契約および請負契約の内容について認証するというシステムだった。これまでに五つのプロジェクトが進行した。つまり五隻の原子力潜水艦が、〝ぶった切られた〟のであった。

そして今、最後の六隻目、ヴィクター級弾道ミサイル搭載原子力潜水艦の〝ぶった切り〟の真っ最中で、その完了が近いのである。

段ボール箱を分類するカテゴリーは、そのプロジェクトごと、つまり原子力潜水艦ごとになっていることが分かった。しかしそれでも、一隻に関する段ボール箱だけでも、ざっと数えて十箱以上もあった。

紗羅が真っ先に注目したのは、やはり隼人の言葉だった。電信官の毛利が聞いた奈良岡とのやりとりは、これまでの調査の中で初めて摑んだ、唯一の隼人の〝ナマの声〟だったからだ。

恐らく二ヶ月前、隼人は、ズベズダ事業について、〝知ってしまった以上〟〝ズベズダで起こる〟〝悪魔の所業〟〝日本の安全保障にも重大な〟——とまで表現するような、何かを発見したのだ。

その何かとは、最近の出来事に含まれているはずである。隼人は、紗羅から見ていても異常なほどに書類を徹底的に精査し、妥協を許さない性格である。そんな隼人が、今更、過去のことを問題にするとはどうしても思えないからだ。

しかも、これまで入手した情報では、約二ヶ月前から〝変化〟があった。つまり、二ヶ月前に何かを摑んだ——そう考えるのが自然だろう。

つまり、現在解体が急ピッチで行われている、ヴィクター級弾道ミサイル搭載原子力潜水艦に関する何か、ということになる。

紗羅は、スチール棚の中から、ヴィクター級弾道ミサイル搭載原子力潜水艦のプロジェクトに関する段ボール箱を見つけては床に並べ続けた。ようやく探し出せたのは、六つの段ボール箱だった。紗羅は、それらの中から、〝二ヶ月前〟のキーワードにヒットするものを急いで探した。

精査している時間はない、と思った。だから、斜め読みしただけで、関係しそうだと直感したものをどんどん床の上に積み上げた。

三十枚ほど抜き出したところで書類をまとめ、床の上にそのままあぐらをかいて座った。凍り付いたような床に一瞬、紗羅は低い声で呻いた。だが、奥歯を食いしばり、震える手で、今度はゆっくりと書類を捲った。

まず、解体作業の報告書があった。

原子力潜水艦の解体とは、一つ一つの部品を取り出して細かく解体していくわけではない。まさしく〝ぶった切る〟のである。まず、巨大なカッターのような機材で、船首から船尾までを三つの塊に大胆に切断する。そのうち船首部分は、リサイクルか廃棄用として、そのまま別の工場に運ばれる。スクリューや方向舵を含む船尾部分の塊には、原子炉の冷却水や洗浄水など液体放射性廃棄物が残留している。ゆえに、〝ぶった切った〟船尾部分は、一旦、陸上に揚げられ、残留している液体は低レベル液体放射性廃棄物処理施設で、固体にされドラム缶に封じ込められるほか、浄化した水として海中へ放出される。

紗羅が手にした記録では、それらはすべて完了しており、最終点検のプロトコルに入っていることが分かった。添付された写真からも、〝ぶった切られた〟切断面は、見事にスライスが入り、ギザギザの痕跡がなく、美しいと感じるほどだった。

次の記録には、最も手がかかる工程についての、途中経過が書かれていた。

それは、〝ぶった切った〟真ん中の部分であり、原子炉区画と放射性核物質そのものである燃料棒の処理である。

そして、燃料棒の処理は終わり、使用済み核燃料として、近くの一時貯蔵施設へすでに搬送されていた。約一年後には、鉄道輸送によって東ウラルの山中奥深くにあるマヤーク再処理施設にてさらに低レベル化された上で、地中深くの固い岩盤の中にドラム缶ごと埋めることになっているとそのプロトコルには記載されていた。

一番やっかいな原子炉区画の解体は、記録によれば、スケジュールが大幅に遅れていた。数十シーベルトという高濃度の放射性核物質が詰まっているので、それらをすべて取り出すことは、人間にはできなかった。どんな強固な防護服を着込んだとしても、原子炉区画内での作業は数分が限界だった。それでも、プールの水の中に一時的に保管し、安全が確保されるまで一部の区画を徐々に除染して放射能濃度を下げる努力が行われている過程が、何十枚ものペーパーに、時系列ごとの写真とともに記録として書き込まれていた。

これらの記録は、解体業者のオラリダ社とズベズダ原子力潜水艦修理工場がそれぞれ担当を分けて作成したものと見受けられた。

ソスベコフ所長は、技術者の流出を嘆いていたが、この記録を読んだであろう隼人の気持ちが想像できた。紗羅がいた頃よりもさらに劣悪となった環境でも、技術者たちの精緻な仕事ぶりに彼は安堵しただろう。この緊張感がある限り、放射性核物質の盗難や事故はあるはずもない、と確信したはずだ。

だから、隼人の任務は、ミッション・コンプリートへ突き進んでいたのである。

それを前にして、隼人は何かに気づいた。それが、隼人が行方不明になった原因であるかどうか、本当のところは分からない。でも、紗羅は、今やっていることが必ず繋がり、そして、どういう形にしろ、隼人を助け出すことになると信じていたし、覚悟もできていた。

しかし、肝心の〝何か〟は見つからなかった。

隼人はいったいここで何を見つけたのだろうか？

仕方なく紗羅は、そのことを確認するため、ソスベコフ所長に会うことにした。

事務室にはソスベコフ所長の姿はなく、窓から地上を見下ろすと、霧が立ち籠め始めていたが、スーツ姿のカザンツェフ大佐と思しき男と真剣な表情で立ち話をしていることはなんとか分かった。

コートをかけたポールハンガーへ足を向けた時だった。

何気なく流した視線の先、ソスベコフ所長の執務机の足元に、湿気ていない目新しい段ボール箱が押し込まれ、上からベージュの布で被われているのがチラッと見えた。

関心もなくコートへ目を戻した紗羅は、そのことが引っかかって、ソスベコフ所長の机の下へと、今度ははっきりと目を向けた。

ベージュの布の隙間から見える、段ボール箱のラベルに目がくぎ付けとなった。

〈日ロ非核化支援事業ズベズダ　プロジェクト№7　経緯ブリーフィング用資料〉

紗羅は思わずそこへ駆け寄った。

手に取って引き出してみると、記録の作成日が、二ヶ月前となっている。もう一つのラベルには、〈K－415〉と記されていた。また、地球をデザインした、ズベズダ事業のシンボルマークのシールまで貼られていた。

紗羅の心がざわめいた。

その箱は、ガムテープでぐるぐる巻きにされている。他の箱にはそんな封はされていなかったし、他はプリントアウトされたラベルだったのに、この箱だけ、太いマジック様のペンで殴り書きされてある。

紗羅は、スマートフォンですぐに調べた。すると、あるサイトに、ロシアの667M型弾道ミサイル搭載原子力潜水艦K－415のことで、NATOが付けた名称は、ヤンキー・サイドカー型とあった。

紗羅がすぐに気づいた疑問があった。

ここ、ズベズダに、この資料があるということは、K－415という原子力潜水艦が解体予定となっているということだ。しかし、日ロ非核化支援事業ズベズダは、今、〝ぶった切り〟の最終段階に入った、ヴィクター級弾道ミサイル搭載原子力潜水艦で終了する。新たにプロジェクトを加えることなど絶対に無理な話である。にもかかわらず、〈日ロ非核化支援事業ズベズダ　プロジェクト№7　経緯ブリーフィング用資料〉とあるのは、いったいどういうことなのか？

――何かの間違いよね……。

記憶を辿るまでもなかった。日ロ非核化支援事業ズベズダのプロジェクトは、〈№6〉までである。また、すべての資料、契約書、請負書は、法律家の手を借りて記載されている厳格なもの。それらの資料にすべて目を通している紗羅にとって、文書の作成がいかに激務であるかは身に沁みて分かっていた。追加があったとしたら、それらの資料作りと関係者のミーティングに途方もない時間を費やさなければならない。しかも、一つのプロジェクト、つまり一隻の解体費用にしても、数百万ドル単位の巨額事業なのである。

だから、誰が、いかなる目的を持ってこんなものを作ったのか、たとえこれに悪意があったとしても、その狙いがまったく分からなかった。

ポールハンガーから奪うようにコートを取ってすぐに羽織った紗羅は、ドアを勢いよく開けた。

二階の足元まですでに霧が忍び寄ってきている。慎重に外付け階段を下りた。

やはり、ソスベコフ所長と話し込んでいる相手はカザンツェフ大佐だった。

二人は紗羅の姿に気づくと、途端に話を止めた。

紗羅が、カザンツェフ大佐に簡単な挨拶の言葉を投げかけると、彼は笑顔でそれに応え、ソスベコフ所長には神妙な表情で頷いて立ち去っていった。

ヘルメットを脱いで頭をかきながらソスベコフ所長が口を開いた。

「英雄とか言っても、あれじゃあね」

紗羅は怪訝な表情で所長を見つめた。

「装甲車や兵士たちが集まっていることについて、あの〝英雄〟さん、これから訊いてきますってね。捕虜時代のトラウマってやつですかね」

苦笑しながら紗羅を振り返った。

「あの警戒ぶりの理由は分からないんですか？」

「相変わらず兵士たちは我々を無視です」

ソスベコフ所長は首をすくめてから、

「で、何か？」

と言って紗羅を振り返った。

「ところで、さきほど倉庫で、〈日ロ非核化支援事業ズベズダ　プロジェクト№7　K－415〉とラベリングされた段ボール箱を見つけました。あれはいったい何です？」

あなたの机の下を探りましてね、とは言えない紗羅は、咄嗟にはったりを口にした。

ソスベコフ所長の目が突然、激しく彷徨った。それは、これからどうやって嘘をつき通そうか、と困惑しているように思えた。

「えっ？　倉庫にそんなものが？」

「はい、ありました」

紗羅は即答した。

ソスベコフ所長はひきつった顔のまま笑った。

「いや、そんなものはありませんよ」

急に口数も少なくなった。分かりやすい男だ、と紗羅は思った。

「確認したいだけです。日ロ非核化支援事業で、プロジェクト№7、それはありませんね？」

「ええ、もちろん」

ソスベコフ所長はぎこちない笑顔のままだった。

しかし、関係ないのなら、興味を持つこともない、と紗羅は判断した。日ロ非核化支援事業ズベズダと関係なければ、それ以外のことに首を突っ込む必要はまったくない。

それよりも、さきほど訊きかけていた本題に切り込んだ。

「雪村隼人は、四日前、こちらに来ました。どこに足を向けたのですか？」

妙なことを訊くもんだ、というような表情でソスベコフ所長が答えた。

「さっきいらした倉庫です」

「時間は？」

「二、三時間、でしょうか……」

「あの部屋には机がありませんでしたが、そんなところに二、三時間も？」

「ですから、雪村さんは、しばらく資料を見られていたんでしょう。二、三時間ほどしてから出てこられて、ちょっと外の空気を吸ってくる、とコートを手にされたんです。私が驚いて、こんな寒い中で？　とお訊きしましたら、近くに隠れ家があってね、と仰いましてね」

ソスベコフ所長の言葉の中の、そのフレーズに、紗羅は思わず息が止まった。

――〝隠れ家〟

突然、懐かしい思い出が頭の中に広がった。

数年前、ここに二人で通い詰め始めた頃、あまりに殺風景なこの工場で、時間を潰すための〝遊び〟を考えていた。ロシア人の時間のルーズさは度が過ぎていて、二、三時間も遅れてくることが日常茶飯事だったからだ。

そして見つけたのは、ズベズダ修理工場から歩いても五分とかからないところにある、廃屋となったロシア正教の教会だった。その時、ウラジオストクは、APEC（アジア太平洋経済協力会議）開催を控え、中央からの資金が投資されていたが、ボリショイ・カーメニ市は、〝神が忘れた街〟だった。原子力潜水艦の退役が進み、技術者が他の工場がある土地へ移り住み、人手不足となって、そして修理の受注が減る——その悪循環に陥っていた。

ソスベコフ所長に、すぐ帰ってくるとだけ言い残した紗羅は、工場の正門へと駆けだした。霧の中でも門の場所は分かったが、あと十分もすれば、ここもシルバーの世界に包まれるはずで、帰りは気をつけないといけないわ、と自分に言い聞かせた。

その教会に何かがあるという確信はなかった。だが、そこにある、あの〝隠し部屋〟のことが頭を占領していた。

門の外では兵士たちが緊張感を漲（みなぎ）らせ編成を急いでいた。

門を出て、その右側を通り過ぎようとした時、一人の兵士に腕を摑まれた。

「何するの！」

紗羅は血相を変えて怒鳴り、腕を強引に振り払った。顔を真っ赤にした兵士が小銃を振りかぶったが、後ろからやってきた兵士がその小銃を摑んだ。

「失礼しました」

そう言って謝ったのは、検問で出会った将校だった。

だがその表情には、緊迫した雰囲気があった。

礼を言うつもりはさらさらなかった紗羅は、勝手に歩きだした。

「どちらへ？」

将校が紗羅の背中に声をかけた。

紗羅は大袈裟にため息をつきながら振り返った。

「ここのトイレは汚くて無理なんです。もういいですか？　今日は、女性のアレなんです。レディに恥をかかせたいと？」

紗羅はまくし立てた。

顔を背けた将校は、部下たちに編成を急ぐよう大声で指示を始めた。

コートで体を包みながら五十メートルも歩かないうちに、記憶通り、左に入る路地があった。そこを曲がった瞬間、紗羅は思わず立ち止まった。

勢いづいた霧は、すでに二つの丸屋根を包み込んでいる。ただそのお陰で、朽ちたり汚れたりした部分が隠され、幻想的な雰囲気で、しかもブルーに輝いてさえ見えた。

そっと教会のドアを押すと、ギーッという軋む音が聞こえ、幸運にも鍵は閉まっていなかった。

冷気がすーっと紗羅の首の回りを一周した。全身を震わせた紗羅は、その場所をちゃんと覚えていた。

真正面、左右のマリア像とキリスト像との間にある祭壇、その向こう側へと紗羅は回った。祭壇のちょうど真裏にあたるところでしゃがみ込んだ。

紗羅は、肩にかけていたビジネスバッグを床に置いた。バッグのポケットの中のチャックを開けて、指を突っ込んだ。

すでに確信があった。

隼人のアパートのフリーザーで見つけた、A4サイズの封筒に入っていた鍵は、ここで使うのよ——。

ところどころ隙間が見える床板の端に、紗羅は指を入れた。頑強な床板が、まるで箱根寄木細工の仕掛けを解くように、ある二つの突起物の嚙み合わせを外すことで——開いた。

小さな空間が見えたが、さらにその下の板も同じように、指の第二関節まで入れて、その指を折り曲げた。

ゴトンという音がして板が外れた。

あの時のように、ワインボトルやウォッカの瓶があることはもちろん期待していなかった。そして、あの時のように酔っ払って、結婚式の真似事をやって床を転げ回るようなことをするはずもなかった。

長方形のアルミ缶があった。

引き出した紗羅は、息を止めた。

ほとんど埃を被っていなかったからだ。ごく最近、これが触れられたことを物語っていた。もちろん、これを知っているのは私と彼しかいない――。

紗羅は、自分の動悸が高まるのが分かった。

自分へのラブレター、もしくは、ちょっといなくなるけど、これこれこういう事情だから、待っててな――そんな手紙がきっとある!

でももし、その逆で、今までありがとう、みたいな遺書だったらどうしよう!

昂ぶる気持ちと不安がない交ぜになって、どちらにしても落ち着かなく、それなら、と思って勢いよくアルミ缶の蓋を開けた。

折り畳んだ封筒があった。取り出して中を覗くと、一枚のレターがある。そこには、間違いなく、隼人の肉筆で短い文が書かれていた。
〈サラ　極東テアトル　47番　一緒に観たかった〉

ウラジオストクへ戻る道は、すでに暗闇に包まれていた。

山間を縫うように走ると、行き交うヘッドライトもほとんどないので、闇は一段と辺りを呑み込み、静寂に包まれている。

霧はすっかり消えていた。だから、星明かりが天空に隙間がないほど広がっているのが見えて、紗羅は恐怖を感じた。

隼人の自宅に向かった紗羅は、カギを開けるのももどかしくドアを開けると、リビングに隣接したその部屋に飛び込むように走り込んだ。

CDラックの中から〈47〉とラベリングされたCDを探した。

それは、下から二番目に並べられていた。

ビジネスバッグから、スタンドアローンとして使っているノートパソコンを急いで取り出して起動し、手にしたCDを専用ポートに差し込んだ。

〈FAROS〉

その〝ファロス〟と名前が付けられたフォルダを見つけた時、あっ、と小さな声が出た。

思ってもみないフォルダだった。

忘れるはずもない文字だった。

紗羅は胸が詰まった。

体の中から込みあげる、ざわざわしたものを感じた。

泣きだしそう、と思った。

ここまで我慢してきた涙が。

六年ほど前のことだ。ロシアの人が住んでいない辺地や無人島の灯台では、灯りの発光部分に、RTGと呼ばれる放射性同位体熱電気転換器が稼働していた。つまり放射性核物質の崩壊熱を電気に換え灯台の電源として使っていたのである。

当時、ロシア課で外務事務官だった隼人は、早くからそのことに着目し、ある提案を書き込んだレポートを非核化協力支援班に度々送っていた。RTGは放射線は少ないが、そもそも無人の地に、そんなものがあることこそが危ないのであって、それらをすべて回収して、安全なものに入れ替えよう――そんなプロジェクトを隼人は提案していた。

しかし外務本省では、なかなかそのプロジェクトに興味を示す者がいなかった。ところが、本省内のその空気が一変する事件が起こった。シベリア地方で発生した事件だったので、日本ではほとんど報道されなかった。

北朝鮮工作員が、そういった辺地や無人島に潜入し、灯台のＲＴＧを密かに盗みまくっていたのである。ＦＳＢに逮捕された一人の工作員の供述によれば、入手した放射性核物質をダーティーボムとして兵器化し、ソウルの政治、経済の中枢部で爆発させて放射性核物質を飛散させようとしていたことが判明した。

そのことが、外務本省の幹部たちの重い腰を動かすどころか、より大規模な計画であるズベズダ事業として動きだす最初の契機となったのである。

セキュリティも十分でない場所に雨ざらしとなったままの原子力潜水艦を放っておけば、辺地や無人島まで出かけていった北朝鮮工作員たちのターゲットになる可能性が高い。もし原子力潜水艦から放射性核物質を奪取されれば、大量の死傷者を発生させるだけでなく、ソウルのみならず五〜六の都市が何百年も立ち入れなくなる死の街となってしまう――それをＲＴＧ盗難事件が現実のものとして認識させてくれたのである。そして、日本政府がズベズダ・プロジェクトを決断することとなったのである。

ウラジオストク総領事館に隼人が着任してきた時、よくその話をしてくれた。

〝北朝鮮の工作員ってさ、どんな高濃度の放射線を浴びようが、原子力潜水艦の原子炉区画へ平気で忍び込むんだろうな〟

　そしてズベズダ事業を通して、二人の距離が縮まっていくと、原点を忘れないようにしようと、いつも、灯台の事件を思い出した。少しの放射性核物質でも、大量の人間を殺傷する兵器になるんだと——。

　だからその原点を大事にするため、灯台を意味するラテン語の〈FAROS〉をズベズダ事業の別名にしようということになった。しかもそれは、結婚前の秘密の付き合いをより刺激的にするアイテムともなった。つまり〈ファロス〉もまた、ズベズダと同じく、二人にとっての原点であり続けている。

　紗羅は、〈ファロス〉のフォルダをクリックして開いた。

　日本語ワープロソフトである一太郎のファイルが二つあった。

　一つのファイル名は、〈ズベズダ〉で、もう一つのファイルには〈インタビュー〉とあった。

　まず、〈ズベズダ〉のファイルをクリックすると、パスワードを要求された。紗羅は慌てなかった。二人だけしか知らないパスワードがあった。

　紗羅は、一度、唾を飲み込んだ。思わず微笑みがこぼれた。

　ここに、彼の言葉がある。どちらにしても、隼人から私への言葉がある——。

　紗羅は十桁のパスワードを入力した。

一太郎の画面が立ち上がった。

紗羅は、口を開けたまま、しばらく息ができなかった。

——何これ……。

紗羅は呆然としながら、一太郎の画面、そこに貼られた膨大な画像を見つめた。

隼人の言葉はなかった。遺書でもなかった。

どの画像も、手書きの書類をスマートフォンで接写したような感じだった。紗羅が想像さえしなかったものだった。

紗羅は、自分への言葉があるはずだろうという淡い期待が消え去ったショックよりも、突然、出現した、謎の文書の内容に目がくぎ付けとなった。

ざっと見た感じでは、ロシアの原子力潜水艦の取引に関する書類のようだった。

パソコンで作成された文書に乱暴な手書きのメモが書き加えられているもののほか、そこに水が流れるような美しいキリル文字が達筆で書かれているものもある。また、ロシア太平洋艦隊の公式スタンプや、国籍を示す白地にブルーのクロスが入った艦隊旗が描かれたものもあるなど、多種の資料があった。

どの資料にも特徴的だったのは、隼人の肉筆のコメントが書き加えられていることだった。

その時、紗羅の脳裏に浮かんだものがあった。

ソスベコフ所長が机の下に隠していた、あの段ボール箱である。ラベルに〈経緯ブリーフィング用資料〉とあった。つまり、K－415に関するこれまでの、運用、訓練、修理実績などあらゆる〝経歴〟が入っていたのではないか。隼人は、恐らく、段ボール箱を痕跡が残らないように開け、必要書類だけを隠して持ち出し、ここへやってきたのだ。そしてスマートフォンで撮影し、CDに焼き付け、ここに隠した。なぜなら、ここを立ち去る時、あの検問所で徹底的に検査され、資料を複写していないか、外部メディアの所持の有無など調べられるからだ。

紗羅がまず意識を集中させたのは、半年前の日付のものだった。

〈ソスコベツ副首相、ロシア国防省中央資源管理局長スムシコフ少将と面談。ロシア太平洋艦隊の退役した原子力潜水艦、一隻を探すことを指示した〉

紗羅にとって、いずれの役所名も人名も初めて目にするものばかりだった。

〈ソスコベツ副首相と、国防省中央資源管理局長スムシコフ少将とが会合し、契約の準備を指示。二日後、中国人民解放軍の中央後方局長はモスクワで、同契約書にサイン。対象の原子力潜水艦は、667M型弾道ミサイル搭載原子力潜水艦K－415〉

つまり、原子力潜水艦を中国へ売却――。

非核化協力支援事業の一環で、ロシア、中国、北朝鮮の核兵器開発の実態や、海外からの輸入実績などから今後の対応を分析するため、ロシア海軍と海上自衛隊との合同演習の事前協議の席で知り合った何人かの海上自衛官から勉強をさせてもらったことがある紗羅は、すでに中国は、戦略ミサイル搭載原子力潜水艦を自力で保有しているが、さらに増加させるのであれば、日本の安全保障にとって大きな〝事件〟となるはずだ、と思った。

そして二ヶ月前の記述があった。

——二ヶ月前……。隼人の周りで変化が起き始めたのが、その二ヶ月前だった。

紗羅は、意識を集中させた。

〈ズベズダ原子力潜水艦修理工場保管資料——沿海州のペトロパヴロフスク・カムチャツキー原子力潜水艦基地に運休保存中のK－415原子力潜水艦はボリショイ・カーメニ市ズベズダ原子力潜水艦修理工場へ曳航。二日後、同工場の乾式ドックに入った。K－415は、一九八〇年竣工、一九八二年進水、一九八四年海軍に引き渡しの経歴を有する。一九八九年、米ソSTART－Iに基づいて、海中発射型弾道ミサイル（SLBM）の発射台を解体、特務通信艦に改造。（注→SLBM発射台の場所に通信設備を備えたが、戦略原子力潜水艦としての改造も容易とズベズダの原子力潜水艦技術者が言及）〉

——つまり、二ヶ月前とは、そのK－415なる原子力潜水艦が、ズベズダ修理工場に着いた時である。

　考えてみたが、ここから繫がるものは紗羅の脳裏には何もなかった。

　だが、隼人は、これらをじっと見つめていたのである。

　そして、彼は、何かを見つけた。

　紗羅は、隣に隼人がいるような気がした。

　だから今、自分は、隼人と一緒に何かを探しているのだと確信した。

　そして、かつて、このズベズダで机を並べていた時の思い出に浸った。

〈ソスベコフ・ズベズダ原子力潜水艦修理工場所長――国防大臣と中国国防省の副大臣が「中古原子力潜水艦売買契約書」にサインし、大統領はこの契約を承認した。中国はロシア国防省の口座に、原子力潜水艦の修理・購入費を送金（注↓ズベズダ原子力潜水艦修理工場の取り分は二百万ドルしかなかった。にもかかわらず、同工場の労働者は大変喜んだ。同工場の幹部はウラジオストクの周辺で別荘を建築するまでになった、とズベズダ労働組合関係者）〉

〈中国の代表団がズベズダ原子力潜水艦修理工場を視察し、Ｋ－４１５の修理とその過程を調査した〉

　中国への売却は順調に進んでいたようだ。

　ところが、次の報告書には意外なことが書かれていた。

〈オラリダ社関係者――K－415、修理完了。今後、運休保存に入る。ソスコベツ副首相の死去と、国防省中央資源管理局長スムシコフ少将の辞任のため、予定されていた修理完了式典に、国防省中央資源管理局からの出席者はない〉

　紗羅は、その混乱ぶりが垣間見える気がした。つまり、モスクワのロシア中央政府内で何らかの権力闘争が起こった。そもそも中国への売却は、大統領府のトップダウンで決まったようなので、その混乱で売却交渉にストップがかかったのではないか――。

〈ズベズダ原子力潜水艦修理工場関係者――中国海軍の専門家九名が搭乗するK－415号が、ズベズダ原子力潜水艦修理工場の船台を出て、旅順港へ向け出航する予定だったが、突然、原子力潜水艦は船台から出され、埠頭に停泊した〉

〈現地新聞「今日のウラジオ」報道――ロシア太平洋艦隊軍事防諜局長は、スパイ容疑で、沿海州で暗躍した中国諜報機関の将校九名を逮捕した。中国軍総参謀部二部中央局ロシア課長、王華基大佐も含まれており、これら中国人は即日、追放された〉

〈太平洋艦隊人事発令。軍事防諜局第12課長〉

　それにしても、ロシアの強引な幕引きぶりに、紗羅はゾッとした。しかも、身内の落ち度についても厳しい。

つまりＫ－４１５はそのまま残ったことになる。

最後に貼られた画像には、気になる記述があった。

〈ズベズダ原子力潜水艦修理工場関係者発言。ロシア太平洋艦隊司令部所属の資源管理部長ボルギン大佐が、パク・チョクが代表をしている「北朝鮮鉄鋼総合会社」へ、ズベズダ原子力潜水艦修理工場にて、そもそも中国へ売却するために、Ｋ－４１５から引っ張り出していたＳＬＢＭ発射台と、以前に同工場で解体された原子力潜水艦の各部分をスクラップとして売却した〉

ＳＬＢＭ発射台が戦略兵器であることは紗羅も知っている。だからこそ、中国への売却においても、それを撤去する解体作業を行っていたのは理解できる。しかし、太平洋艦隊の将校が、それを北朝鮮に売ったこと、また北朝鮮が買ったこと、その両者の思惑が分からなかった。たとえば、それだけを買ってもなんの意味もないのでは――。

紗羅は、もう一つの〈インタビュー〉という名前の一太郎ファイルを、同じパスワードを入れた上で開いた。

そこには、ズベズダとは違って、画像ではなく、明朝体の文字が書き込まれていた。

〈在ウラジオストク韓国総領事館関係者からの聴き取り、以下の通り。在ナホトカ北朝鮮総領事館の副領事、リ・ホンチュンは、ウラジオストクのペクトゥサン朝ロ合弁レストランのパク・チョク店長に電話して、暗号で接触を約束した。パク店長はロシア極東部で長らく情報活動を行っている情報機関の工作員である。五日後、リ副領事はパク店長と諜報形態にて接触し、ロシアの中古の原子力潜水艦購入に関するタスクを説明した〉

ページをスクロールする紗羅の手の動きが速くなっていった。

〈ズベズダ修理工場関係者——ロシア太平洋艦隊司令部所属の資源管理部長ボルギン大佐の招聘で、北朝鮮の代表団がズベズダ原子力潜水艦修理工場を訪問。北朝鮮海軍の団員十数名がＫ－４１５の推進システムを研究したり、太平洋艦隊の専門家の指導の下に訓練を受けたりした〉

紗羅は驚かざるを得なかった。ここまで調査していたのは、大がかりな作戦があったからに他ならない。そしてそれができるのは、このウラジオストクでは、ＦＳＢしかあり得ない。

ということはつまり——。

結論を急ぐことを止めた紗羅は文書に戻った。

〈在ウラジオストク韓国総領事館関係者からの聴き取り、以下の通り。北朝鮮はロシア太平洋艦隊の退役した原子力潜水艦とこれに関する技術資料の購入ないし入手可能なルートを積極的に探している。この工作は「千浬海龍」と呼ばれており、北朝鮮指導部の直轄指導である。在ナホトカ北朝鮮総領事館のリ・ホンチュン副領事がこの工作を現場指揮している〉

紗羅は思わず唾を飲み込んだ。このFSBによると思われる調査はかなりの規模だ。その目的とは……。

〈在ウラジオストクアメリカ総領事館関係者——現在、北朝鮮海軍の潜水艦隊の将校数十名は、ウォンサン（元山）の海軍特務部隊の地下基地で特別訓練を実施している。この訓練の秘密保持は異例だ。情報源によると、この将校は潜水艦のハイテク技術を研修している。未確認情報によると、この訓練のネーム、あるいはその作戦名は「千浬海龍」との一次情報がある〉

二つのラインで情報が完全に一致している。つまり、北朝鮮は、このウラジオストクで、相当大規模な作戦を展開中ということになる。

——千浬海龍……。

パソコン画面から顔を上げた紗羅は、その言葉を声に出して繰り返してみた。

不気味な感覚がわき起こってくるのを自覚した。

北朝鮮は、恐らく、K-415に目をつけたのだろう。

中国に売却する予定だったので、中古とはいえ、修理とメンテナンスを終えた、フルパワーの原子力潜水艦である。すべての手間が省けて、即戦力となっている。

しかも、不気味なのは、SLBM発射台をも〝別便〟で入手した可能性があるということである。

もしこれらのこと——隼人が集めた情報——が事実であって、実際に北朝鮮へ売却されるのであれば、日本の安全保障にとって重大な脅威となるはずだ。

紗羅が知り合った海上自衛隊の幹部たちの言葉が脳裏に蘇った。

ロシアから北朝鮮へは、数多くの潜水艦が売却されている。最近では、NATOのコード名でゴルフ級と呼ばれる潜水艦が北朝鮮へ売却されたが、その潜水艦には海中からミサイルを発射できるシステムがあり、それも一緒に売られたというニュースが流れている。海面下に潜れば、極端な話、日本の領海近くまで迫って東京を狙ったり、またアメリカ西海岸の近くからも弾道ミサイルを発射することができる。

しかしそれでも、ディーゼル推進なので長時間潜ったままでいることはできない。定期的に、エンジンを回す必要があり、その時、レーダーにキャッチされる排気用の煙突を海面上に出す必要がある。そうなれば日米の優れた対潜戦の技能と装備によって探知される可能性が高い。

しかし原子力潜水艦となれば、まったく話は別だ。

理論上、乗員の生活物資の問題さえなければ何十年と潜ったままでいることができる。よって、北朝鮮がもしそれを手に入れたのなら、日米共同防衛部隊は、突然、どこかの海中から弾道ミサイルが発射されるという、最悪の脅威と向き合わなければならない。しかもＳＬＢＭ発射台も一緒に買収されるとなれば尚更である。

北朝鮮海軍は老朽化したソ連・中国製潜水艦など二十六隻しか持っておらず、資金や技術不足で自国では建造できない。少なくとも、技術が足りない。金正恩(キムジョンウン)政権は核兵器・ミサイル開発とともに、自国の攻撃力を高めるために、弾道ミサイル搭載潜水艦の開発を行ってきた。しかし、最近の米朝首脳会談によって開発中止を余儀なくされたことで、その技術を闇ルートで必死に探しているとの情報を、省内のニュースリンクで見たことがあった。弾道ミサイル搭載潜水艦は、たった一隻でも日本海における軍事バランスを決定的に崩すことができるに違いない。ノドンあるいはテポドンを潜水艦に搭載することができれば、北朝鮮の領土からだけでなく、日本海や太平洋海域から日本、韓国、アメリカの本土を攻撃できる——。

しかし、大きな疑問が紗羅にはあった。

いくらワイロがはびこるロシアであっても、これまで北朝鮮への軍事品の売却は、慎重に行っていたことが窺える。大量破壊兵器を含めた戦略兵器は一度として売却していないし、通常戦力にしても能力を落としてから引き渡してきた。だから、まさか原子力潜水艦を売り渡すとは思えない。

にもかかわらず、北朝鮮は、原子力潜水艦Ｋ－４１５を保有した時のための準備を急ぎ進めているのだろうか。

しかし同時にまた、紗羅は愕然としていた。

隼人がこれだけのことをやっていたのにまったく気づかなかったからだ。

外交官としての能力を完全に超えている。ここまでの力があるとも思えなかった。

しかし一番ショックなことは、自分は、隼人のことを何も知らなかった、そのことだった。

こんな大変なことをしている間、悩みもあったろうし、葛藤もあったはずであり、また体力的な問題も間違いなくあったに違いない。

大きく息を吐き出してから、気を取り直し、文書を読み続けたが、隼人の意図が理解できなかった。

〈一月二十日。ダゲスタン人十八人がウラジオストクに到着し、ウスリースク市およびナホトカ市の市場で立ち飲みバーを開いた。この十八人は警察移民登録管理部に登録した〉

〈一月二十九日。日本製の中古小型トラック二台、中古マイクロバス三台を購入した〉

〈二月一日。ウクライナ人の実業家、オクリメンコが、ボリショイ・カーメニ市から三十キロ離れた、ロシア太平洋艦隊の基地があるフォキノ市で、交通有限会社を開いた。彼は韓国製の中古大型バス四台によるボリショイ・カーメニ、フォキノとその周辺にある村とを結ぶバス運行会社を経営するとともに、ピクニックや観光のために、レンタル・バスのサービス

を始めた〉

何度も読み返してゆくうちに、頭の中で、ぼんやりと何かが形作られていった。

そして最後に残されていた〈インタビュー遺言〉と題されたファイルを覗いた。

そこには、末期癌に侵された一人の男が、国家と軍に対する復讐のため立ち上がるという前文があり、私が亡きあと、書籍にして、その収入を家族に渡して欲しい、とあった。

読み込んだ紗羅は、涙が出て仕方がなかった。民族が違うにせよ、国家の独善に翻弄されてきた男の哀れな末路がそこにあった。

しかしそれよりもその〈インタビュー遺言〉の中身は、強烈だった。なぜなら、現在進行形の〝犯行声明〟が書かれていたからだ。それも想像を絶する〝犯行〟が――。

紗羅の、スクロールボタンに置いた指が震えだした。

震えはさらに激しくなり、別の手でその震えを抑えようとしたが、それでも止まらなかった。

紗羅は息を止め、タブレット画面を目を見開いて見つめたまま動けなかった。

それが恐怖からきたものでないことは紗羅には分かっていた。

敢えて表現するなら、そう、たとえば、知ってしまったことに対する激しい震えだった。

今、自分が思った言葉、それは連絡が途絶える前日、毛利が聞いた隼人の言葉だ。

〝知ってしまった以上〟〝ズベズダで起こる〟〝悪魔の所業〟〝日本の安全保障にも重大な〟

──。

最後のページを見つめた時だった。

紗羅は息が止まった。

そこには、紛れもなく、自分への短いメッセージが書き込まれていた。


だがその恐怖は、他に理由があることを紗羅は自覚していた。隼人が自分に託したもの、その中に、どんな真実が含まれているのか、その恐怖だった。総領事館の誰もが言う通りの、知らなくてもいい真実が含まれているのか──その恐怖でもあった。

隼人は、ハニートラップは関係なかった。また自殺をしたわけでもなかった。

今、自分の頭の中にあることへ繋がっている──紗羅は初めてそう確信できた。

だから、これから突き進もうとしていることが、唯一、隼人に繋がると信じていた。

ただ、不気味な感触は残ったままだった。

すべてが分かったわけではないからである。

隼人の居場所へ繋げるには、あと一つ、何かが足りない気がずっとしていた。

だからそれをさっきから考えているのに、まったく思いつかない……。

激しい爆音が紗羅の思考をつんざいた。

二機のジェット輸送機が北の空へ向かっていった。しかも反対車線からは、ラビットフラッシュをまき散らす何台ものパトカーが緊急走行で北へとぶっ飛ばしていった。そのあとから、幌付きのトラックが次々と過ぎていく。ルームミラーでトラックの背後を見ると、深刻な表情をして俯いた兵士たちで満杯だった。夜も遅いというのに、いったい何だろう――。

ズベズダ原子力潜水艦修理工場から紗羅が去る時、門の前にいた大勢の兵士たちの姿は極端に少なくなっていた。

高速道路に再び静寂が戻った。

だが、不気味な感触はますます大きくなっていた。

ハンドルを握る右手の指が震えだした。

左手で何度も髪をかき上げた。

落ち着こうとした。

だが震えは止まらなかった。

そして頭の中に浮かんだ言葉があった。

――もし、取り返しのつかない、過ちが起きているとしたら……。

その思いを振り払うように、紗羅は、そっとルームミラーへ目をやった。

遠くに見えるそのヘッドライトはすでに一時間近く、ずっと一定の距離を保っていた。


総領事館の二重ロックにカードを翳すのももどかしく、急いで通り過ぎようとしたので、何度もアラート音が鳴り響いた。

やっと通路に足を踏み入れることができた紗羅は、まっすぐ奈良岡の執務室へ向かった。

ノックをしようとした時、部屋の中から声が聞こえた。

〝もちろん、ご心配なく。雪村紗羅については、これ以上、好きにさせません。明後日には、そちらに帰しますので〟

紗羅は訝った。

――いったい誰にかけているのだろうか……。

会話が終わったことを確認した紗羅はドアを叩き、応答がある前にドアを開いた。

「あの部屋でお話をしたいのです。大至急に」

「無断で入るのはやめたまえ」

奈良岡は慌てた風に言った。

「本当に緊急のマターなんです」

「君はどうして、いつもそんなにがさつなんだ？」

「どうか、次席――」

「まず話を聞いてみてからだ」

奈良岡はパソコンを見つめたままそう言った。

紗羅は執務机の卓上電話を摑むと、奈良岡の目の前に置いた。

「時間がないんです。次席が仰っておられた、軍との人脈を使ってください」

やっとパソコンから目を離した奈良岡は、黙ったまま、ソファーへ座るように手振りで促した。

腰を下ろすなり身を乗り出した紗羅を、

「深呼吸しろ」

と奈良岡は言った。

「一度、大きく息を吸って、吐き出してみたまえ」

言われるままにした紗羅は、勢い込んで一気にまくし立てた。

それでも言い終えた時、どうせ聞く耳は持っていないんだろうな、と早くも諦めて項垂れた。

反応がないことに気づいた紗羅は顔を上げた。

意外にも奈良岡は真剣な表情を向けていた。

だがそれは紗羅の期待したものとは違った。

「雪村、だいたい今、そんなことをやっている場合じゃないだろ？　明日のミーティングを仕切れる準備はしたのか？」

「はい、それについては万全です。で、今説明いたしましたこと、いかがですか？」

「根拠（ベイシス）はあるのか？」

「断片的です。しかしすべてのベクトルはそこに――」

「雪村――」と遮った奈良岡が続けた。「勘に頼ることに、外務省では誰も反応しない」

「実は私は、ここに来てから、ずっと尾けられています」

奈良岡は声を出して笑った。

「君が？　尾けられてる？　バカな。誰が君などを尾けるものか。そんな暇な奴は、ＦＳＢにいるはずもない」

紗羅が何か言いかけたが、奈良岡が身振りで制した。

「明後日の帰国に際しては、生憎（あいにく）、誰もいないのでバスで行ってくれ」

奈良岡はそれだけ言うと、受話器を取り上げて、電話をかけ始めた。

想像していたとはいえ、ここまではっきりと撥ねつけられると、怒りもわかなかった。紗羅は、その時気づいた。さっき、電話していた相手は、外務本省の誰かだ。〝そちらに帰します〟――その言葉から考えるならそれしかない。だが、誰であるかは想像できなかった。それを解決してくれたのは、電信官の毛利だった。前に頼んでおいたことを調べた結果を、毛利は隼人の執務室で教えてくれたのだ。

奈良岡が使うパウチ、さらに公電の外務本省内の部署へ向けた転電の中に、特筆すべき宛先があったと毛利は言った。それは総合外交政策局の筆頭課長である総務課長の本橋だった。つまり、奈良岡は、本橋の指示を受けて、紗羅に対応していたことになる。

しかし、紗羅はその理由が分からなかった。事務次官や官邸とも近く、エリート中のエリートである本橋が、なぜ、語学専門職の事務官でしかない自分に興味を注いでいるかが分からない。

〝官房室〟に向かった紗羅は、仙川がいることを認めると、いつもの満面の笑みで近づいた。カード型キーを手にした紗羅は、バードケージに入るために急いでドア横の壁にあるセキュリティボックスにＩＤカードを差し込んだ。

バードケージという隠語は、かつて鉛の板で部屋を被い、盗聴器が放出する電波を遮断していた頃の名残だと隼人が言っていたような気がする。現在の盗聴防止室の中には、透明の軽量アルミ材ですっぽり囲まれた小部屋が造られている。その小部屋と部屋の壁との間には、アイドルグループ、AKB48のヒット曲「ギンガムチェック」が流れていた。透明アルミ材で囲まれた空間の中にあったのは、椅子、机、電話機だけである。だがそれらもまたすべて透明プラスチック材で作られていた。

　電信官の毛利から聞いた、その部屋を使う場合の文書への記入、注意事項、ロック解除方法の解説――それらをすべて読み込んでから、毛利に用意ができたことを告げた。

　盗聴防止室(バードケージ)の中に足を踏み入れた紗羅は、自分は、やっぱりこの部屋には馴染めないな、と昔から感じていたことをあらためて思った。それが必要だとは分かっているけど、窓がないし、使う人の趣味によって妙な歌がかかっているし、そもそも通気孔がないため、肩に伸(の)しかかってくるような、この空気の重さが我慢ならなくて仕方がなかった。

　透明の受話器を取り上げた紗羅は、一瞬考え、やはり軍備管理軍縮課の総務班長、多岐川のデスクにかけようとしたが、多岐川は明日の夜までクアラルンプールに出張中であることを思い出した時、目の前の透明の電話機から呼び出し音が鳴り響いた。

　紗羅は、この世のものではない物を見つめるような視線を電話機に向けた。この電話が鳴ることは滅多にないからだ。

紗羅は恐る恐る受話器を手に取った。

「すべての報告を私に、と厳命したのになぜだ？」

外務本省総合外交政策局、総務課長である本橋の、怒りを湛えた声が聞こえた。

「申し訳ございません、多忙を極めておりまして――」

紗羅は神妙にそう言いながら、今、自分が突き止めたことを、本橋に言うべきかどうか、急いで思考を巡らせた。

紗羅はすぐに結論を出した。本橋の外務本省内の実力が、すべてを解決してくれるはずだ、とそれに賭けた。紗羅は、すべてのことを一気に語り尽くした。

しかし、紗羅は、自分の賭けが間違っていたことをすぐに知ることとなった。

「はっきりさせておくが、ウチの課としては、これは持たない」

本橋が言い放った。

紗羅はため息が出そうだった。

だが勝負はこれからだと、奥歯を嚙みしめた。

「最悪のことを想定した動きは必要、私はそう申し上げているんです」

紗羅は諦めきれなかった。

「外務本省は、役割が決まっている。組織令、設置法で範囲がきちんと分かれている。どうしてもと言うなら、ロシア課に投げろ」

「せめて、ウラジオのロシア太平洋艦隊へ通報して頂くだけで結構なんです。警告を与えないと取り返しのつかないことになりかねません」

「雪村、その話は、軍縮核不拡散・科学部（グンカブ）マターじゃない。いいから地域課に投げろ」

「でしたら、せめてモスクワの大使館から、ロシアの国防総省へ——」

「ちょっと待て、いいか！」

　本橋が遮った。

「空想遊びばかりしていないで、地に足をつけた仕事をしろ。君がやるべきことは、雪村副領事の所在に繋がる端緒を見つけること、そしてズベズダ事業の工程管理をすることで、特に今は、祝賀レセプションを予定通りに開催すること、それだけだ」

　紗羅はさらに言おうとしたが本橋が先に言った。

「で、〝ぶった切られ〟ているんだろ？　解体されているんだろ？　ちゃんと、その目で見たんだろ？　お金はチェックしたんだろ？　ならそれでいいじゃないか」

「しかし、その我々の非核化支援事業が、得体の知れない、何か、大きな企みに利用されようとしている、そのことが看過できないのです」

「得体の知れない？　もう勘弁してくれよ。それでなくとも、君のところの軍備管理軍縮課長によれば、最近、オラリダ社の幹部が――」

　そこまで言ってさすがに本橋は口を噤んだ。

　紗羅は、その先の言葉が容易に想像できた。

　紗羅には、非核化支援事業は、日本の国家戦略上、重要な役割を果たしているとの強い自負がある。だがその一方では、オラリダ社の複数の幹部が、資金を流用していたり、贈賄していたりと、ダーティーさがまとわりつく事業となりつつあることも自覚していた。省内の口さがない者たちが、〝呪われた事業〟と言っているのを耳にしたこともある。

　しかし、それはそれだ。

　紗羅に言わせれば、国際的緊急事態にも当てはまる今回の事態は、時間との勝負になりかけているのだ。

「とにかく、ウチは金を出して、〝ぶった切る〟作業をやらせ、期間内に終わったらそれでいい。そういう関係なんだ。うちのマターの範囲で言えば、なんら問題はない。そもそも入域許可が必要なエリアだし、ウロウロ余計な動きはするな。雪村副領事の件は改めて本省として対処する。とにかく明後日の帰国を待っているから」

　本橋の話を最後まで聞くまでもなく、紗羅は説得する気力をなくしていた。

　そして、これで完全に行き詰まった、と思った。

東京・外務本省

電話を終えた末次（軍備管理軍縮課長）が、急いで身支度をし、外での会合の時間に間に合うかどうかを部下たちと話しながら部屋を後にしたのを見届けた、警察庁出向の総務班員、岡崎（おかざき）警視庁警部補は、決して目立たないように、課長のデスクに近づいた。既済と書かれた木箱の中から、在ウラジオストク日本総領事館発の三枚綴りの公電の写しだけを手に取ると、急いで自分のデスクに戻り、手際良く、スマートフォンですべてを接写した。そして誰にも気づかれることなく、公電の写しは元の場所にひっそりと戻された。

外務本省を後にした岡崎が向かったのは警察庁ではなかった。国会近くの内閣官房のある施設へと姿を消した。

月明かりを受けて輝く黄金橋を見下ろす鷲の巣展望台へ、紗羅はそっと近づいた。二つの塔とケーブルで支えられたその壮大な橋は、金角湾を跨いで架けられていた。

薄く霧が立ち籠めているので幻想的でもあった。

紗羅の脳裏には、二人でここに初めて立った時のことが浮かんでいた。

この寒さと深夜ということもあり、紗羅の他に三人連れの家族がいるだけで、他の観光客の姿はなかった。

幼稚園児ほどの女の子を毛布でくるんで抱いた、黒い海軍服の父親と、スカーフを何重にも頭に巻いた若い母親だけが、楽しそうに黄金橋を眺めている。

恐らく父親は、長い航海に出るのだろう。女の子が父親にしがみついているのは、寒さのためだけではないはずだ、と思った。珍しそうな視線を向ける女の子に、紗羅は首を傾げて微笑んだ。

女の子は恥ずかしそうに、顔を父親の胸に押しつけた。紗羅は、再び淡い霧の中に浮かぶ橋を見つめた。

その橋の向こうに、隼人の顔が浮かんだ。

意を決した紗羅は、個人用のスマートフォンをバッグから取り出した。

電話をかけた相手は、数秒で応答した。

紗羅は、自分は雪村隼人の妻で、日本外務省の者だと、ゆっくりと口にした。

「かかってくると思っていた」

ズベズダのあの教会で、隼人が紗羅に残したメッセージの中で説明していた、パラノフという男が低い声で応えた。隼人のメッセージとは、短いものだった。

〈紗羅、これを見る頃は、私は、窮地に陥っている。どうか、この人物と連絡を取って欲しい〉

どういう人間なのか、どこに所属しているのか、それは書かれていなかった。しかし、隼人の言葉はすぐに脳裏に浮かんだ。

〝信頼すべき男だ。しかし、ロシア人であることは忘れるな〟

「ミセス・サラ、まず残念なことを言わなければならない。私は、ハヤトの消息を知らない」

「ありがとうございます」

そう応えた紗羅にしても、期待をしていたわけではなかった。

紗羅は、さっきから驚いていた。ネイティブだと言ってもいいほどの流暢な日本語なのだ。

「ただ、私たちは協力するべきだ。しかし、その時期はまだ早い。だからと言って、そんなに遠くでもない」

パラノフはそう言った。

2 月17日

報告と指示の統制がとれておらず、声が大きい者たちが勝者となる、このFSB沿海州支局の作戦室でも、コレツキイ中佐は、自分の経験則からの信念を改めて自覚した。作戦部門が熱気を帯びれば帯びるほど、より一層、冷静になっていく自分に満足していた。

ただ今日のその満足は微妙に異なっていた。

午前二時を過ぎた深夜にもかかわらず電話が鳴り止まず、駆け回る激しい足音がする中で、コレツキイ中佐はいつもの通り、平然とした表情で座っていたが、今日だけは心のざわめきを感じ、落ち着かない気分だった。

確かに、太平洋艦隊軍事防諜局の第12課が報告したすべての情報が一つの結論を導いている——それは認めざるを得なかった。

ただ、U字形の大きな机の右側から二番目に座って、さっきから声を張り上げては、背後のパイプ椅子に座る部下たちを怒鳴りつける作戦課長のパノフ中佐ほど確信は持っていない、と、コレツキイ中佐は導き出された結論を疑っていた。

たとえば、目の前に置かれた、ダゲスタン共和国の実業家、スレイマノフの行動確認——

第12課長からの情報を検証するためFSB沿海州支局が追跡を始めた――のファイルにしたってまさしくそうであって、確かに執行部隊の出動発令の傍証の一つとはなり得る。そもそもスレイマノフは、チェチェンの武装勢力のスポンサーであるとの疑いが持たれる人物で、その行動はFSBの監視の対象となっていた。

二ヶ月前、民間旅客機でカムチャツカ半島南部のエリゾボ空港（ペトロパヴロフスク・カムチャツキー市の北西近郊、エリゾボ市にある）に到着したとの通報を、またしても第12課から受けた、我がFSB沿海州支局は、直ちにスレイマノフの動きを追跡。その結果、エリゾボ空港から約四十キロ離れているパラツンカ村の小さな平屋建ての木造家屋を本名名義でレンタルしたことを突き止めた。

パラツンカ村という地名は、FSB沿海州支局にとっては刺激的な響きがあった。一般的には、温泉入浴施設があることで有名なところであるが、FSBにとって関心があるのは、原子力潜水艦の乗員が作戦任務後、休息をとる海軍サナトリウムがあることだった。そして最も注目すべきは、ペトロパヴロフスク・カムチャツキー市と原子力潜水艦修理工場のある立入り禁止の町ビリュチンスクに一番近い村であるという点である。

FSB沿海州支局は、直ちに二個小隊を投入してスレイマノフを監視下に置いたが、その三日後、緊張することになる。スレイマノフが、そのパラツンカ村の海軍サナトリウムの中に「オルヒデヤ」という立ち飲みバーを開設したからだ。

さらに二日後、エリゾボ空港に新しく配置したFSBチームが、ダゲスタン人の十二名の男たちが空港に降り立った直後、二手に分かれるという不審な動向を確認。秘匿追尾の結果、エリゾボ市と、さらに原子力潜水艦の基地があるペトロパヴロフスク・カムチャツキー市の市場で、同じような立ち飲みバーを開いたのを把握した。山岳国家であるダゲスタンは、チェチェン共和国と国境を接していることから、チェチェンの武装勢力の秘密拠点も多く、FSBにとっては、常に監視対象であった。

さらにその数時間後、エリゾボ空港に、別のダゲスタン人、それぞれ十名の二つのグループが到着したのを、FSBチームが発見。それとほぼ同じ頃、そこから約千六百キロ離れて分散配備されていた、二つのFSBチームがハバロフスク地方のコムソモルスクーナーアムレ市とソヴィエツカヤ・ガヴァニ市で、それぞれ立ち飲みバーを開業するのを見届けた。前者にはロシアを代表する原子力潜水艦造船所があり、後者にはロシア海軍の基地がある。FSBにこそ刺激的な近さだった。

喧噪が一瞬で止んだあと、U字机とそれを取り巻くパイプ椅子の周りにいた者が一斉に立ち上がり、直立不動の姿勢をとった。

戦闘服姿で現れたFSB沿海州支局長のモロゾフ少将は、窓を背にしたU字の底にあたる部分の席について部下たちを見渡した。

「今般は、ロシア連邦建国以来、かつてない治安事態に直面していることを認識した上で、それぞれの部署の長である諸君においては――」

コレツキイ中佐はすでに別のことを思考していた。

FSB沿海州支局の〝虎の子〟であるアルファ部隊の、ほぼすべてである三個中隊を、ウラジオストクから約二千五百キロも離れたカムチャツカ半島のペトロパヴロフスク・カムチャツキー市の原子力潜水艦基地と、約七百キロ離れたハバロフスク市の原子力潜水艦基地、さらに約千キロ離れたコムソモルスクーナーアムレ市の原子力潜水艦造船所に、それぞれ分散して配置したことのリスクをコレツキイ中佐は真剣に考えていた。

しかも、情報をもたらしてくれている協力者から、情報がある、との連絡を受けたが、その情報は未だに届いていない。コレツキイ中佐はだからこそ不安だった。協力者からの情報はまったく別の場所を示唆していたからだ。

しかし、コレツキイ中佐からの情報に、FSB沿海州支局のみならず、太平洋艦隊では聞く耳を持つ者は誰もいなかったのである。

その一方で、第12課長からの情報はさらに緊急事態を示唆する内容に溢れ、太平洋艦隊とFSB沿海州支局の動きはもはや止めようもなかった。

なぜか大量の〝傍証〟も届けられていた。

昨夜、第12課からコレツキイ中佐に届けられた、スレイマノフに関する情報は、確かに看過できないものであった。

チェチェンの武装勢力との関係が疑われるスレイマノフは、サンクトペテルブルクの海軍基地後方部所属の倉庫で廃棄された海軍のユニフォームを三十着購入して、鉄道でハバロフスクに送っていたのである。

「作戦課長のパノフ中佐、今朝、太平洋艦隊軍事防諜局から届いた最新情報は、アルファ部隊を約二千五百キロもの彼方へ持っていくに十分な内容である、と聞いている。報告を」

モロゾフ少将が名指しした。

作戦課長のパノフ中佐は、立ち上がるとすぐに諳んじてみせた。

「以下、ペトロパヴロフスク・カムチャツキーの第5原子力潜水艦艦隊司令部技術部長から太平洋艦隊軍事防諜局を通じてこちらに入った報告であります。先般、ペトロパヴロフスク・カムチャツキーの第5原子力潜水艦基地と原子力潜水艦修理工場のある立入り禁止の町ビリュチンスクにほど近い、パラツンカ村の海軍サナトリウムに新しく開設された立ち飲みバー『オルヒデヤ』の、スレイマノフ店長は、第5原子力潜水艦基地の詳細図を持っているような口ぶりで、核兵器倉庫や原子力潜水艦の警備について雑談をしながら訊いてきた。また、同店長は、私の口利きで海軍将校のユニフォーム十四着を購入できないかと持ちかけ、仲介料として三千ドルを支払うと約束した。さらに――」

「なんだって！　それが本当なら海軍兵士に成りすまして破壊活動を計画、それしかない！」

　コレツキイ中佐が声を張り上げて、モロゾフ少将を見つめた。

　腕組みをしたままモロゾフ少将は黙って頷いた。

　だが作戦課長のパノフ中佐はそれには応えず、報告を続けた。

「――さらに翌日、コムソモルスクーナーアムレ市の原子力潜水艦造船所所属の原子力潜水艦旅団技術課長、レギオネル中佐が、同造船所所属軍事防諜課に報告したところによれば、同市内に新しく開店した立ち飲みバーの店長から同じような話を受けた旨を通報しております。またその翌日、同じような情報が、ソヴィエツカヤ・ガヴァニ海軍基地の軍事防諜課からも届いています。当職が指揮をとる対外情報課がこれらの情報を分析した結果、チェチェンゲリラが、太平洋艦隊の複数の原子力潜水艦基地ならびに原子力潜水艦造船所で、同時多発テロを実施しようと計画しているという結論に至りました。以上であります」

　結論？　コレツキイ中佐の戸惑いは残ったままだった。ウラジオストクから、精鋭部隊をごっそり遥か彼方へ持っていくことへの不安が頭の中でくすぶっていた。

しかもオペレーション部門が、情報もコントロールしていることに強い違和感を覚えた。

パノフ中佐が話を続けていた。

「それら三つの場所、つまり、ペトロパヴロフスク・カムチャツキー市、ハバロフスク市、コムソモルスクーナーアムレ市は、FSBのアルファ部隊が配備されている、ここウラジオストクから離れているため、チェチェンゲリラはこれらの基地をターゲットとして選んだと思われます」

モロゾフ少将が大きく頷いたのを、コレツキイ中佐は見届けた。

モロゾフ少将は、さすがに迷っているのだろうが、コレツキイ中佐は、巨大な組織の大車輪が動きだすとしたら誰も止められない、と恐怖心さえ覚えた。

パノフ中佐は熱っぽい表情で続けた。

「三日前、ご報告の通り、アルファ部隊は、空軍の二機の輸送機で、ペトロパヴロフスク・カムチャツキーと、ハバロフスク、コムソモルスクーナーアムレへそれぞれ一個任務中隊ならびに狙撃班を派遣しており、対象の施設へのテロ対策の準備をすでに完了しております。どうか、今ご決断を頂きたい」

モロゾフ少将はそれにには応えず、

「太平洋艦隊はどうだ？」

と、太平洋艦隊軍事防諜局副局長のコルジャコフ大佐に訊いた。

コルジャコフ大佐は、背後に座る部下と短い囁きを交わしてから立ち上がった。

「太平洋艦隊司令官、セルバコフ海軍大将は、五時間前、太平洋艦隊司令部の中央発令室に対策本部を立ち上げられるとともに、防諜部長のマコフスキイ少将が、沿海州の原子力潜水艦基地および核兵器倉庫や戦略施設の安全措置を担当するすべての軍事防諜指揮官宛に秘密電報を送られ、『近いうちにテロ攻撃を受ける可能性が極めて高いため、担当する部隊および施設で安全措置と防諜活動を強化せよ』との緊急指令を送っておられます」

パノフ中佐が急いで話を継いだ。

「これらの基地だけでなく、ボリショイ・カーメニのズベズダ原子力潜水艦修理工場でも警備をすでに強化しておりますが、明日にも敢行されるかもしれないチェチェンゲリラによる同時多発テロを防ぐためには、やはり、可及的速やかに、アルファ部隊の出動をもって先制攻撃的な対策をとる必要があると存じます」

モロゾフ少将がコレツキイ中佐へ顔を向けた。

「で、チェチェンゲリラの首謀者について、君は私に、未確認情報ながらと、バガエフの名前を出したな？」

U字机に集まったFSB沿海州支局の幹部たちの間でざわめきが起こった。

「確かな情報なのか？」

パノフ中佐が驚愕の表情で訊いた。

コレツキイ中佐は頭を振った。

「まだ二本の線による情報ゆえ、AではなくBのレベルです」

「未確認にせよ、話してみろ」

モロゾフ少将が命じた。

全員からの視線を受けることになったコレツキイ中佐は、全身に蕁麻疹が出るような感覚に襲われた。情報系で生きる者としては、〝見つめられる〟ということを常に避けているし、十数人からそうされると、すぐにでも銃を握って全員を撃ち殺したい気分になった。

しかし、バガエフの名前に、ここにいる全員がどれだけ激しく動揺したかについては、コレツキイ中佐は容易に想像できた。

第二次チェチェン戦争勃発直後、太平洋艦隊軍事防諜局は、チェチェン人である将兵に対して大規模な粛清を行うようになった。カムチャツカのペトロパヴロフスク・カムチャツキーにある第5原潜艦隊のデルタIII型戦略原子力潜水艦の艦長であったバガエフ中佐が説明なしで突然に解任され、カムチャツカ半島の遥か北にある原子力潜水艦造船所基地外にある補助部隊の隊長に左遷された。

それから半年後、バガエフの部下の供述によれば、テレビでチェチェンの主要都市がロシア統合軍の襲撃を受けるシーンを観ていたバガエフ中佐は、その直後、事務所の自分の机の上に「辞職願」を置いてそのまま姿を消した。

そして一年後、バガエフ中佐は、ロシア海軍の出身者だったにもかかわらず、チェチェン解放軍の特務旅団長に任命され、対ロシアのゲリラ戦争の英雄として崇(あが)められているとの情報がコレツキイ中佐の元に入ってきたのである。

その情報を直ちに軍事防諜局長のラジノフ少将に上げたが、さらなる情報収集を行え、という指示がコレツキイ中佐に下りてくることはなかった。またラジノフ少将との間で、その話題が出ることも二度となかった。ウラジオストクのマカロフ中将記念海軍士官大学校を優秀な成績で卒業し、太平洋艦隊の原子力潜水艦の部隊に配属されたバガエフは、ロシア軍全体でもエリート中のエリートと称される人物である。そんなバガエフが、チェチェンゲリラの英雄になったとは、ロシア軍や太平洋艦隊の首脳部にとっては決して認められないことだったのだろう、とコレツキイ中佐は解釈していた。だが、噂を押し止めることはできず、決して公には語られないが、そのことは太平洋艦隊の多くの者が知るところとなっている。

コレツキイ中佐は、小さく息を吐き出してから口を開いた。

「二ヶ月前のことです。バガエフに顔かたちや風体(ふうてい)が酷似した男が、自動車部品会社の社長と名乗り、ウクライナ経由でサンクトペテルブルクに到着しているのが監視カメラに映っているとの未確認情報があります。その二日後、サンクトペテルブルクの高級ホテル、エヴロペイスカヤで、マカロフ中将記念海軍士官大学校潜水艦学部卒業者のレセプションが開かれていますが、同レセプションに出席した退役将校二十一名が、翌日、キプロスへ出発したことは旅券等の動きによって確認しております。ちなみに、ちょうど同じ時期、我が軍の英雄たる果敢なるバガエフは、ロシア統合軍との地上作戦、そのグロズヌイ封鎖作戦で負傷したため、グルジアとトルコを経由してキプロスに到着し、キプロスの軍幹部用病院で密かに治療しているとの未確認情報があります」

「もしバガエフが指揮しているなら、重大かつ緊急事態と言わざるを得ません」

パノフ中佐が声を張り上げた。

その情報があるからこそ、否定的な意見を口にできないのだ、とコレツキイ中佐は思った。

「私は、あのことを思い出さずにはおれません」

コレツキイ中佐は言った。じっと見つめられているのには強い苦痛を感じていたが、そのことに触れざるを得なかった。

「当時、私は、太平洋艦隊で原子力潜水艦の防諜を担当する軍事防諜局第12課に出向しておりましたので今でもよく覚えています。現在、ズベズダ修理工場で軍事防諜課長をやっておられる、それこそ、我が軍の英雄、カザンツェフ大佐が、当時はまだ中佐でしたが、その秘密電報を打たれたはずです。時期はバガエフが消えた直後です。発信先は、カムチャツカに配置されているカザンツェフ中佐の部下たち。内容は、『バガエフ中佐が、基地に潜入し、核兵器の保管施設や原子力潜水艦に関する秘密資料を盗む恐れがあり、これを調査するように』——そういうものだったと記憶しております」

「分かった」

モロゾフ少将は全員の顔を見渡した。

「アルファ部隊の行動開始を承認する。ただし、さらに準備に時間をかけた上、明日の夕方までに。現場指揮官が判断したなら、直ちにだ。場所は、三ヶ所、一斉に——」

オペレーションがいざ始まると、コレツキイ中佐がやるべきことは少なかった。チェチェンゲリラの拠点や、基地周辺には、すでに陸軍の偵察部隊が展開している。だから、作戦室にいても意味がなかった。

対外情報課の執務室に戻ったコレツキイ中佐は、それでも、カムチャツカ半島を含む沿海州全域で、使命感に燃え、極寒の中で活発に動き回っている部下たちを思い、対外情報課のスタッフを自室に集め、新たな指示を与えた。

「オペレーションはアルファ部隊と軍によるもので、作戦情報も軍の偵察部隊が行う。ゆえに、我々としては、その他のあらゆる特異情報を集めたい。各班ごとに、急ぎ、集約しろ。そして、今回の作戦とクロスするものが少しでもあれば、ここに集めろ。そのため、今から私の部屋をオープンにする。さあ、急げ！　アルファ部隊が突っ込むまで、時間はない！」

大きく頷いて全員が出てゆくのを見届けたコレツキイ中佐が、ドアを開けっ放しにするために、庶務係を呼ぶように秘書に言った時、主任将校のコロヴニン少佐が急いでやってきて、それはしばらく待って欲しいと囁いた。

ドアをしっかりと閉めたコロヴニン少佐に、コレツキイ中佐はソファーに座るよう促した。

コロヴニン少佐がソファーに腰を下ろすと、

「で、なんだ？」

とコレツキイ中佐は静かに訊いた。

「例の、北朝鮮代表団の件です。今、仰っていた、テロ事案とはクロスしない事柄ですが、よろしいでしょうか？」

「知っての通りだ。オペレーションが始まったら、ウチは出番じゃない。で、分かったのか？　大佐の正体は——」

「はい、太平洋艦隊、資源管理部長のボルギン大佐です」

鉄スクラップは、資源管理の分野なので、おおよその推察はしていたコレツキイ中佐は驚かなかった。それどころか、コレツキイ中佐はすでにあらゆることを知っていた。

だが、コロヴニン少佐の目がいつになく輝いていることに気づいたコレツキイ中佐は身を乗り出した。いつも覇気がない雰囲気のコロヴニン少佐には、配転も含めて一度ゆっくりと話をしなければならないと思っていたのでコレツキイ中佐は強い関心を寄せた。

「昨日も、代表団の動きを調査しておりましたところ、ボルギン大佐と北朝鮮の代表団がルースキー島の退役艦艇の基地を訪問し、スクラップ化して分類されていた、667M型弾道ミサイル搭載原子力潜水艦K－415から外されていたSLBM発射台を詳細に視察したことを確認しました」

やはり、その取引には相当な〝裏〟がある、とコレツキイ中佐は思った。まだ把握していることはすべてではない。ウラジオストクの目と鼻の先にあるルースキー島は、戦時においてのみ使用される司令部中央発令室や、水中工作特殊部隊をはじめとする特殊作戦部隊のほか、太平洋艦隊の秘匿すべき重要施設が多く、全域が外国人立入り禁止区域となっている。そこに外国人を連れてゆくのはあまりにもリスキーだが、それをしても余りある個人的な利益があったのだろうし、その利益をもたらしてもいいだけの特別な事情が北朝鮮側にあるはずだと理解した。

「北朝鮮代表団と、ボルギン大佐との繋がりも判明しました。在ロシア北朝鮮大使館のチョ・ショホン参事官は、KGBの防諜大学校に留学した経験があり、KGBの首脳部に知り合いが多かった。半年ほど前、同参事官は、それら知り合いの一人である、パンクラトフ元KGB大佐から、太平洋艦隊の幹部と接触するための協力を得ることに成功。かつて、大統領府次官の直近の部下だったパンクラトフ元大佐は、その人脈を活用し、ボルギン大佐を紹介した――」

コレツキイ中佐は、コロヴニン少佐が何を言いたいのか、まだ分からなかったが、緊張していく自分に気がついた。

「外国人との接触に関する許可を得ているボルギン大佐は、ウラジオストクのペクトゥサン朝ロ合弁レストランで、チョ・ショホン参事官とともに、在ナホトカ北朝鮮総領事館の副領事、リ・ホンチュン、さらにペクトゥサンの店長、パク・チョクと接触し、個室で密談しました」

コレツキイ中佐は、それらの男たちについてもちろん知っていた。重要監視対象だからである。リ・ホンチュンは北朝鮮情報機関の大佐で、沿海州およびハバロフスク地方の情報ステーション長として、政治、経済、軍事情報の収集を指揮していた。また、パク・チョク店長はロシア極東部で長く情報活動を行っている情報機関の工作員である。

「個室では、まずボルギン大佐から、現時点では潜水艦のスクラップを購入できると話をした。そして、パク・チョク店長が、自分はピョンヤンにある北朝鮮鉄鋼総合会社の代表も務めている、この取引には、日本の西園商事という北朝鮮系の会社を間に入れ、最終的には、北朝鮮鉄鋼総合会社へ売却する契約としたいと持ちかけた——」

「鉄スクラップか……いったいどんな目的があるんだ……」

コレツキイ中佐が呟くように言った。

「それがどうも妙なことになってきました」

コロヴニン少佐は目を見開いた。

「在ピョンヤンのロシア大使館の海軍武官が、モスクワ経由で太平洋艦隊司令部情報局宛に送った報告書のコピーを入手しました」

コロヴニン少佐は真剣な眼差しで、コピー文書を掲げてみせた。

コレツキイ中佐は、感心するしかなかった。そして自分に人を見る目がなかったことを反省した。

「以下、報告書の内容です。現在、北朝鮮海軍の潜水艦部門の将校数十人が、ウォンサンの海軍特務部隊の地下基地で特別訓練を実施している。この訓練の秘密保持は異例だ。情報源によると、この将校たちは潜水艦のハイテク技術を研修している。未確認情報によると、この訓練のネーム、あるいはその作戦名は『千浬海龍(チョンヘリーパタヨン)』である――」

コレツキイ中佐は、頭の中で、何かが激しく警告音を鳴らしていることを実感した。だが、今、目の前にあるテロ対策が邪魔し、その正体をきちんと見極めることができなかった。

総領事館の隼人の執務室で結局寝てしまった紗羅だったが、疲れを感じなかった。

それが、よい状態でないことは分かっていた。

すなわち極度の緊張状態にあり、アドレナリンなどのホルモンが体の不調を麻痺させているのである。

しかし、力がより一層わいていることは間違いなかった。

これは勝負なんかじゃない、とも思った。

奈良岡を言いくるめたり、説得したりすることは重要じゃない――この隼人の執務室に再び戻ってきてから、紗羅が導き出した結論だった。

非協力的な館員を嘆いたり怒ったりしても、時間の無駄である。公電も使えないし、秘話装置付きのＩＰ電話も返却させられた。今日の夕方には、祝賀レセプションに向けたミーティングがあり、明日、帰国の途に就くのだ。

だから、もう答えは決まっていた。

それが隼人の所在情報と繋がるかどうかは分からない。だが、このまま突き進むしかない。そして、ここで決断しないと二度と立ち直れない気がした。

一人の名前と顔が、すでに紗羅の頭にあった。

その顔の記憶は四ヶ月ほど前に遡る。ＰＳＩと略される、核、化学兵器、生物兵器などの大量破壊兵器の陸海空輸送を阻止するための国際間協力機構の活動の一環として、日本とオーストラリアの特殊部隊が合同訓練を東京湾で行ったことがあった。紗羅が在籍する軍備管理軍縮課の隣にある、軍縮核不拡散・科学部がその総務的な仕事をやっていたのだが、いつもの通り人手不足から、軍備管理軍縮課での〝人狩り〟が始まった。

〝お前のとこ、暇だろ？　手伝ってよ〟

いつものことではあるが、結局は強引に応援要員として何人かを引っ張っていく文字通りの〝人狩り〟である。

その時も、各課から〝人狩り〟にあった者たちは、一方的に担当を分けられ、軍備管理軍縮課内で白羽の矢が立てられた紗羅は、警察庁からの見学参加者の案内を担当することになった。その時に警察庁からやってきたのが、現在、ちょうど在モスクワ日本大使館で1等書記官を務める、冴島雅典だった。しかし、その冴島という男とは、その後も政府関係の会合で何度か顔を合わせ、話したことはあるものの、親しいというわけではない。

ただ、警察庁という組織のすべてを知っているわけではないが、彼の派遣元である警備局という組織は、この国で唯一、インテリジェンスのオペレーションを行っていると紗羅は聞いていた。欧州の情報機関とのインテリジェンスクラブにも参加し、アメリカ軍のオペレーション・インテリジェンスともリアルタイムでアクセスしていると耳にしていた。だからクリティカルなインテリジェンスにも接触しているはずである。

だが冴島が、紗羅が期待していることに答えを持っているかどうかは分からない。とにかく、頼れるのはもはや彼しかいなかった。多岐川がいてくれればまだしも、出張中で話すことができないからだ。紗羅の頭の中に、八方ふさがり、四面楚歌、という言葉が何度も浮かんだ。

一旦決断すると、全身に力が漲った。電信官の毛利と総務担当の仙川の協力を得て、バードケージに入ることができた。

在モスクワ日本大使館の冴島の執務室の直通番号は、在外公館電話帳を調べた仙川が教えてくれた。

長い呼び出し音が続いた。ため息をついた紗羅が受話器を置こうとした時、やっと繋がった。

「アリョー（もしもし）」

その声に聞き覚えがあった。幸運にも、冴島は執務室にいてくれた。

紗羅の頭にあったのは、もちろん、この電話は、ロシア当局に聞かれている、ということだった。

デリケートなことは話せない。だからどうしても禅問答になった。

自ら名乗った紗羅を、冴島は覚えていてくれた。それが二番目の幸運だった。

紗羅は、今、自分は在ウラジオストク日本総領事館に出張中であることを告げた上で、突然の電話を詫びてから本題に切り込んだ。

「どうしても冴島さんのお力をお貸し頂きたいことがあります。もし可能でしたら、別のお部屋からお電話を頂けないでしょうか？」

「分かりました」冴島が即答した。「十分後にかけ直します。そちらは？」

「別の部屋におります」

紗羅が答えた。

「では後ほど」

それは紗羅にとっての三番目の幸運だった。バードケージの番号は、厳重に管理され、大使館ならば、公使か総務部長しか知らない。ゆえに、それをすぐにやってくれるというのだから、真剣に受け止めてくれたのだ、と紗羅は嬉しかった。

紗羅は腕時計を見つめた。

まだ午前十一時前である。モスクワは午前四時のはずだ。こんな時間に冴島は大使館で何をしているのだろうか……。

紗羅にとってそこからの十分間は、今まで生きてきて一番長い時間のように思えた。

額からの汗が、ぽつんと手の甲に落ちた。

けたたましい音に、紗羅は飛び上がるほど驚いた。

慌てて受話器をとると、「もしもし」という声で冴島からだと分かった。

「三十分後、『シリブロ・リッサ』で」

冴島はそれだけ言うと通話を切った。

紗羅は、呆然としながら受話器を置いた。

シリブロ・リッサとは、英語でいえば、シルバーフォックス、日本語なら銀ギツネのことだが、そんな名前の店は聞いたことがなかった。

紗羅は苦笑した。冴島は、私がモスクワにいると勘違いしているのだ。だから恐らく、モスクワの大使館の近くに同名の店があって、そこを指定してきたに違いない。

紗羅は、間違っていることを伝えたくて、もう一度、冴島のデスクに電話を入れた。

だが冴島はいなかった。仕方なく、大使館の当直担当者から繋いでもらったが、冴島は執務室にいないという。戻ってくる時間を訊いたが、バルト海東部地方と思われる訛が強いローカルスタッフの女性は、「分かりません」と素っ気なく言った。

しばらくそのままにしていた紗羅だったが、まさかね、と思いながらも、バードケージを出ると、仙川のところへ行き、「シリブロ・リッサ」の場所を捜してもらった。すると、ホテル・ヒュンダイからほど近い中央広場に一軒あった。

総領事館から出た紗羅の前には、珍しく霧はまったくなく、金角湾を走る貨物船の赤と青の灯光がのんびりと流れていた。だが、寒さは相変わらずだった。ロシア帽を目深に被って明るい空の下の街を見据えた。

自分はいったい何をやっているんだろうか、と自嘲した。モスクワとウラジオストクの距離は、九千三百キロ。航空機でも七時間はかかる。それをたった三十分で――。

このまま「シリブロ・リッサ」まで歩いて、間違っていることを確認した上で、チェックアウト――本当は昨日すべきだったが――のためにホテル・ヒュンダイまで帰ることにした。

今夜のホテルは安いビジネスホテルにしなければならないので、広いバスでゆっくり湯に浸かりたいと、そのことだけを思い描いていた。

二十分後に、「シリブロ・リッサ」の前に辿り着いた紗羅は、思わず顔をしかめた。小さなシルバーのアルミ製の看板に刻印したように「シリブロ・リッサ」とあるだけで、メニューボードもなく、メタルなドアは固く閉ざされている。

いわゆる、ヤバそうな店である。東京なら絶対に入らないだろうが、紗羅は意を決してドアを開けた。ただ、五分で帰ろう、そう決めていた。また、数枚のルーブル札だけシャツのポケットに入れ、財布と身分証明書は下着の中に突っ込んでいた。

ドアを開けると眼下に階段があった。ヒールの音を鳴らして下りきった紗羅の前に、もう一つのドアが立ちふさがっていた。

ここで迷うくらいなら来なかった方がましよ、と自分に言い聞かせた紗羅は、勢いよくドアを引いた。

いきなり大音量が耳をつんざいた。七色の派手な電飾とミラーボールの怪しい光に包まれた店のあちこちで、パンク風のファッションに身を包んで、頭と体を狂ったように揺さぶる若い男女が踊っていた。その奥には、幾つかのテーブルがあり、スキンヘッドの男が、この寒さだというのにヒョウ柄のチューブトップ姿の若い女の肩を抱いている。紗羅は、その男の視線を感じたが、急いで空いているカウンターへと足を向けた。

ウラジオストクは、ＡＰＥＣの開催、自由港への登録など、ますます発展しているという。だが急激な、いわばバブルには副作用もある。昼間からのこんな乱痴気騒ぎこそ、その象徴だろうと思った。

「お嬢さん、ウチはミルクはなくてね」

振り向くと、鼻孔に三連のピアスをした、サングラス姿のバーテンダーがにやついていた。ズブロッカ、と言いかけて止めた。ウラジオストクでは今でも、ラベルも本物とそっくりの密造酒が広く出回っていると隼人が言っていたことを思い出したからだ。

「ビール、ちょうだい。バルチカの五番を」

首をすくめたバーテンダーが、地元メーカーのビールサーバーに向かった時、紗羅の隣に座る男がいた。かかわりたくない紗羅は背を向けて腕時計を見つめた。このビール一杯だけ飲んで立ち去ろうと決心していた。

「総領事館にはまだ知られたくなくて」

突然、日本語が聞こえたので、紗羅は椅子から転げ落ちそうになった。

紗羅は慌てて振り向いた。

「いつからウラジオに？」

紗羅は、まじまじと冴島の顔を見つめた。

「昨夜、モスクワのドモジェドヴォ空港を発って、さきほどウラジオにね」

「でも、大使館に電話したら――」

冴島が胸のポケットから、ちらっと携帯電話を見せた。

つまり、転送なのね、と紗羅は悟った。

冴島は、自分たちを狙う指向性ガンマイクを警戒するように片手で口をさりげなく被いながら答えた。

紗羅が最初に気づいたのは、鼻の下にきれいに整えた髭を生やしていることだった。だが、紗羅の記憶にある冴島よりは――それもたった数ヶ月前のことだが――髪の毛がかなり白くなったような気がした。頬も少し瘦けて見えた。それでも鼻筋が通った小顔で、くりんとした大きな目をしているので、確か四十代半ばという年齢よりは遥かに若く見えた。

「なぜ、冴島さんはここに？」

紗羅が辺りを気にしながら訊いた。

「大丈夫。あなたがここに来る二十分前に着いてから、誰も新しい客は来ていません。で、今のご質問の答えですが――」冴島は顔を近づけた。「二ヶ月前、我々は、ロシアの原子力潜水艦関連で特異情報を入手しました。SLBM、海中発射の弾道ミサイルの発射台が、鉄スクラップとして偽装されて北朝鮮へ売却される計画が進行中であるとの情報です。しかし、それは原子力潜水艦があってこそ用をなすもの。一方、北朝鮮には原子力潜水艦がない――それは我々の最大の謎でした」

「もしかして、私の情報をどこかで？」

それはあり得ないと思いながらも、訊かずにはいられなかった。

「ええ、あなたが外務本省に報告された内容は驚愕すべきものでした。我々は、その報告の内容を知った時、完全にストーリーができあがったと確信しました」

その〝報告された内容〟の入手方法については訊くまでもないし、たとえ尋ねたところで冴島は決して口にしないだろうと紗羅は思った。

「それにしても、たったお一人で、よくそこまで――」

冴島はそう言って紗羅を見つめた。

「違うんです。あれは、夫の雪村副領事が一人で調べていたことなんです」

紗羅はそのことに気づいた。「もしかして、彼も絡んでいると？」

「実は、本事案は雪村隼人さんの端緒情報からすべてが始まりました」

店内に大音量が響き渡った。あちこちで歓声があがる。絶叫で応える男に、悲鳴のような奇声をあげる女たちが、狂乱して踊りまくり始めた。

そんな中で、紗羅が座るカウンター周辺だけが、エアポケットのように静寂に包まれ、紗羅にスポットライトが当てられていた。

紗羅は、涙が出そうだった。

やっと初めて、ついに隼人に関係するものが見つかった。

やっぱり間違っていなかった。ついにここまで辿り着いた――。

しかし、そのことと、生死を確認するのとは違う、と紗羅は冷厳に今の状況を見つめた。

「彼の所在については如何(いかが)です？」

それは紗羅にとって勇気のいる質問だった。

「残念ながら、まったく情報がないんです。非常に心配しています」

嬉しくもあり、悲しくもあるが、この言葉にはもう慣れっこになっている自分が情けなかった。

「ところで、冴島さんがここに来られたというのは――」

突然そのことに気づいた紗羅がたまらずに訊いた。

「そうです。急ぐんです。詳しくは車の中で。近くに停めてますから」

「車を停めてる？」

紗羅は訝った。てっきり、警備対策官の便宜供与を受けているものと思っていたからだ。

「いわゆる赤パスで来たんですよ。青パス（外交旅券）を使ったら、総領事館の便宜供与を受けなきゃいけない。でも、次席の奈良岡さん、いつもそういった者には、今夜どうか、ぜひ夕食をってしつこいそうじゃない？」

紗羅の脳裏に、にやついたあの顔が浮かんだ。

レジに向かう冴島と連れだった紗羅には、もう一つ、さっきから気になっていることがあった。冴島が、何回か使った〝我々〟とはいったい何を指すのか、そのことが妙に引っかかったのだ。だがそれを確かめるタイミングを完全に失っていた。


店の近くのコインパーキングに停めてあったレンタカーに乗り込んだ冴島は、広い道路に出ると西へと速度を上げ、空を見上げながら助手席の紗羅に言った。

「どうも異様だ。軍用の航空機やヘリコプターが多すぎる」

「私も見ました。昨日、たくさんの軍用機や車両が北へ向かっていましたし、陸上の検問も厳しく――」

「やっぱり？　アルチョム（ウラジオストク国際空港）でもそうでした。物資輸送部隊と思われる航空機や車両が集結し、ロジスティック部隊の輸送サイクルが稼働している、そんな風に思えました」

「いったい何が……」

「素直に受け止めれば、もう戦争準備ですよ」

「あの方角でしたら、カムチャツカ半島や、ハバロフスク地方ではないかと――」

「カムチャツカ半島……」

「さきほど、異様、と仰ったのは？」

「バタバタと動いている感じがして、軍隊らしい整然とした雰囲気がなかったことです」

「つまり？」

「推察されるのは、何か突発的な重大な緊急事態が起きた、そう考えるべきです――」

「で、今からどちらに？」

「ＦＳＢ沿海州支局の対外情報課の幹部と接触します」

「ＦＳＢ？　対外情報課？」

紗羅はその響きに思わず体が固まった。かつてのＫＧＢと同等の権限と執行能力を持つとまで言われているＦＳＢは、巨大組織にもかかわらず、そもそもがインテリジェンスであり、秘密機関である――それが紗羅の印象である。なぜ〝印象〟かと言えば、一度として本物に会ったことがないからだ。しかも、総領事館やロシア課の者たちに訊いても、誰も接触したことがない。ただ、在モスクワ日本大使館に限っては、ＦＳＢ本部にカウンターパートの渉外担当者(リエゾン)はいるが、常に警察庁派遣の1等書記官であって、外務省の者が代理を務めることはおろか、同席することさえ拒絶されている。そんな相手と本当に？　大丈夫なの？　紗羅は不安になった。

冴島は紗羅の戸惑いを見透かしたように、

「非公式(セカンドトラック)ではありませんので安心です」

「アシツアミー（公式）？」

「ええ、私のモスクワでの、FSB本部のカウンターパートの渉外担当者(リエゾン)からの正式な紹介です」

「信じられません……」

「そうなんです。カウンターエスピオナージの責任者が、対象国の〝将校〟と会うことを了承したのは異例のことです。ただ――」冴島はちらっと紗羅へ視線をやった。「あなたが作成した、あの公電の報告、K－415の名を出したことで、回答が十分できました」

紗羅は興奮を抑えて訊いた。

「私も同席を？」

「あなたこそ、会う権利があります」冴島は頷いて言った。「しかし、こんなことは珍しい」

車を降りて、二人は歩きだした。約束の場所で、迎えの車が待っているという。

ウラジオストク駅に続くヴェルフネポルトヴァヤ通りを並んで歩く冴島は、海岸から容赦なく吹きつける冷気に顔を歪めながら、これから接触する相手について、実は初対面ではないと言った。

かれこれ十数年も前のことだという。日本に戦力を構えるアメリカ第5空軍と韓国駐屯の第7空軍とを結ぶ重要なネットワーク施設が対馬にあった。その偵察もしくは破壊を狙って、漁船に偽装した北朝鮮工作船が領海侵犯。その動きを追跡していた海上自衛隊からの通報を受けた、海上保安庁の巡視船との間で銃撃戦が発生し、結果、北朝鮮工作船は自爆。その後、海上保安庁が、海底に沈んだ工作船を引き揚げ、積まれていた多数の武器を押収した。それらのほとんどはロシア製だった。そのため、それらの武器に関する性能や流出ルートを調査すべく、当時、ロシア情報機関に対するカウンターエスピオナージを統括する警察庁外事課3係補佐だった冴島が、海上保安庁からの官庁間協力の要請で、在日ロシア大使館と交渉。ロシア側も協力を惜しまず、多くの情報提供を行ったという。その時、大使館の事務的な窓口となった海軍少佐の駐在官が、これから接触する相手だという。その後も関係を続けていたのかどうかについては、説明はなかった。

紗羅が連れていかれたのは意外な場所だった。金角湾を望む海岸に突然出現したような坑道の前まで行くと、大きな機械音とともに巨大な扉が開き、その穴の奥へとさらに進んだ。オリーブ色の装甲ジープと、武装した二人の兵士がその脇に立って待っていた。パスポートで身分の確認を行った兵士たちは、紗羅たちを乗せ、湾をぐるっと回り、まっすぐな坑道を突き進んだ。紗羅が驚いたのは、軍事区域につき立入り禁止と警告する標識が徐々に増えていったことである。そして、幾つかの標識に書かれている言葉から、ここがロシア太平洋艦隊の関係者以外の立入りが厳しく制限されている、ルースキー島の地下基地であることにもさらに紗羅は驚いた。

紗羅はその光景に息が止まった。坑道の奥の検問所には小銃や機関銃らしき銃器を持った兵士たちが大勢展開し、防弾装甲車らしき車両も検問所の前を固めている。しかも、たくさんの兵士を乗せたトラックがどんどん門から吐き出されていく。それら兵士たちのどの表情にも緊張感が漲っていることが軍事に詳しくない紗羅にも分かった。その時、物々しい兵器を搭載した軍用ヘリコプターが、爆音をまき散らして北の空へ次から次へと飛び立っていった。

紗羅たちが検問所を簡単に通過すると、コンクリートが剝き出しのビルが立ち並んでいた。その中で、幾つかの四階建ての兵舎の奥にある窓のないかまぼこ状の建物の前で停止した。

中に入ると、高校の体育館のように、がらんとした空間が広がっていた。一台の細長い机と、それを囲む三脚のパイプ椅子があるだけだった。

躊躇なくパイプ椅子の一つに座った冴島を見て、紗羅も慌ててその横に腰を下ろした。

ぐるっと見回した紗羅の目に入ったのは、四方の隅々に小銃らしきものを抱えて立っている迷彩服姿の兵士たちだった。

紗羅の耳に甲高い靴音が聞こえた。弾けるように振り向くと、遠くのドアから、小銃らしきものを抱えた迷彩服姿の兵士二人に守られるようにして、ネイビーの黒い制帽と制服姿の男が近づいてくるのが分かった。

立ち上がって背筋を伸ばした冴島に近づいたのは、細かいミスでも徹底的に追及するであろうと思われる、冷たい表情がよく似合う痩身の男だった。

通訳に出ようと身構えた紗羅を遮るように、冴島がその前に出て、流暢なロシア語を使った。紗羅は驚いた。そのロシア語は完璧ではなかったが、実務協議には十分すぎるレベルだった。

冴島が、紗羅に顔を寄せて囁いた。

「FSB沿海州支局の対外情報課長、コレツキイ中佐だ」

コレツキイ中佐の表情は硬く、笑みを見せずに冴島と握手を交わした。旧交を温めるような雰囲気は一切なかった。そして紗羅を見据えたコレツキイ中佐は、紗羅が自己紹介すると軽く会釈をしただけで応えた。

　紗羅はその肩書をもちろん知っていた。ウラジオストクをはじめとする沿海州で活動する、海外の外交官を監視するカウンターインテリジェンス部門の直接の責任者であるからだ。つまり紗羅たち外交官が最も畏怖すべき存在である。

　紗羅は精一杯平静を装っていたが、背筋には汗が流れ始め、膝にしびれが出てきた。コレツキイ中佐は、硬い表情のまま、身振りだけで紗羅にパイプ椅子に座るよう促した。

だが、冴島にはそれが許されなかった。武装した兵士二人によって、建物からも連れ出されていった。

「私はネイビーだ。信義を重んじ、正義を心に生きている。よって上官の言葉には固く忠誠を誓っている。今回、その尊敬する方からのご紹介ということで異例の措置で対応した。ゆえに、時間は十五分のみ。合意しなければ、拘束する。国内法によりその権限は私にある」

　紗羅は、FSBに勤める人種のことはよく知らないが、このコレツキイ中佐という男は、ギブアンドテイクで、相当な戦利品を獲（え）ようとしている――。

　コレツキイ中佐が質問しようとしたのに先んじて紗羅が訊いた。

「在ウラジオストク日本総領事館の副領事、ハヤト・ユキムラが、四日前より行方不明なのです。そちらで情報をお持ちではないですか？」

コレツキイ中佐は、後ろに立つ部下を呼び寄せた。首だけを回して囁くコレツキイ中佐に、部下の男は左右に首を振った。

「お役に立てる情報はない」

覚悟はしていたものの、愕然とせざるを得なかった。

ロシア側への期待はこれですべてが潰えた。内務省管轄下の警察署の民警たちもいるが、外国人であるなら、またその疑いがある時は必ず、今目の前にいる男に報告されるはずだと思ったからだ。

「しかし、たかだか外交官ではないか。たとえ国のために殉じることがあったとしてもそれは外交官の運命であり、使命だ」

コレツキイ中佐が付け加えた。

「ハヤト・ユキムラは私の夫です」

紗羅が静かに言った。

コレツキイ中佐は訝る表情で紗羅を見つめた。

しばらく紗羅の顔を見つめていたコレツキイ中佐は、背後に立つ副官らしき男に小首を傾げて耳打ちした。

駆けだしていく副官らしき男の姿には目もくれず、紗羅は詰め寄った。

「運命は受け入れます。しかしもしあなた方が、ハヤトの、その運命を知っているのなら、どうなったのかだけ教えてください」

コレツキイ中佐は黙ったまま紗羅を見つめていた。

その時、戦闘服姿の若い兵士が走ってきた。

コレツキイ中佐の元に駆け寄った兵士は、

「前線部隊より――」

と言いかけて紗羅がいることに気づき、口を噤んだ。

「構わん、続けたまえ」

立ち上がったコレツキイ中佐が指示した。

兵士は敬礼したまま報告した。

「至急電報です」

「続けろ」

コレツキイ中佐のもう一人の部下が命じると、兵士は電報に再び目を落とした。

「午前十時、海軍サナトリウムの中にある『オルヒデヤ』ならびに、エリゾボ市とペトロパヴロフスク・カムチャツキー市の市場にある立ち飲みバーは、いずれも朝から、休店日でないにもかかわらず、シャッターが閉まり、何人もの男たちが忙しく出入りしている。午前十一時、それぞれに中古のトラックやバスが集結――」

コレツキイ中佐の背後で聞いていた紗羅は、訳が分からなかった。唯一、分かったのは、パラツンカ村は温泉で有名なところであるということだった。

兵士の報告は続いた。

「二つのグループがハバロフスク地方のコムソモルスクーナーアムレ市とソヴィエツカヤ・ガヴァニ市でビジネスを展開していたが、それぞれの事務所も朝から営業せず、十数人の男の出入りあり。かつ車両が多数、集合――以上であります」

コレツキイ中佐は、パイプ椅子に片足をかけ、その膝に腕を置いて、いちいち頷いて真剣に耳を傾けている。

「さらに、本部作戦室から、全出動部隊への至急命令、発信、FSB沿海州支局。エリゾボ市、ならびにペトロパヴロフスク・カムチャツキー市、ビリュチンスクの原子力潜水艦基地と原子力潜水艦修理工場に対するテロ攻撃の蓋然性が高まった。よって予定通り、ファロス作戦を継続せよ」

紗羅は自分の耳を疑った。

――今……ファロス作戦……と言った？

そんなことはあり得ない、と自嘲した。ファロス作戦という名称は、隼人と私の二人だけのお遊びだったのだから……。

コレツキイ中佐がねぎらうと、直立不動で敬礼した兵士は駆け足で戻っていった。

「ごくろう」

コレツキイ中佐は、紗羅の顔を見つめた。

「我々は、チェチェンゲリラの特務旅団長指揮による、カムチャツカ半島およびハバロフスク地方の原子力潜水艦基地と原子力潜水艦造船所、コムソモルスクーナーアムレの原子力潜水艦造船所、並びに核関連施設に対するテロ攻撃への対抗措置を実施中だ」

続いて全速力で別の兵士が報告にやってきた。

コレツキイ中佐は再び、紗羅がいる前での報告を許可した。

「報告します。FSBテロ対策部隊アルファF中隊の第2、第4の各小隊は、コムソモルスクーナーアムレ市のターゲットの至近距離で待機完了。対策実施の命を待つ」

「確かに受領と返電せよ」

コレツキイ中佐が滑舌よく言った。

さらに後から来た兵士と入れ替わった。

「発信元、極秘にて省略となっております」

コレツキイ中佐は頷いた。

「――実業家スレイマノフは、〈モスクワ便で送られる貨物を出迎えろ〉なる電報を受領。同電報のコピーは直ちに、太平洋艦隊軍事防諜局長ラジノフ少将に送付。ラジノフ少将は、それが敵の作戦開始を命じる暗号であると判断された」

その時、携帯電話に対応していた副官らしい兵士が、コレツキイ中佐の耳元で囁いた。だが、その声は十分に低く落とされていなかったので、紗羅にも聴取できた。

「1212、対策の実施令、アルファ部隊、軍事防諜局テロ対策チームへ一斉発信。並びに、東管区司令官発令、不測事態に備え、現場周辺の軍ならびに重要防護施設の防護を固め――以上、発信されました」

新たな報告役の兵士が極度に緊張して駆け込んできた。

「ペトロパヴロフスク・カムチャツキーは霧、コムソモルスクーナーアムレ市は雨、沿海州は晴れ」

さらに次々と兵士が駆け込む。

「アルファ部隊、軍事防諜局テロ対策チームの合同部隊が十ヶ所の関係先に対する一斉対テロ・オペレーションを開始、実業家スレイマノフを逮捕、同人宅を捜索開始。以上であります」

兵士が引き揚げると、コレツキイ中佐が緊張した面持ちで紗羅の顔を見つめた。

「ご覧の通り、我々は史上最大規模の対テロ作戦を実施中であり、忙殺されている。にもかかわらず、私はあなたに直々に対応した。なぜなら、我々の信頼すべき友人ハヤト・ユキムラ、その妻であるあなたへ敬意を表したいからである」

紗羅は思わず立ち上がった。

「夫が、あなた方の信頼すべき友人？　説明してください！」

紗羅がコレツキイ中佐に詰め寄ると、副官たちが体ごと制してパイプ椅子に座らせた。

しかし、コレツキイ中佐は紗羅を見据えたまま何も答えなかった。

「まさか……その共同作戦には、ハヤトも絡んでいる？　なら、今、どこで作戦の一部を成しているんです？」

部下らしき男がコレツキイ中佐の傍らで説明した。

「ハヤト・ユキムラは、ズベズダ原子力潜水艦修理工場での情報収集活動により、ロシア極東において、チェチェンゲリラのテロ攻撃が計画され、進んでいるという端緒情報を与えてくれた。だからこそ、我々は動けたわけで、調査の結果、カムチャツカ半島、ハバロフスク地方、沿海州の原子力潜水艦基地と原子力潜水艦造船所、原子力潜水艦修理工場に対するチェチェンゲリラによる同時多発テロの計画が進んでいる情報を得ることができたのだ。よってユキムラの希望により、この作戦を〈ファロス〉と呼ぶことにした」

なら、隼人はFSBのスパイ？　いやそうではないはず、と思った。なぜなら、隼人がやっていたことに、誰かに命じられたというのではなく、真実をひたすら追求しようとする、まるでハンターのような熱情を感じるからだ。

しかも、今の話はまるっきり逆である。

どこで行き違ったかは分からないが、FSBは完全に見誤っている。犯人はまったく別のことを考えているのだ。

なんとかしなければならない。とんでもないことが起ころうとしている――。

紗羅は瞬きを止め、鼻がくっつかんばかりに迫ったコレツキイ中佐の瞳を見つめた。

「あなたは聡明な外交官だ。だから、今から私の言うことが分かるはずだ」

「バルスコフFSB長官によって承認され、二年という月日をかけた、日ロ合同作戦、そしてロシア東部軍管区軍とFSBとの大規模な対テロ作戦はすでに実行に移されている。これには多くの兵士の生命がかかっているだけではない。ロシアの名誉ならびに極東アジアの安全がかかっている。これが我々の善意の限界だ」コレツキイ中佐は、銃を構える二名の兵士に頷いた。「ダスヴィダーニャ（さようなら）」

紗羅は迷うことも逡巡することもなかった。これが本当に最後のチャンスだと確信した。

——答えはすべてここにあるのよ！

帰り支度をするふりをしてビジネスバッグを握った紗羅は、兵士がふと安心した隙に、コレツキイ中佐に駆け寄った。

「あなたは、ミスリードしている！　とにかく、これを読んでもらえれば分かる」

バッグの中から取り出した書類の束をコレツキイ中佐の胸に押しつけた。

慌てた兵士がすぐに紗羅を羽交い締めにした。

「テロリストのターゲットは、カムチャツカ半島でも、ハバロフスク市でも、コムソモルスクーナーアムレ市でもない！　ズベズダよ！」

コレツキイ中佐は部下たちと顔を見合わせた。

「それは、ズベズダで、今、日ロ非核化支援事業として、プロジェクト№7という追加の解体を行うという文書です。艦名は、667M型弾道ミサイル搭載原子力潜水艦K-415。第四埠頭に係留されています。しかし、日ロ非核化支援事業で決めた解体潜水艦は、プロジェクト№6までの六隻。七隻じゃない！　つまり、誰かから買収されたズベズダのソスベコフ所長が書類を偽造。K-415を解体予定とし、ズベズダに係留させる根拠とした。そうしないと、警備が厳重なカムチャツカ半島の基地に戻ってしまうから。ズベズダで調べたらすぐ分かることです。ちなみにその資料は、ソスベコフ所長の机の下に隠されているから

——」

コレツキイ中佐は硬い表情のまま、副官に何かを囁いた。深く頷いた副官は、携帯電話を取り出してどこかと話を始めた。

紗羅は、真顔で黙ったままのコレツキイ中佐を見つめながら続けた。

「重要なのは、何のためか——。K-415をジャックして北朝鮮へ売り渡すためです。そのために、犯人グループは、カムチャツカ半島、ハバロフスク市、コムソモルスクーナーアムレ市で陽動作戦を行った——」

コレツキイ中佐は紗羅を凝視した。

「これはハヤト・ユキムラの分析です」書類の束を机の上に必死に放り投げた。「チェチェンゲリラ部隊と思われるグループがズベズダの周辺に展開しています。ズベズダを襲う準備が進行しているんです」

コレツキイ中佐は微動だにしなかった。

「そして、これを見れば、北朝鮮の思惑がよく分かります。潜水艦の購入計画はないのに、いろいろ調べている。そして、K-415から取り外されていたSLBM発射台を、太平洋艦隊のボルギン大佐から、鉄スクラップと偽装して購入する契約を結んだ——。いいですか、北朝鮮は、弾道ミサイル搭載原子力潜水艦の復活を目指しているんです」

ゆっくりと立ち上がったコレツキイ中佐は、部下に命じて羽交い締めを解かせ、紗羅を目の前に連れてこさせた。

「で、その夢の話のエピローグでは、犯人グループはいったい誰だと？」

コレツキイ中佐の目が彷徨っていることに紗羅は気づいた。

「首謀者は、チェチェンの英雄のバガエフ、そしてロシアの英雄の二人です」

紗羅はその〝ロシアの英雄〟の実名を口にした。

コレツキイ中佐は、一瞬、虚を突かれたような表情をしたが、すぐに冷静な顔に戻った。

「何も分かっていない」

コレツキイ中佐は頭を振った。

「彼は、ハヤトと同様に、〈ファロス〉作戦の重要メンバーだ。毎日のように膨大な情報を提供してくれている。今回も、ズベズダの原子力潜水艦に脅威が迫っていないことを彼から確認したからこそ、兵力を、カムチャツカとコムソモルスクーナーアムレへ集中投入できた。しかも、彼のさらなる情報によって、ターゲットの絞り込みが……そんな……ことは……ありようもなく……そもそも――」

コレツキイ中佐の言葉は、戦闘服姿のまた別の若い兵士が走ってきたことで妨げられた。

コレツキイ中佐の元に駆け寄った兵士は身を固くしたまま電報を上擦った声で読み上げた。

「スレイマノフの自宅ならびに店舗、他の容疑者のアパートの捜索において、武器等は何も発見できず。さらに、複数の関係先で逮捕した容疑者数十名は武器を所持しておらず、緊急取り調べにおいても、スレイマノフも含めて、成果なし。アルファ部隊と軍事防諜局のテロ対策チーム、そして捜査官百名以上が目標を失っている状態にて、対策本部宛に、〈現時点では逮捕と取り調べの結果が見えない。次の行動に対しての指令を待つ〉との電報着信――」

コレツキイ中佐はパイプ椅子に再び座ると、微動だにしなくなった。

ビジネスバッグを武装した兵士から奪い返した紗羅は、中から、黄色いファイルケースを取り出した。

「これを見てください」

紗羅は掲げた書類を机の上に急いで広げた。

「〝ロシアの英雄〟は、今、末期癌で余命幾ばくもありません」

紗羅がそう言った時、出入り口にたくさんの兵士が集まってざわついていた。それぞれが報告用のメモを持っている。

「太平洋艦隊から至急の連絡が入っております！」

今にも駆けだしそうな部下たちを、コレツキイ中佐は黙ったまま身振りだけで制した。

コレツキイ中佐の真正面に座った紗羅は、静かに続けた。

「〝ロシアの英雄〟がその手記を残すことになった最初のきっかけは、手記によれば、ズベズダ原子力潜水艦修理工場で、プロジェクトNo.7の書類偽造を発見し、関与を疑うハヤトが訪問した時のことだとしています。最初は、もちろん関与を否定したそうですが、ユキムラは何度も通ってきた。そうしているうちに、バガエフとの企みの電話も聞かれてしまった。そこからは毎日、説得されたとしています。しかし、国家に翻弄され、家族まで奪われた恨みは大きすぎた。ただ、別れた家族のために、この手記が出版されれば、幾らかの贖罪になるのでは――それがユキムラの前で口にした動機です」

コレツキイ中佐は、ようやくその文書を手に取った。

出入り口には、さらに人だかりができていた。


〈まず、私は、この手記を書くにあたって、友情という言葉から始めなければならない。

今回の行動は、その言葉ですべての説明がつくからだ。

それは十五年前から続いていた懐かしい世界であった。

ウラジオストクの短い夏が終わる頃、マカロフ中将記念海軍士官大学校では毎年、晴れの卒業式が行われる。

その年も、いつもと変わらぬ光景が繰り広げられた。

まず、ロシア海軍太平洋艦隊司令官が、若い将校に少尉の肩章と海軍短剣を手渡し、次に校長が国防大臣の任命指令を大きな声で読みあげた。優秀な卒業者は、バレンツ海や北極圏を防衛警備区とする北洋艦隊と、太平洋艦隊の原子力潜水艦艦隊に配置された。当時、この二つの部隊への任命は、若き海軍将校としては大きな光栄であった。

卒業者六百名以上のうち、太平洋艦隊原子力潜水艦部隊への任命を喜んだ中に、仲の良い少尉二人がいた。

一人は魚雷学部の色白で童顔の私で、もう一人は航海学部のバガエフという、がたいのいい男だった。

私は、バルト海に面する風光明媚な港湾都市であるカリーニングラードに生まれ、海軍将校家族の出身者という毛並みのいい男であった。ところがFSBの軍事防諜局はそこに目をつけた。筋がいい、と判断したからだ。そもそも私は高校生の頃から目をつけられていた。FSBのリクルーターは、下校時に半ば強引に私に接触し、士官学校を卒業したなら、軍事防諜にかかわる任務がいかに私にとって有意義なものであるかを美辞麗句を駆使して勧めていた。その徹底したリクルートは功を奏した。卒業式の一ヶ月前に久しぶりに姿を見せたリクルーターにすぐさま朗報をもたらしたのだった。

一方、バガエフ少尉は、チェチェン人で、カザフスタンの小さな村に生まれた。第二次世界大戦でドイツが降伏した直後、スターリンの命令で、チェチェン民族が反逆の容疑でカフカスからカザフスタンなどへ強制的に移住させられたことを考えると、バガエフ少尉が士官大学校に入学、卒業できたのは信じられないほど珍しいことであった。それだけバガエフは、精神的にも肉体的にも天才ともいうべきレベルであって、恵まれていたのである。

バガエフが士官大学校の一年生の時のことである。同級生から差別的な嫌がらせを頻繁に受けていた。それを度々守ったのが私だった。祖父からネイビーの魂を受け継いだ正義感は純粋で、かつ揺るぎないものだったのだ。そして、二人の間に特別な友情関係が生まれるまでにそう時間はかからなかった。互いに信頼すべき、欠かせない存在となっていったのである。

卒業式で直立不動のまま任命指令を聞いていたバガエフは、隣に立つ私に囁いた。

〝私の家族とテイプ（日本の藩に似ているチェチェン民族の伝統的な組織）にとって、私が原子力潜水艦部隊勤務を発令されたのは大きな喜び、むちゃくちゃ光栄なことなんだ。なにより、チェチェン人も平等だという大きな意味があるから、同胞たちの励ましにもなってるんだ〟

〝オレたち、がんばったもんな。やったね、ってとこだよな〞
私も自分のことのように喜んだ。
〝でも、もう一つの喜びは、お前とこれから同じ原子力潜水艦の仕事で、一緒に任務を果たせることだよ〞
そう続けるバガエフに笑顔を向けた私は、彼の手をしっかりと握りしめた。しかし内心は複雑だった。これからの任務で、実は別々になることが残念だと思っていた。FSBは、両親、親戚、時に友人に対して、表の任務以外の極秘任務に関する情報を伝えることを厳しく禁止しているからだった。
しかし、その五年後、二人が運命的な再会をすることになろうとは私は想像もしていなかった。
月日は流れて、私は、カムチャツカ半島、ペトロパヴロフスク・カムチャツキーの第5原子力潜水艦艦隊所属の軍事防諜部に配属となった。その時、ある危機対応での見事さが評価され、太平洋艦隊で原子力潜水艦の防諜を担当する軍事防諜局第12課長へ栄転した。エリートコースまっしぐらだった。しかし間もなくして、運命が私を襲った。中国への原子力潜水艦の売却事案に絡んでスパイ事件が摘発された。私は、それを取り締まる中心にいたにもかかわらず、事前に知りながら上級司令部へ報告しなかったという批判を受けて、カムチャツカ半島のさらに辺地、〝軍艦の墓場〟と呼ばれる、ハバロフスク地方のモゴフタ基地の予備役にもならない後備役である艦艇旅団の軍事防諜課課長へと飛ばされた。しかし私が悪いわけではなかった。アメリカとロシアの戦略兵器削減交渉を無視するような、中国への売却が公になって国際的な批判を浴びることを恐れた大統領府の最高幹部が、敢えてスパイ事件を摘発させて商談を潰したのだ。私はその責任を負わされ、つまりスケープゴートにされてしまったのである。私の運命は、坂道を転がってゆくが如しだった。家族とも遥か遠く離れて、酒浸りとなってゆき――〉

「そうか……バガエフと、彼は同期だったのか……」

コレツキイ中佐がため息を引き摺った。

〈私は、チェチェン行きを決断する。半年間勤め上げれば、希望の部署が選べる、という上司の言葉に従ったのだ。チェチェンでのポストはロシア統合軍軍事防諜局兵器盗難・密売対策課次長。任命直後、私は名前を隠した。「マケエフ少佐」になった。もう一つの身分であるFSBの身分証は使用せず、ロシア統合軍第211歩兵師団参謀将校の身分証しか使わなかった。チェチェンのゲリラはFSBの関係者と分かれば、すぐ殺すからだ。しかし賄賂がはびこる軍内部では、兵器盗難・密売の容疑で兵士や幹部を逮捕してもすぐに釈放される。悪魔の暗闇は徐々に私を取り囲んでいった。そして暑い夏、ついに悪魔は、運命という口を開けて待っていた〉

コレツキイ中佐は、いつの間にか、身を乗り出して読み込んでいた。

〈チェチェンでの戦いで、負傷し、捕虜になったことは、これまで、テレビや雑誌で話したし、自力で脱出して生還したことも述べてきた。

最後に転売されたゲリラキャンプでのことだ。ある日、戦闘で負傷しキプロスで静養していた特務旅団長がチェチェンに帰国した。ルスラン・ゲリラ隊長がやってきて特務旅団長に言った。

〝統合軍第211歩兵師団の参謀将校の捕虜がいる〟

特務旅団長はまず、「マケエフ少佐」の身分証を調べてから捕虜を呼んだが、海軍士官大学校の友人である私が入ってくると、飛び上がって驚いた。

バガエフ特務旅団長は私がＦＳＢの人間であることや、私の経歴もよく分かっていたが、ルスラン・ゲリラ隊長には何も言わなかった。

その後、バガエフと私は三日間、思い出を語り合ったり、両方の家族の近況を話したり、自分の運命を話したりした。バガエフが、私が捕虜になったいきさつを説明してくれた時、私はあまりのショックに、しばらく口がきけなかった。

〝君は、統合軍軍事防諜局にハメられたのだ。統合軍の首脳部は自分の利益を貪って、我が軍に兵器を大量に密売しているが、ゴルバトフ軍事防諜局次長とその手先がこの取引の秘密保持と安全を確保している。イグラ1携帯式対空ミサイル五十基の契約は利益が非常に高いため、ゴルバトフ次長が君の待ち伏せに関する情報を通報した。君の協力者も暗殺された〟〉

読み終わったコレツキイ中佐は立ち上がり、ズボンのポケットに両手を突っ込んで立ち上がった。

「〝ロシアの英雄〟の思いがどれだけ壮絶だったか、想像もつきません。祖国のために、真面目に任務を果たしたのに、極寒の辺地での単身の困窮生活、過酷な任務、そして筆舌に尽くせない捕虜生活。しかも祖国を守るために命を賭してきたにもかかわらず裏切られた。そして同時に、生きる意義も見失った――」

　コレツキイ中佐が大きく息を吐き出した。

「そして、最後の一枚。犯行声明です」

　受け取ったコレツキイ中佐は無言のまま目を落とした。


〈運命の再会の数日後、私は、バガエフと一緒に、ゲリラ軍の資金難を地元民に説明したあと、〝私は素晴らしい収入源を知っている〟と言ってから、北朝鮮の「千浬海龍（チョンヘリーパタヨン）」計画のことを詳しく説明した。北朝鮮が、原子力潜水艦の入手方法を探していたからだ。

元原子力潜水艦乗りであるバガエフはこの説明の意味とメリットがすぐに分かった。バガエフと私は一緒に山のゲリラ秘密基地に二週間籠もった。コードネーム「アメリカン」とした作戦を詳細に相談し、行動計画を作った。

　チェチェンゲリラの監獄を〝脱走〟したことにした私は統合軍に戻った。捕虜の暮らしぶりやゲリラ軍に関する報告書を書いたあと、飛行機でウラジオストクに出発した。次の日、私が、太平洋艦隊軍事防諜局長のラジノフ少将の元に出頭すると、〝これから、希望通りに勤務の場所を選択してもよい〟との提案を受けた。私は〝捕虜だった時の拷問のトラウマが末だにあるから、静かな場所で勤務したい。できれば、ボリショイ・カーメニ市にあるズベズダ原子力潜水艦修理工場所属の軍事防諜課に勤めたい。自然に囲まれた立入り禁止の街だから静かに暮らせる〞と言ってすぐに認められた。そして準備は整った〉

「信じられない……」

コレツキイ中佐は唸った。

「あの、愛国心が誰よりも強い、実直で優秀な家族思いの、そしてなによりも、チェチェンで人質となって筆舌に尽くし難い苦労をしてきた、我が国家の英雄が、まさか、テロリストと組んでいるなどとは……」

「紛れもなく、国家がその男を作ったんです」

紗羅は言った。

そのことに気づいたコレツキイ中佐は、愕然とした表情で紗羅を振り返った。

「カムチャツカとコムソモルスクーナーアムレに対するテロ情報は、そのほとんどが、カザンツェフ大佐からのものであって――」

コレツキイ中佐は、急いで振り返り、出口でうずうずしながら待機している副官を呼びつけた。だがそこで待ちわびていた数十名が駆けてきた。声を張り上げて次々と報告する若い兵士たちを押し止め、コレツキイ中佐は副官だけを近くに呼び寄せた。

そして、ズベズダの原子力潜水艦修理工場所属の軍事防諜課の当直に電話をかけるように命じた。

「どうぞ、当直が出ております」

携帯電話を受け取ったコレツキイ中佐は、小さく息を吐き出してから口にあてた。

「FSBのコレツキイ中佐だ。いや、そんなにかしこまらんでいい。カザンツェフ大佐はいらっしゃるか？　いない？　外出？　じゃあ君が今、先任か？　名前は？　オスカニアン中尉──」コレツキイ中佐は携帯電話を持ち替えた。「では、オスカニアン中尉、実は現在、沿海州とカムチャツカ半島の各基地で、保安上の重大な脅威が高まっている。そちらはどうだ？　何か変わったことはないか？」

コレツキイ中佐が、微かに安堵の表情を浮かべたのはほんのわずかな時間だった。

徐々に顔の表情が厳しくなった。

コレツキイ中佐は、副官に、口述筆記するよう身振りで命じた。

「で、その十四名は、太平洋艦隊の海軍将校だと名乗って、検問所で身分証明書も掲げたんだな？　行き先は？　第一埠頭？」

コレツキイ中佐は深刻な表情になって、副官に何事かを囁いた。副官は全速力で出口へと駆けていった。

紗羅は、もちろん最後の言葉に息が止まった。そこには、K－415ではなく、K－39
9が係留されているはずである。

コレツキイ中佐もそのことに気づいたようで、

「第四埠頭じゃないのか？　もう一度確認しろ！」

「課長のカザンツェフ大佐が来られた？」

コレツキイ中佐は、紗羅に頼んで口述筆記させた。

「いつのことだ？　三十分ほど前？　第一埠頭に停泊するK－415へ近づき、そして？
潜水艦の副長と安全措置を相談した――」

送話口を押さえたコレツキイ中佐は、別の二人の部下を呼びつけると、それぞれに早口で指示を与えた。

「もう一度だ。副長になんて言ったんだ、カザンツェフは？　えっ？　本日モスクワの調査団が……ズベズダの工場と……そこに停泊する……原子力潜水艦の安全措置や……テロ対策を調べる予定……」

コレツキイ中佐は啞然とした表情で通話を終えた。その表情は、モスクワから調査団など来ないはずだ、としきりに訝っているようだった。

しかしそんなことより、紗羅は苛立った。何が起こっているのかは分からないが、こっちの知りたいことはたった一つなのだ。しかしそれでも——。紗羅は葛藤した。そして、外交官としてのプロ根性が悔しくも先に立った。

コレツキイ中佐に紗羅は急いで言った。

「彼らは、絶対にK‐415へ向かったはずです。ならどうしてK‐415は第四埠頭にいないのでしょうか」

「私も昨日、K‐415が、第四埠頭で係留されているのを、はっきりこの目で見た」

「つまり、それしか考えられません。第一埠頭と第四埠頭の潜水艦が、恐らく昨夜のうちに入れ替わった——」

「アメリカの衛星か——」

コレツキイ中佐が呟いた。

「START‐I違反を疑わせる、退役原子力潜水艦が修理工場に入ったことで、アメリカは重大な関心を持ってここを見ているはずです」

紗羅はかつて、海上自衛隊の専門家から学んだことを思い出した。

「つまり——出港は近い」

コレツキイ中佐が言った。

「ウラジーミル海曹であります。よろしいでしょうか？」

弾かれたようにコレツキイ中佐が振り向いた。

コレツキイ中佐の部下らしき、しかし年上と思われる兵士が背筋を伸ばして立っていた。

「ボリショイ・カーメニ市を担当する、我々の遊撃分遣隊から、至急通報がさきほどありました。事態が事態ゆえ、と思いましたが、急ぎ報告した方がいい、そう判断しました」

「至急？　今は、そういったことには――」

背を向けたコレツキイ中佐は、途中で口を噤んだ。ゆっくりと首を回して振り返った。

「ボリショイ・カーメニ市――。今、そう言ったな？」

紗羅も、コレツキイ中佐が何に気づいたのか分かった。ズベズダ修理工場はその街の中にあるからだ。

「そうであります」

ウラジーミル海曹が緊張して答えた。

「内容は？」

コレツキイ中佐は急かした。

「一時間ほど前、街でバガエフを見たとの報告です」

「バガエフ?」

コレツキイ中佐は驚愕の表情で部下を見つめた。

「信じられないことなんですが——」

「バガエフって、かつてデルタⅢ型戦略原子力潜水艦の艦長から左遷された後、突然退官して姿を消し、チェチェン武装勢力の特務旅団長になったと噂されている、あのバガエフか? ズベズダの近くに? 間違いないのか?」

「はい。目撃した遊撃分遣隊の一人が、かつてバガエフがデルタⅢ型戦略原子力潜水艦の艦長をやっていた頃にソナー員をしていたらしいんですが、バガエフの誤った人事評価のお陰で、高給料の潜水艦を降りるハメになったことを今でも恨んでおりまして、その顔(ツラ)は絶対見忘れないと」

「どこで見たんだ?」

「ズベズダ工場の労働組合が保有する五台の大型バスが駐車場から出るのをバガエフが誘導していた、そう言うんです」

もはや押し寄せる兵士たちの勢いは、止めどもなかった。

彼らは次々と報告を行った。

「実業家オクリメンコの運転する観光バスがボリショイ・カーメニ市に入り、市役所管轄下の第三小学校に向かった。途中で、海軍服を着用したダゲスタン人十八名がバスに乗った――」

「バガエフに酷似した男が、列車で果物販売者として沿海州のウスリースク市に到着。翌日、日本製の中古小型トラック二台、中古マイクロバス三台を点検する姿が住民に目撃された」

「海軍将校服セットを持つロシア人十四名が列車でハバロフスクを出発し、ウラジオストク鉄道駅で降りて、バラバラにボリショイ・カーメニ市に向かった」

「ダゲスタン人の十八名が中古マイクロバス三台でウスリースク市およびナホトカ市を出発して、同日夜、ボリショイ・カーメニ市に到着し、事前に予約した賃貸アパートに泊まった」

「実業家オクリメンコがズベズダ原子力潜水艦修理工場の労働組合から観光バスの注文を受けた」

「バガエフに酷似した男がボリショイ・カーメニ市に到着し、カザンツェフ大佐のアパートに泊まった」

それらの報告を黙って聞いていたコレツキイ中佐が、突然動いた。

集まった大勢の兵士たちや、奥の部屋にいる通信部隊の兵士を全員呼び集め、幾つもの指示を矢継ぎ早に繰り出した。

「一斉かつ大至急で、極秘電報を打て！　宛先、まず太平洋艦隊の司令部と司令部中央発令室、さらに太平洋艦隊軍事防諜局長のラジノフ少将、モスクワのFSB本部軍事防諜局次長のマルトフ中将へすぐにだ！　さらに、海軍総司令官のチェルナヴィン海軍大将、FSB長官のバルスコフ陸軍大将にも送れ！　内容！　カムチャツカ、ハバロフスク市とコムソモルスクーナーアムレ市で実施中の作戦は直ちに中止されたし。敵のターゲットは、ズベズダ原子力潜水艦修理工場であるとの有力情報入手！　アルファ部隊と軍事防諜局テロ対策チームはすべて、ボリショイ・カーメニ市、ズベズダ原子力潜水艦修理工場へ急行せよ！　作戦詳細については追って命じる。以上だ——」

コレツキイ中佐は広い空間を見渡した。

「ここも、ズベズダへ移動する！　前線司令部立ち上げのため、ならびに当面作戦だけに必要な資機材をヘリコプターと車両に急ぎ詰めろ！」

そう命じたコレツキイ中佐は、紗羅へ視線をやった。

「事態は非常事態モードだ。時間がない。私と一緒に来い」

幾何学的なデザインの防弾装甲車に苦労して最後に乗り込もうとする紗羅を、コレツキイ中佐は手を引いて中へと強引に導いた。

紗羅が腰を下ろすなり、防弾装甲車は発進した。

しかも一気に速度を上げたものだから、硬い突起物に体のあちこちをぶつけることとなった。痛みを必死に我慢する紗羅に構わずコレツキイ中佐が言った。

「私がここで降りろ、と指示する時は、どこであっても降りてもらう。いいな？」

紗羅は顔を歪めながらも力強く頷いた。

コレツキイ中佐は、操縦席へ急いで上がった。スマートフォンを使って、太平洋艦隊司令部の中央発令室へと矢継ぎ早に電話を入れている。

途中、マルトフ中将、という言葉が聞こえた。それが、モスクワのFSB本部で、海軍のすべての防諜部門を仕切っている軍事防諜局次長であることは、隼人の資料をさんざん読まされたので紗羅は知っていた。

通話を終えたコレツキイ中佐は、後部乗員席に下りてきた。

「これだけははっきりと言っておく。残念ながら、ハヤトの所在不明に我々は関与していないし、情報もない」

紗羅は素直に受け止められなかった。コレツキイ中佐は、常に裏の裏で生き抜くインテリジェンスの世界の男である。だが、もう一人の自分が、認めたくないだけよ、と囁いているのも自覚した。

突然、

「ここからは日本語で話したい」

驚く紗羅を尻目に、コレツキイ中佐がそう言って、紗羅の背後へ顎をしゃくった。少し腰を持ち上げて振り返った紗羅の視線の先の、操縦席に二名が座っている。そのすぐ後ろには、さっきの副官の背中が映った。こちらを気にしているように感じられる者はいなかった。

「本来なら、まったく考えられないことだが、さきほどのことは礼を言いたい。ロシア人は案外、人情家なのだ」

そう言ったコレツキイ中佐だが、笑顔はまだ見せていない、と紗羅は思った。

「すべてはハヤトと我々との関係から始まった」

コレツキイ中佐と向かい合うように座った紗羅は、これから自分はどんな真実と向き合うのだろうか、と思った。間違いなく、自分は、やっと真実に接するのだ。

だが、さっきの話といい、想像を遥かに超えるものになるはずだとは確信していた。その結果、ここまで、精神が崩壊寸前まで耐えてきたのだから、隼人が、どこかで女と暮らしていようが、精神的に混乱してそういった病院に隔離されていようが、またテロリストの人質になっていようが、どんなことでも耐えることができると思った。死んでいるとは思えなかった。コレツキイ中佐は、隼人の行方は知らないと言ったが、この男の態度から、初めて隼人は生きている、と確信できた。

挑むように身を乗り出した紗羅を、

「今から話すのは、ハヤトのもう一つの人生そのものだ」

とコレツキイ中佐が紗羅の目を見据えた。

ハヤトのもう一つの人生？　紗羅はそれには不愉快だった。このロシア人のオヤジが隼人の何を知っているというの？

だが、複雑な思いもまた心の奥底からわき上がるのを意識した。

――私は、隼人のことを何も知らなかったんじゃないの……。

「時間は限られている。太平洋艦隊司令部に着くまでの十分間しかない。だから質問はなしだ」

コレツキイ中佐は紗羅の反応を確かめようともせずに話を始めた。

「十数年前、早稲田大学の学生だったハヤトには、まったく偶然に――我々の世界では〝偶然〟とは、ほとんどの場合〝作戦〟の代名詞なのだがその時は本当に偶然に――ナホトカで、運命的な出会いがあった。相手は、当時、太平洋艦隊の軍事防諜局の若き将校だった私である」

紗羅は、驚く表情を見せずにコレツキイ中佐が語る、十数年前の再現話に聞き入った。

「極東国立総合大学三年生だった私は、ウラジオストクのインツーリスト支部でアルバイトをしていた。ガイドとしてちゃんとできるかどうか、と心配しながら、ナホトカ港の客船ターミナルで横浜発の客船バイカル号を待っていた。私は、軍での短期兵役後、FSBの推薦で入学し、西洋史をはじめとして諸外国の文化や英語、ドイツ語、日本語を一生懸命に勉強していた。バイカル号が停泊したあと、日本人の観光客数百人が上陸する様子を見て、〝今日は一生で一番大事な日だ。日本人と会うのは初めてだ。これから、日本とソ連の関係はどうなるのか〟と漠然と思っていた。

一方、大学でロシア語を専攻し三年生だったハヤトは、ナホトカ港に入港したバイカル号の甲板から初めて見るソ連の領土を眺め、私と同じように考えていたことをあとから知ることとなった。ハヤトは、財団法人東洋研究会の支援でロシア語の勉強を目的に、ナホトカ港に到着し、これからシベリア横断鉄道のツアーをしようと計画していた。

ある種の縁で、私とハヤトは列車の同じコンパートメントに一緒に泊まり、モスクワまでの七日間に友情関係を結び、途中で日本とソ連の歴史や現況について雑談し、両国の将来についても話し合ったりした。二人ともモスクワは初めてで、深夜まで市内を散歩した。シベリア横断鉄道での帰り道も一緒になったが、ハバロフスクで一泊した時、インツーリスト・ホテルに近いアムールの川岸で遊んだ楽しい夜があった。その夜、私とハヤトは〝今度、会えるかどうかまだ分からないが、将来、ウラジオストクでもう一度、ぜひ会おう〟と互いに誓い合った。

　別れの時、二人は連絡先を交換したが、安全のため、私は敢えて叔父の住所を教えた。ハヤトも――あとで知ることになったが――祖父の住所を私に伝えた」

　紗羅は納得できなかった。隼人がロシアのスパイだったというわけ？　よしてよ、絶対にあり得ない……。

　コレツキイ中佐は、紗羅の戸惑いを察したように話を続けた。

「当時、私は、ハヤトをすぐに我々の財産（アセット）として調達することはまったく考えていなかった。出世をして外務本省の中枢のポストに就いた時に初めて声をかけ、時間をかけて調達する作戦を立てていた。ただ、我々は、遠くから、しかし〝長い手〟によってハヤトをずっと監視していた。その調査書は高さ五十センチにもなっていた。だから、ウラジオストクに来ても、まったく接触することも、連絡することもなかったのだ」

　紗羅は熱い思いが迸（ほとばし）りそうで、慌てて何度も咳払いした。

ならば、何が隼人を襲ったのか、逆にそのことを想像するのが怖ろしくなった。

「半年前のことだ。ハヤトから突然、絵はがきが届いた。

私の叔父の住所宛だった。そこには、昔出会った場所での再会を希望したいとして、三つの日時の候補が書かれていた。私は、最初の日は、遠くから監視するだけに止め——防衛要員がいるなどインテリジェンス工作の影があるかどうかを見極めて、二番目の日時に、ナホトカの国際線ターミナルで十数年ぶりの再会を喜び合った。

ハヤトは、すでに私がFSBの要職にあることを知っており、だからこそ、危険を承知で接触を希望したのだった。

埠頭を歩きながら、ハヤトが私に伝えたのは、衝撃的な情報だった。チェチェンゲリラが、沿海州かカムチャツカ半島のどこかの原子力潜水艦基地か核兵器保管設備に対する何らかの計画を進めている、というのだ。ただ、情報源はまだ明らかにできないと言い、さらなる情報を集めて伝えると約束した。今から考えれば、カザンツェフ大佐の言動から何かを知ったに違いない。私は、すぐに、ハバロフスク支部の女性要員をローカルスタッフとして総領事館に送り込むことに成功した。ハヤトとの連絡役としてだ。総領事館の情報も取るために？ライサは、アルファ部隊の特殊部隊員であり、そういった訓練は受けていなかったし必要なかった。理由は言うことはできない。

とにかく、その後、ハヤトは、ローカルスタッフのライサを通じて断片的にだが情報を送ってくるようになった。チェチェンゲリラは沿海州かカムチャツカ半島の原子力潜水艦に強い興味を抱いているという。その頃、北朝鮮の沿海州での動きが活発で、しかも原子力潜水艦に興味を持っているとの情報があり、私は両者の関係にも関心を寄せていた。

ところが、なぜか、太平洋艦隊軍事防諜局第12課から、チェチェンゲリラが、カムチャツカ半島、ハバロフスク、コムソモルスクーナーアムレの原子力潜水艦基地、原子力潜水艦造船所への同時多発テロを計画中という具体的な情報が飛び込んできた。第12課とはカザンツェフ大佐がかつて課長を務めていた部門だ。それからも第12課長から、チェチェンゲリラの動きに関する情報が次々と寄せられた。

そのことをライサを通じてハヤトに照会した。するとハヤトからは、カムチャツカ半島、ハバロフスクやコムソモルスクーナーアムレではなく、このウラジオストクもしくはズベズダに対する何かが進行中、という回答が返ってきた。私はさらなる情報収集をライサを通じて依頼したが、その後、しばらく情報が途絶えた。恐らく、ズベズダでの日ロ非核化支援事業の祝賀レセプションの準備で忙しくなったためだろう。

それ以後、太平洋艦隊もＦＳＢ沿海州支局も、第12課からの――今考えれば、カザンツェフ大佐の欺瞞だったのだろう――情報に流されていった。私は何度も忠告したが、もはや誰も聞く耳を持たなかった。

そして、所在不明になる三日前。ハヤトから、久しぶりのメッセージが届いた。二月十三日の早朝――つまり所在不明となったその日――緊急に接触したいと。直接話さなければならない重大なことを知ってしまった、としていた。

しかし、私が指定した場所へ向かうまでもなく、案内役のライサはハヤトと合流さえできなかった――」

コレツキイ中佐はそう言うと、抱えていたブリーフケースからノートパソコンを取り出して紗羅に手渡した。

「彼の失踪のあと、ライサは我々が保護していた」

「まさか、本当に隼人の所在不明の原因を知らないと?」

息が詰まる思いで紗羅は訊いた。

「我々も昔からの〝長い手〟をフルに使って内務省、警察署、民警、税関に送り込んでいる私個人の秘密工作員を稼働させた。あなたをはじめとする日本総領事館の全員を監視下に置いたし、盗聴も躊躇わずに行った。だが正直言って十分ではなかった。なにより我々は今、このチェチェンゲリラの脅威に対処しなければならなかったからだ」

この説明にしても到底受け入れることはできない、と紗羅は思った。

「ただ、ここには――」コレツキイ中佐は紗羅が抱えるノートパソコンをこづいた。「総領事館の監視記録と、我々の専門チームによる分析結果を一つのフォルダにして、デスクトップに貼り付けてある。ファイルの名前は〈シリブロ・リッサ〉。役に立つものと信じる」

操縦席から声が聞こえた。太平洋艦隊本部ビルにほど近い中央広場に接近したという。現在は、太平洋艦隊本部ビルとその半径五十メートルが軍によって封鎖されているので、同行はここが限界だという。

後部ハッチを押し開いたコレツキイ中佐は紗羅に言った。

「ハヤトが早く見つかることを祈っている、サラ」

装甲車が、霧の先にぼんやりと見える検問所の武装兵士たちの中へ吸い込まれていくのを見送りながら、一人アスファルトに立った紗羅はふと辺りを見回した。

外はぼんやりと明るい。霧はそれほどでもないが、遠くまでの視界はない。本来なら目の前に見えるであろう、そびえ立つ太平洋艦隊本部ビルさえ見えなかった。

海辺で足を止めると、銀色の絨毯のような霧がゆったりと海面を流れていくのが見えた。

突然、耳をつんざく爆音が頭に叩きつけられた。紗羅は空を見上げた。厚い霧が渦を巻いていて何も見えない。だが回転翼とジェットエンジンの音は続いている。いつまでも途切れないような気がした。その不気味な感覚に、紗羅は思わず両手で体を抱きかかえた。

ズベズダでの異常事態は、コレツキイ中佐が対テロ対抗措置の作戦変更を具申する三時間も前に発生していた。

ナホトカ港を出港した大型貨物船オレクマ号は、北朝鮮の季節労働者約八百人を乗せ、約百十三マイル（約百八十キロ）離れたウラジオストクの港へと針路をとった。

オレクマ号はそもそも、香港の東栄海運会社が、ウクライナのオデッサ市で数年間動いていなかった黒海船舶会社が所有していた船を買ったもので、新たに、シベリアを流れる川の名をとってオレクマと命名された。その後、一旦、シンガポールの造船所に運ばれ、フェリーボート名目での改造を依頼。それから半年後、改造されたパナマ船籍の排水量一万二千トンとして生まれ変わり、ナホトカの船舶会社がしばらくは運用していた。

だが、一ヶ月前、在ナホトカ北朝鮮総領事館の商務官が、その船舶会社と、北朝鮮の季節労働者のナホトカからウォンサンへの里帰り便としてオレクマ号をチャーターする契約を結んでいたのだった。ゆえに書類はすべて整っていたので、ナホトカの国境警備隊や税関が不審に思うことはなかった。出国の手続きはスムーズに終わり、オレクマ号は予定の時刻に出港することができた。

オレクマ号が公海上に出た直後、船内は一気に騒然となった。北朝鮮の季節労働者——少なくともロシア当局にはそういう文書を提出していた——が貨物室（トリム）の甲板を、人海戦術ですべて解体する作業を開始した。季節労働者に紛れていた朝鮮労働党特務部隊のチェン・ヴォンソク大佐は、船橋（ブリッジ）にてロシア人の船長を銃で脅迫し、思い通りに航行させるのが任務だった。

オレクマ号で甲板の作業が進んでいるのと同じ頃、ボリショイ・カーメニ市のズベズダ原子力潜水艦修理工場では、実業家オクリメンコの運転する観光バスが同市に入り、市役所管轄下のウラジオストク第三小学校に向かった。途中で、海軍服を着用したバガエフら十八名が同じバスに乗った。

海軍中佐と名乗る海軍服の男が小学校に入った。そして、すでに体育館に集まっている女性教師一名と、十五名の小学生とその保護者たちに向かって柔和に言った。

「昨日、カザンツェフ大佐が約束した通り、皆さんを、これから、ズベズダ原子力潜水艦修理工場の見学に案内しますね～」

旧ソ連やロシアでは、子供が両親の労働現場を見学する習慣があるため、こういう企画は抽選になるほど人気があった。つまり小学生の親たちは、ズベズダで潜水艦の解体や修理に携わる技術者がほとんどだったのだ。

モスクワからの調査団と称する海軍将校——それもまた同じ身分証明書と制服を着た十四名が、K-415の後部ハッチから乗船。発令室で待っていた副長およびカザンツェフ大佐と会い、そのまま発令室で会議が開かれた。

その三十分後、一旦、K-415を降りたカザンツェフ大佐は、部下に運転させたジープで工場の検問所に向かった。観光バスを出迎えたカザンツェフ大佐は、そこからバスに乗り込み、フリーパスで工場に入らせると、第一埠頭に向かわせた。

K-415の前で、バスを降りた第二陣の十九名と、小学校の教師や小学生たちは、ギャングウェイを使って前部ハッチから中に入った瞬間、先に入っていた将校十四名が銃を取り出して構え、K-415で寝泊まりしていた乗員を第四区画（通信施設区）に強制的に閉じ込めるのを目にした。何が起こったか分からず、怒声や悲鳴があがる混乱はあったが、それはごく小規模で終わった。工場で修理中あるいは停泊中の原子力潜水艦では武器を携行しない海軍規則があるため、乗員たちはまったく無抵抗のまま第四区画に閉じ込められたのである。

前部ハッチから乗り込んできた自称、海軍将校たちは、発令所にある、ダイビングオフィサーの席や、ナビゲーションエリアなど、それぞれあらかじめ決められた位置についた。

第一段階を終えたことを確認したカザンツェフ大佐は、艦内交話マイクを使い、司令塔の上にいたK-415の副長に指示を出し、原子炉点検作業を行うので、第一埠頭から第七埠頭に移動するために工場の曳航船二隻を呼ぶように命じた。

一時間後、工場の曳航船二隻がK-415の曳航を開始。港の一番奥まったところにある第七埠頭に向かおうとしたが、カザンツェフ大佐の命令で司令塔の上にいる副長が曳航船一隻を原子力潜水艦に近づけるよう指令した。

三十分後、K-415の副長を含む乗員三十二名が曳航船一隻に乗り移った。各々の乗員が司令塔の中にあるハッチを出ると、何らかの薬物が入った注射を打たれ、動けなくなったり、話せなくなったりした。

さらに三十分後、K-415は、ズベズダ原子力潜水艦修理工場の港から静かに出港した。

港の出口にある小さな灯台が乗っかった岬――、その灯台の傍らにある二階建ての建物、その太平洋艦隊の通信所の所員は、立ち籠めた霧の中から、突然、ぬうっと目の前に出現した巨大な黒い鉄の塊に驚いて、思わず声をあげた。

所員は最初、それが何か分からず、アメリカ映画のGODZILLAを思い出した。

目を凝らすと司令塔が判別できたので、やっと潜水艦であると分かったが、ただ、水上航海中の原子力潜水艦らしき船舶、その程度の認識しかできなかった。なぜなら、この日もまた霧が酷くて視界が悪く、微かに見えた司令塔にペナントナンバーが書かれていなかったからだ。

胸騒ぎを覚えた所員は、その〝原子力潜水艦らしき船舶〟へコールした。返事はなかった。所員から報告を受けた海軍少尉の所長は、ゆったりと海面を滑るように進む黒い巨体を怪訝な表情ながらも、ただ呆然と見送った。コールに反応しない船舶など一度もなかったからで、目の前の光景に我が目を疑ったのだった。

湾を出ようとする時になって、所長は事態を初めて認識した。太平洋艦隊司令部が毎日配布している出入港令を慌てて調べた。この時刻に、原子力潜水艦の出港に関する情報はまったくない。所長の手の震えが収まらなくなった。

所長はもう一度、震える手で、〝原子力潜水艦らしき船舶〟に呼びかけた。だがやはり返事はなかった。

太平洋艦隊司令部とのホットラインを急いで摑んだ所長は逡巡した。なによりも司令部へ誤った報告をすると、報告の遅れよりもそのことで厳しい処分が下る例をこれまで嫌というほどに見てきた。所長は、ゆっくり受話器を戻した。

通信所の所長が、太平洋艦隊司令部宛に報告することを決意したのは、第七埠頭で何人もの乗員が倒れているとの情報を得てからで、しかも昼食時間を避けたので、〝原子力潜水艦らしき船舶〟が出港してから三時間も経ってからだった。

太平洋艦隊作戦局の当直は、第一報を受信してから、何らかの調査を必死に行ったというタイミングを計算して二十分の時間を置いてから、作戦局長に、〝原子力潜水艦らしき船舶〟が連絡なしに出港したとの報告を行った。

作戦局長はさらに十五分の間合いをとってから、参謀長に報告。さらに参謀長が五分後に、太平洋艦隊司令官セルバコフ海軍大将に報告したことで、大騒ぎになった。だが、セルバコフ海軍大将はやるべき選択肢がほとんどないことを自覚した。参謀長に指令したのは二つだけだった。〝原子力潜水艦らしき船舶〟との連絡を早急に実施すること、もう一つは、その〝原子力潜水艦らしき船舶〟とは、いったいなんであるかを至急確認せよ、という指令だった。

原子力潜水艦は、すでに船体を全没させる工程を終え、深度六十メートルを推進していた。女性教師一名と十五名の小学生たちは第二区画の士官室に集合させられ、ダゲスタン人十八名が銃を構えて監視していた。また、バガエフの部下のロシア人十四名が原子炉、発電機、ダメージコントロール室、舵機室などで操縦をしていた。原子力潜水艦を操縦するためには、十四名が必要最小単位であることを、かつてデルタIII型戦略原子力潜水艦の艦長を務めていたバガエフは知り抜いていた。バガエフは発令所で艦長と航海士の任務をこなし、カザンツェフ大佐は通信室で信号を発信していた。

太平洋艦隊司令部を担当する軍事防諜局のクラスノフ大佐が、太平洋艦隊軍事防諜局長のラジノフ少将宛に、〝原子力潜水艦らしき船舶〟が許可なしで出港した、と報告した。それとほぼ同じ頃、ラジノフ少将宛に、コレツキイ中佐からの極秘扱いの至急電報が届いた。

コレツキイ中佐からの電報を読んだラジノフ少将の顔面が蒼白になった。この数日、大騒ぎした一連の結末が、今すべて間違いだったと分かったのである。駆けつけてきた参謀たちの前で、ラジノフ少将は叫んだ。

「チェチェンゲリラのターゲットは、原子力潜水艦基地破壊や核兵器奪取ではなく、原子力潜水艦ジャックだ！」

ボリショイ・カーメニ市の保安部は、ラジノフ少将の副官宛に暗号通信電話で緊急通報を行った。それが原子力潜水艦に関する緊急事態の初動対処マニュアルの冒頭に書かれていたからである。

保安部の当直は、

「病院に搬送中の乗員たちの供述によると、海軍服を着用した未確認の犯人四十名以上が、原子力潜水艦をジャックした。現時点では、本来の乗員たちはほとんどすべて病院へ搬送されたが、未確認の薬剤のために、処置が遅れ、意識不明の乗員も発生」

と興奮して説明した。

その通報を受けて、太平洋艦隊司令官セルバコフ大将と軍事防諜局長ラジノフ少将はそれぞれ大勢の幕僚を引き連れ、急いで司令部中央発令室にて顔を合わせ、対策方針の緊急作成に没頭した。しかし二人を最も悩ませたのは、犯人はいったい誰で、なんのためにジャックしたのか、ということだった。

そこに、モスクワのFSB本部軍事防諜局次長のマルトフ中将から秘話装置を使った緊急電話が入った。マルトフ中将は、直接、セルバコフ海軍大将と話をし、

「今回の事態について、犯人の人定を含むインテリジェンス面を完全に掌握している、FSB沿海州支局対外情報課長、コレツキイ中佐を緊急に差し向けることをお許しください。かつてない重大緊急事態に直面しておられます司令官のお役に必ず立てると確信しておりま

す」

と力説した。

セルバコフ海軍大将が、万事了解する、と語気強く言った直後、司令部中央発令室の重厚な木製ドアにノックが響いた。

セルバコフ大将の副官に引率されて入ってきた制服姿の男は、冷静な表情で、

「コレツキイ中佐、只今、到着いたしました」

と言って直立不動で敬礼した。


半年前まで国際テロ対策課長だった、国際テロ情報収集「ユニット」機関長、真行寺警視監は、官用車で永田町にある政府庁舎の裏口に着くと、IDカードで防弾ドアをくぐり抜け、曲がりくねった通路を足早に進んでエレベータに乗った。官邸四階でエレベータを降り、その右手の、木製ドアの横にあるセキュリティボックスでIDカードを使い、両脇に部屋が並ぶ狭い通路を急いだ。右手の内閣危機管理監室と左手の給湯室を通り越し、五階に上がる秘密の階段の、すぐ手前の右手にあるドアを開けた。

部屋には、陸上自衛隊の指揮通信システム・情報部国際2課からの出向者である片桐2佐が待っていた。

「で、雪村副領事の消息はまだ？」

真行寺が神妙な表情で訊いた。

「ええ、まだ何も――」

片桐が答えた。

しばらく考える風にしていた真行寺が口を開いた。

「冴島はどうした？」

「彼は、ウラジオストクに入り、雪村紗羅と接触後、ロシア側とも接触しました」

片桐の報告を聞きながら、真行寺は座った。

「ロシア側の反応はどうです？」

真行寺が訊いた。

「安全な通信がまだ確保できていませんので不明です」

片桐が神妙に答えた。

「〝ユニット〟のインフラ整備は喫緊の事項です」

真行寺はそう言ってため息をついた。

「しかも、常日頃次席が、晩飯を食おうと仰っていて。一度、総領事館に行ってしまえば、断りきれないとして、冴島さんは足を向けることを避けています」

仕方がないという風に頷いた真行寺は、片桐2佐を振り向いた。

「しかし、ここまできたのだから、なんとかオペレーションを完遂したい」

そう言った真行寺は、二日前のことを思い出した。

真行寺は、緊張した面持ちの片桐2佐を見つめながら着席した。

「今朝、警察庁外事課に至急のクレジットで届きました、経済産業省の安全保障貿易審査課からの、日本の西園商事とロシア国防省中央資源管理局との鉄スクラップ売買契約書と関係資料のコピーです」

真行寺は、コピーの束を片桐2佐に渡した。

「ご存じの通り、鉄スクラップの取引については、いわゆるバーゼル条約、正式には〝有害廃棄物の国境を越える移動及びその処分の規制に関するバーゼル条約〟に規定する廃棄物に該当する場合は経済産業大臣の輸出承認、環境大臣の確認または許可が必要となります。今回、アメリカ政府機関からの通報により、安全保障貿易審査課が、西園商事に対して、説明と書類を求めたわけですが、しかし、今回の件は、それには該当せず、テロリストグループ等、非国家主体による、地域の安定を損なう恐れのある兵器などの入手を防止することを目的とする国際的輸出管理体制であるところの、ワッセナーアレンジメントの合意を反映した外為法の規制での話であります――」真行寺は手持ち資料を捲った。「お手にされている資料の十二ページをお開きください。今回、安全保障貿易審査課が通報してきた理由はそこにあります。売買契約書に添付されたＨＳ品目コード、鉄スクラップを意味するＦＧの記号に、ダッシュが十二個も付いています。これは、鉄スクラップの種類を細かく分類し、その数がそのまま、ダッシュで表現されていますが、ここにあるのは、結論から言って、ＮＡＴＯで指定されています軍用に使用されるコードと一致しています。つまり、取引されるのは、弾道ミサイル搭載潜水艦のＳＬＢＭ、すなわち水中発射型弾道ミサイルの発射台に使用されている特殊な鋼材です」

そこから先は、一部、真行寺は省略した。つまり、それを突き止めた警察庁外事課は、中央省庁の安全保障関連不正輸出防止ネットワークには乗せず、直ちに国際テロ情報収集ユニットに緊急通報した。海外での極秘の情報収集活動とオペレーションを指揮する情報企画班は、組織管理上だけデスクがある外務省ラインには、いつもの通り情報を一切乗せることはせず、内閣総理大臣と内閣官房長官だけに報告した。

「ＳＬＢＭ発射台？」

驚きの声をあげたのは、片桐２佐だった。

「しかし、所詮はスクラップ、つまり屑（くず）だ」

真行寺が言った。

「たとえスクラップであっても、専門知識と技術があれば、ＳＬＢＭ発射台を〝再生〟できるはずです。しかも、この資料を見る限りですが、まるで復活を想定したような断定ぶりです」

片桐２佐が平然と言った。

「つまり、北朝鮮は、潜水艦から核ミサイルを発射するために、これを鉄スクラップと偽装して購入しようとしている、その可能性がある、そういうことですか？」

真行寺はそう言って片桐２佐を見つめた。

「間違いないと思います」

それにもまた片桐２佐は無表情で答えた。

一気に緊迫した協議で注目されたのは、当然、そのＳＬＢＭ発射台をどこに使うのか、という点だった。

「北朝鮮は、ＳＬＢＭ発射台が外されたゴルフ級戦略ミサイルディーゼル潜水艦をロシアからすでに購入しており、そのためではありませんか？」

世界各地の紛争地域で非公認活動を長らく続けてきた片桐２佐が真行寺を見つめた。

「私も最初、そう思ったんですが――」と片桐２佐はひと息ついてさらに続けた。「取引されようとしているこのスクラップがもし本当にＳＬＢＭ発射台で、ここに書かれた形状を示す数値が正しいとすれば、ゴルフ級の潜水艦とはサイズがまったく合いません。もっと大きなもの、恐らく、国防省の中央資源管理局がらみなので、退役した原子力潜水艦のＳＬＢＭ発射台、それが最も妥当な判断である、私はそう思います」

「原子力潜水艦……」

真行寺は、そう呟いて、深刻な表情で書類を忙しく捲った。

「北朝鮮は、原子力潜水艦を保有していない。それは事実です。ならば――」三俣（みまた）2佐が首を傾げて続ける。「――ロシアから買うか？」

「それはあり得ないと思う」真行寺が頭を振った。「これまでロシアは北朝鮮に様々な兵器を売ってきましたが、通常兵器だけで戦略兵器は売っていない。それはソ連時代から変わらぬ国家戦略だ」

「しかし、単なる鉄資源として購入するには量が少なすぎます――」

片桐が腕組みをしながら言った。

「ただ、国防省が絡んでいるから公式な取引で、危ない物は売らないはずだが――」

真行寺の言葉に片桐が首をひねった。

「いや、それはどうでしょうか。未だに汚職の国です、ロシアは。特に、この中央資源管理局とは、大軍縮のもとで大量に退役、廃棄になった艦艇、戦車、装甲車、装備それに弾薬などの海外セールスを担当する部門ゆえ、それこそ汚職の巣でしょう」

　在モスクワ日本大使館に1等書記官としての勤務経験もある羽根木が言った。

　答えを出せなかった情報企画班は、真行寺のひと言で、参加者の賛同を得た。

　海外でオペレーションを行うことを決定したのである。

　真行寺は、一人感慨に耽(ふけ)った。マスコミ的には、国際テロ情報収集ユニットはあくまでも外務省の国際情報統括官室のもとにあって、国際テロ情報を集める機関と説明されているが、それはカモフラージュだった。管理編成上は、外務本省にデスクがあるが、それは形だけで、外務省という大きな組織を隠れ蓑(みの)とし、海外において極秘に情報収集活動とオペレーションを同時に行う、内閣総理大臣の直轄部隊として誕生した——それが実態だ。現在、関係省庁の幹部クラスが出向している形だが、将来的には、総理直轄の独立した対外情報庁の設置を目指している。

　ゆえにそもそも、海外でオペレーションを行うために国際テロ情報収集ユニットは発足したのであるから、意思決定は早かった。しかもオペレーションには、協力(コーポレーション)が必要である。つまりギブアンドテイクの世界だ。よって今回はそれができる、と全員が判断したのである。

　真行寺は、国際テロ情報収集ユニットの指揮官である警察庁外事情報部長と、警察庁警備局長の二人の許可を得た上で、すぐさま、警察庁外事課1係に出向中の長崎県警警備部の警部を警察庁の会議室に呼び出し、モスクワへのクーリエの任務を伝達。モスクワでは、在モスクワ日本大使館1等書記官で、警察庁派遣の冴島と秘匿接触し、状況を説明するとともに、FSB本部の渉外担当者に共同調査を持ちかけろ、との極秘の指示文書を預けたのだった。

「あらためて確認するが、在ウラジオストク日本総領事館の協力者は――」

と片桐が口にしたことで現実に戻った真行寺の顔がより一層、暗くなった。

真行寺は、片桐が何を言おうとしているかが分かった。

「総理も、非常に心配しておられる」真行寺は苦悶に満ちた表情でそう言うと、さらに続けた。

「だが、我々にこそ反省すべき点がある。創設されてまだ二年。後方支援や通信の安全さえままならないなど課題が多すぎる。だから、ワークはまだ早すぎた。にもかかわらず、ワークというレベルを越えて、オペレーションを推し進めてしまった――」

「しかし、あの〝作戦〟のすべては、いち早く、内閣官房の〝印籠〟を振りかざして、ウラジオストクに乗り込み、雪村副領事のすべてのパソコンを回収したので露見していません」

片桐が静かに言った。

「つまり継続されると――。誰が引き継ぐ？」

真行寺が訊いた。

「おわかりかと――」

ピョートル大帝湾沖の定期連絡海域で、GPSによってすべての水上艦船の航行を管理している沿海州航海安全指揮センターと、オレクマ号はコンタクトをとった。ロシア太平洋艦隊とは指揮系統が違うので、ここへは警報は届いていなかった。

オレクマ号は、エンジンの小さなトラブルがあり、速力を十五ノットから十ノットに落として、北緯42度2分2秒、東経132度14分5秒に接近することを通報した。

太平洋艦隊司令官セルバコフ大将と軍事防諜局長ラジノフ少将は、海軍総司令部とFSB本部と協議の結果、ロシア政府関係閣僚会議と内閣官房が合同して、緊急国家対策本部を編成し、大統領権限による対処方針を作成するように上申した。さらに付け加えて、その対処方針においては、なにより情報保全が重要であるとも具申した。原子力潜水艦ジャックという事態は、国際的大スキャンダルになるに違いなく、本事案に関する情報の、妥協のない秘匿保全を徹底することが必要だと強調した。また同時に、アメリカ、中国、日本、韓国、北朝鮮と外交ルートおよび諜報機関のルートのそれぞれで極秘協議することが必要であり、その実行計画の作成を、大統領の決裁を経て行うべきであるとも提案した。

ドブリン大統領秘書室長は、セルバコフ海軍大将と秘匿電話で話しながら、背後にある部屋で、大統領が思わず口にした言葉がずっと頭から離れず、全身に鳥肌が立っていた。あの言葉を誰かにもし聞かれていたら政権は吹っ飛ぶだろう。いや、だろうではない、吹っ飛ぶのだ。

スメロフ大統領は、こう叫んでいた。

「子供よりも、原子力潜水艦の方が我が国にとっては大事だ。原子力潜水艦を早期に取り戻さないと、ロシアはもはや大国として生きていけなくなるぞ！」

ピョートル大帝湾の南東沖の、北緯42度2分2秒、東経１３２度14分5秒のピンポイントで、密やかなランデブーが行われた。

原子力潜水艦の突き出た司令塔部を、オレクマ号の船底に作られた大きな窪みに、慎重な作業によってすっぽり収めることに成功。さらに、北朝鮮の季節労働者を装ってオレクマ号で待機していた、ウォンサン潜航特務部隊の隊員のうち三十名が、チタン製の網を、原子力潜水艦のトリムおよび船底に巧みな技能で張り巡らせた。そして一時間半後、ドッキング作業は完全に終了した。

作業の途中でも航行をストップしなかったオレクマ号は、速力時速九ノットから十ノットで、ウォンサンへの航海を継続していた。オレクマ号は航海安全規則に基づいて、沿海州航海安全指揮センターとウォンサン港に、提報的に情報を送り続けることも怠らなかった。

だがその一方では、ウォンサン港湾事務所の幹部は、オレクマ号の位置や航海時間を労働党諜報機関の海上連絡所に秘匿電話で伝えた。

ウォンサン海軍基地通信ステーションが日本海や対馬海峡を航行している北朝鮮漁船に、暗号電報を送った。なぜなら、二週間前より、ウォンサンやチョンジン（清津）を出港した漁船に偽装した、海上連絡所の諜報船数隻が、ピョンヤン計測器製造工場で製造された原子力潜水艦そっくりの音響を発信するシミュレーターを、日本海の南方の海底に秘匿敷設する作戦を行っていたからである。ウォンサン海軍基地通信ステーションからのその暗号電報は、それらの船に、作戦完了の指示を送るためであった。

セルバコフ海軍大将の権限で、二隻の大型対潜艦、四隻のミサイル搭載駆逐艦、三隻のヘリコプター搭載艦、そして五隻のミサイル艇R－261が、ウラジオストクの金角湾を霧の中、緊急出港し、それぞれが最大船速で朝鮮半島沖を目指した。

大型対潜艦を加えたのは、もし捜索対象の原子力潜水艦を発見したならば、特殊作戦部隊を送り込むことを想定したものだった。対潜艦は外部からハッチを開けることができて、部隊を送り込める、もしくは救出できる特殊潜航艇とデバイスを保有していた。

だが作戦実行においては、大統領命令によって行うことが対処方針に盛り込まれた。


大型対潜艦が霧が立ち籠める金角湾を横切っている頃、FSB沿海州支局の捜査部門と鑑識の合同チームが、カザンツェフ大佐の事務所とアパートをほぼ同時に急襲した。

捜索の結果、整頓された机の上に置かれた、一枚のメモが発見された。

手に取ったFSB要員たちは互いに顔を見合わせて驚愕した。

〈セルバコフ海軍大将閣下　もし原子力潜水艦を追跡していることを我々が探知したら、ウラジオストク第三小学校の児童十五人の安全は保証しない。我々の目的地は、中近東である。以上〉

メモはその場で鑑識員が持ってきたスキャナーで読み取られ、タブレット端末によって、太平洋艦隊司令部の中央発令室へ緊急通信された。

二隻の大型対潜艦がオレクマ号から五海里離れてすれ違った。

その時、カザンツェフ大佐は、オレクマ号のブリッジから、縦列隊形で航行する二隻の動きを、八倍双眼鏡で見守っていた。しかしこちらに針路を向ける気配はなかった。

そこから通路を隔てた船長室では、武装したカフカス人三名が預かった現金五千万ドルを、七名が原子力潜水艦から階下の船員室に移動させた人質の子供を監視していた。

ロシア人の退役将校は「原子力潜水艦が無事ドッキングした。子供が原子力潜水艦の内部にいるのは無理で船に移動させた方がよい」と要求した。バガエフは最初、この移動に反対したが、退役将校が原子力潜水艦の操縦を止めると言いだすことを心配して、結局それを認めた。

原子力潜水艦の通信室で当直将校は、大型対潜艦二隻がソナーによって探知を積極的に実施していることを確認した。

装甲車を降ろされた中央広場から、金角湾と太平洋艦隊司令部ビルを右手に見ながら、巨大な黄金橋へと東にまっすぐ延びるスヴェトランスカヤ通りを走る紗羅は、何度も腕時計を気にした。ウラジオストクで最も大きなグム百貨店の先を左に曲がった時、真正面にホテル・ヒュンダイを見据えた。距離にすれば近いし、しかもこの辺りはすっかり慣れている場所でもあったが、またしても立ち籠めてきた霧のお陰で足元がおぼつかず時間がかかった。

ホテル・ヒュンダイのエントランスホールに足を踏み入れた時には、この寒さでたくさん着込んでいるものだから汗だくとなっていた。二人の天使が踊る金色の置時計は、約束まであと二分、という時刻を示していた。

ロシア人は、細かいことに拘らない、おおらかなところがあり、時間に関しては日本人のように厳格ではない。ただ、政財界のトップクラスともなると、逆に神経質で時間にもうるさいところがある。

紗羅の予想通り、緑川が予約してくれていた多目的部屋のドアを開けると、すでに会うべき相手はすべて顔を揃えていた。沿海州知事の秘書官、沿海州議会の重鎮たち、沿海州政府の幹部たち、解体業者であるオラリダ社の代表たち、労働組合の役員たち、そしてそれぞれの夫人――。だが、やはりズベズダ原子力潜水艦修理工場のソスベコフ所長と、海軍服に身を包んだ者はいなかった。

それにしても――紗羅はため息が出そうだった。

頼んでもいないウイスキーグラスを片手に、誰もが立ったまま、お喋りに夢中だった。片手に皿を乗せたボーイが、赤白のワイングラスとウイスキーグラスを顔の前に勧めてきたので、紗羅は、これ誰が払うの？　と思いながらも、どうせ明日でいなくなるのだから、請求書は総領事館に放り投げればいい、と思うと自然に白ワインへ手が伸びた。

だが、時間を過ぎても、全員が談笑を続けるばかりである。プレスが利いた純白のクロスが掛けられたテーブルの前に座る者は誰もいなかった。早く祝賀レセプションの取り決め事項の確認を行わないと、これでは全員が酔っ払ってしまうと焦り始めた。

紗羅は、笑顔を無理矢理に作り、一人一人挨拶して回った。誰からも、ご主人のお加減は？という言葉に始まる慰めの表情を投げかけられたが、紗羅の心はそこになかった。

紗羅は、腕時計へ何気なく目を向けた。今頃ちょうど、ズベズダで起きようとしていること、もしくは起きていること、そして、ずっと考えている、隼人はいったいどこに消えたのか、ということで頭がいっぱいだった。

そしてさらに、コレツキイ中佐が〝返却〟してくれたノートパソコンのデスクトップのフォルダの中にあった、膨大な動画ファイルも脳裏に浮かべていた。

そこには、すべてが刻み込まれていた。隠されていたもの、謎だったこと、嘘だったことがすべて明らかになっていたのである。

しかし、最も重要なことは含まれていなかった。

隼人の消息に繋がるものは、一度ざっと見ただけだが、含まれていなかったように思える。

しかし、外交官としての任務は完璧を期したい、と紗羅は思っていた。そうでもしなければ、自分を見失うと感じていたからだ。

「今日のミーティングは無意味ですね」

その声にだけは、紗羅はすぐに反応した。今回、最も頼りにし、また尽力を得た、沿海州知事の秘書官、ブクレーエフが笑顔で立っていた。彼がいたからこそ、延期になったミーティングをこんなに早く実現できたのである。彼が支える知事は、沿海州の重工業や軍需産業を全面的に支配していた。ブクレーエフはそんな知事をよくコントロールしていたのである。

しかし、彼のお陰で、せっかくミーティングの開催にこぎ着けたというのに、今、ここの雰囲気は、彼が言うように、まったく無意味なように思えてきた。

「確かに」

紗羅は苦笑しながら部屋を見渡した。

「私が言っているのは、ミーティングをわざわざ開かなくとも、祝賀レセプションは予定通り行うとの合意がすでに皆さんの間でなされている、そのことです」

紗羅は必死に満面の笑みをたたえ、足を踏ん張った。全身の力が抜けて、この場にへたり込みそうだった。

――それならなぜ、もっと早く……。だったら、隼人を捜すことにもっと時間をかけられたものを……。

「それにしても、あなたの黒髪は素晴らしい。いつまでウラジオストクに？　明日？　それは残念。次回は夕食をぜひとも」

スマートフォンの振動に気づいたのは、オラリダ社の社長からも、黒髪を褒められて、二次会に誘われている時だった。

そのタイミングを喜んだ紗羅は、オラリダ社の社長に詫びてから、部屋を出て、エントランスホールへと足を向けた。

ディスプレイに表示されたのは、覚えのない、ウラジオストクで使われている携帯電話らしき番号だった。

聞こえたのはロシア語を口にするコレツキイ中佐の声だった。

どうしてこの番号を？　と言うのはさすがに止めた。

「いきなりで申し訳ないが、極めて実務的な話があり電話した。今、話せるか？」

その緊迫した声に、隼人のことか、と真っ先に思った。

「もちろん、どうぞ」

紗羅の心は高鳴った。

しかし、話はそのことではなかった。

「私は、今、太平洋艦隊司令官セルバコフ海軍大将ならびにFSB沿海州支局長のモロゾフ少将の命令のもと、電話をしている。要件は一点。太平洋艦隊の退役した原子力潜水艦一隻が、テロリストにより乗っ取られ、日本海方面へ向かっている。我が方の対処部隊である太平洋艦隊の特殊部隊と水上部隊が、吹雪と深い霧でルースキー島からまだ出発できていない。モスクワからもすでにアルファ部隊が推進中だが、七、八時間かかる。しかし、事態はさらに最悪の方へ向かっている。よって、海上自衛隊の支援を打診したい。ただ、私自身、こんなことが可能かどうか、非現実的なことだと思っている。思ってはいるが、二〇〇五年八月の事例を思い出した。カムチャツカ半島沖で事故を起こした太平洋艦隊所属の小型潜水艇に対し、当時のフョードロフ太平洋艦隊司令官は、極東国立総合大学の、一人の准教授の仲介で、日本の中島自衛艦隊司令官に直接、電話をかけて支援要請をされ、その結果、海上自衛隊の潜水艦救難艦の派遣に至った。その経験を今回も生かして頂きたい。しかし信頼すべきルートがない」

紗羅は、総領事館の総領事や奈良岡の顔を脳裏に浮かべたが、すぐに消し去った。

「かつて我々には、ハヤト・ユキムラという信頼すべき友人がいた。しかし、今はいない。貴重なラインが今、ない。しかしハヤトのラインが、唯一ある。それは、ミセス・サラ、あなただ。ハヤトの強い意志を、サラ、あなたが継続して欲しい」

紗羅はまったく困惑し、口を開けたまま呼吸もできなかった。

そんな、いくら私が外交官だからといって、こんな安全保障上の修羅場で、国家間の仲介などできるはずもない――。

しかも、自衛隊から出向中の非核化協力支援班長ならこう言うだろう、という言葉も頭に浮かんだ。

——奴らは絶対、緊張事態における日本の国家意思決定システムをシミュレートしたいだけです！　すべて嘘です！　だから協力したらダメだ！

しかし、コレツキイ中佐が言う通り、マジな重大緊急事態であれば、一国の話では済まないはずだ。国際的緊急事態に違いない。

しかし、問題はそこではない、と紗羅は思った。

国家間の、いわば、切った張ったの、命をやりとりするような、そんな大それたことの取り次ぎを、この私が、夫の所在が分からずにメソメソしているこんな私に——できるわけない！

「サラ、これだけは聞いてくれ」コレツキイ中佐が押し殺した声で言った。「私たちは、全世界の親と同じく、子供たちを一番の宝としている——」

紗羅は息を止めた。

これは、暗号に近いものだ、とさすがの紗羅にも分かった。

——なら、なんの暗号？　どういう意味なの？　コレツキイ中佐の話が事実ならば、奪われた原子力潜水艦は北朝鮮へ向かっている。ロシア太平洋艦隊は総力を挙げて、原子力潜水艦を追跡しているはずだ。しかし、最強、最精鋭の太平洋艦隊は、必ずや、北朝鮮の領海に入る前に、原子力潜水艦を探知し、そしてあらゆる武器をぶち込んで破壊するはずである。奪った犯人たちもそれが分からないはずはない。まったく無謀に奪ったわけじゃないはずだ。だから、対抗措置をとっているはずだ。

その時、コレツキイ中佐が言った言葉が脳裏に蘇った。

〝事態はさらに最悪の方へ向かっている〟

追跡し、破壊するだけなら、そんな言葉を使うはずはない……。

そうか、と紗羅は想像した。

恐らく、犯人たちは人質をとって原子力潜水艦に乗せたのだ。

なら最強の太平洋艦隊とて、簡単に手を出せない。

しかも、もし、その人質が――。しかも、その数は二、三人というのではなく、太平洋艦隊首脳部が困惑するほどの――。

その時だった。隼人の言葉がなぜか脳裏に浮かんだ。

〝暇な部署ではさ、正義感は上手く転がしてさ。んでも、本ちゃんの部署なら、正義感って案外命懸けかも――〟

隼人がこれまで、何をやってきたのか、今初めて理解した。私には何も言わなかったが

――当然、言えなかったと思う――彼は……。

紗羅は腹を括った。

それができた理由は、隼人を信じているから、それだけだった。

そうすることが、隼人が求めた正義に繋がる――それに賭けた。

一旦決断すると、もう怖いものはなかった。私なんかが大それたこと、という思いは消し飛んだ。

それより、今、それができるのは私しかいない、という強い使命感を持った。

紗羅は、スマートフォンに戻った。

「私には子供はいません。でも、分かります。なにより、子供が最優先であることを！　だから、そのことは、今、私にしかできません！」

最後は声を張り上げていた。

紗羅は、もう一度、ミーティング用に用意した部屋に急いで戻った。

誰の表情も一変していた。さっきまでの明るい歓談の光景は消え失せていた。驚きの表情で携帯電話を握りしめ、または額に手をやって深刻な表情で話をし、あるいは紗羅を押し退けてエントランスホールへ駆けだしている。そして紗羅の耳には、嘘だろ！　ズベズダで？　封鎖？　潜水艦が？　無断で出港？　という言葉が聞こえた。そのうち、一人また一人と部屋から急いで出ていった。

　彼らの表情からもはやビュッフェディナーの対応は必要ないことを確認した紗羅は、エントランスホールを抜けて、他の者たちと同じように玄関から飛び出した。凍り付く寒さで全身の筋肉が固まったが、必死にスマートフォンを操作した。

　かけた先はパラノフという、隼人が残したメッセージの中にあった、あの男だった。なぜそうしたのか、紗羅は自分でもわからなかった。隼人の気持ちが自分を突き動かしている――紗羅はそう思った。コレツキイ中佐の申し出を一気に話した。

「わかった」

　パラノフは、ただそのひと言だけを口にした。


　コレツキイ中佐からの要請は、凍ったアムール湾を望む埠頭まで自力で来て欲しい、という無茶なものだった。

　ルースキー島からウラジオストクの市街地のホテル・ヒュンダイまで車で迎えに行って、さらにそこからルースキー島を目指すと、相当な距離を遠回りしなければならず、その時間がないので、アビトトランス港まで自力で来て欲しいということだった。

　コレツキイ中佐と代わった副官の説明によれば、日本総領事館があるヴェルフネポルトヴアヤ通りをひたすら西へ向かうと、その港はある。厳重警戒のタグボートがお待ちしておりますので、それにお乗りください、という。

冴島が運転するジルはホテル・ヒュンダイの敷地を出ると、まず金角湾の方へまっすぐ南下し、グム百貨店も通りすぎた。その先にある太平洋艦隊司令部ビルへは向かわず、その前を右折し、ヴェルフネポルトヴァヤ通りへと流れ込んだ。

右側に見えてきた〝お菓子の家〟のビル——日本総領事館の前で、紗羅は、停めてくれるよう冴島に言った。

総領事館に駆け込んだ紗羅は、通路を歩いていたエリザベータと緑川が驚くのに構わず、その脇を通り過ぎ、隼人の執務室に飛び込んだ。そして、隼人が集めたすべての書類を銀色のアタッシェケースに入れ、電信官室へ急いだ。

「外交行嚢（パウチ）でお願いします！」

毛利は何も訊こうとはせず、アタッシェケースのロック部分に、日本国の桐の紋章と日本国と書かれたプラスチック製のタグをパチッとはめて厳封した。これを開けるためには、タグを破壊しなければならない。外交行嚢（パウチ）とは、開封されないことを約束に、在外公館が本国に送る郵袋（ゆうたい）である。形式はなく、封筒一枚からトラック一台までも外交行嚢（パウチ）として扱われる国際条約で約束されたシステムだ。

「明日の成田行きの便は、日本航空なの。だから、機長預かりでお願いします。ＪＡＬと外務本省には私が連絡しておきます」

総領事館を飛び出した紗羅を再び乗せたジルは、左手にシベリア鉄道を見て走り、さらにその向こうに広がる金角湾に沿って、ひたすら西へ向かった。

視界の悪い急なカーブを曲がった時だった。

冴島は慌ててブレーキを踏み込んだ。

二人の視線の向こうに、故障しているのか、〈八戸教育委員会〉というロゴが入ったままのステーションワゴンが、ボンネットを開けて横向きに停まっていた。

紗羅は車の中にも、周りにも誰一人いないことに気づいた。

「伏せろ！」

冴島の叫び声の直後、右の路地から黒いワンボックスカーが、ジルの右側のボディに突っ込んできて激突した。その勢いで撥ね飛ばされたジルは、シベリア鉄道のフェンスに叩きつけられた。衝撃で、エアバッグが膨らんだ。それでも助手席の紗羅は、左手をしこたまドアにぶつけ、粉々に割れた窓ガラスの破片が頭から降り注いだ。しかし、冴島が左へ急発進してくれたので、負傷はそれだけで済んだ。

だが問題はそれからだった。ワンボックスカーから黒い目出し帽を被った三人の男たちが一斉に飛び出した。うち一人の男が助手席に回り込んで紗羅を引き摺り出すと、髪を摑んだままワンボックスカーへと連れてゆき、車内に乱暴に放り込んだ。その時、冴島がワンボックスカーに飛びかかってきた。だが、別の目出し帽の男が、小銃の銃把で冴島の後頭部を殴りつけた。冴島はそのままズルズルとアスファルトに崩れ落ちた。

男たちの言葉にカフカス地方の訛を聞き取った紗羅は、必死で逃げ出そうとして、男を突き飛ばした。だが男はびくともせず、足で蹴って紗羅を車内に突き入れた。男がスライド式のドアを急いで閉めようとした、その時、けたたましいサイレンの音を響かせ回転灯の青い光をまき散らす三台の黒い車両が、左右から猛スピードでやってきて、あっという間にワンボックスカーを至近距離で取り囲んだ。

後部ドアの陰に隠れた目出し帽の男が、黒い車両に向かって、小銃を三連射した。それが特務民警部隊が決めた武器使用規定（RUW）だった。黒い車両から素早く展開しながら黒ずくめで重厚なヘルメットを被った特務民警部隊員は、最初の男の鼻の上に、ＭＰ５Ｋの9ミリ弾を集弾させた。ワンボックスカーの中に逃げ込んで紗羅を盾にしようとした二番目の男に特務民警部隊はひるまなかった。車の中に飛び込んだ特務民警部隊員は、男が銃口を紗羅に向けるよりも先に飛びかかり、その口の中にＭＰ５Ｋの銃口を思いっきり突っ込むと同時に三連発モードを三度繰り返して、脳幹部を粉々にした。三番目の男は、勇敢にも車の前で応射したが、両足の脛を撃ち抜かれ、苦悶の声をあげながらアスファルトを転げ回った。

ワンボックスカーから救い出された紗羅は、特務民警部隊によって、黒い車両に乗せられた。ハッとした紗羅が、もう一人負傷者がいることを訴えたが、黒ずくめの男たちは何も応えず車をすぐに発進させ、現場を離脱した。

猛スピードでひたすら西へ走り、工場街を抜けた先に、指定されたアビトトランス港があった。

そこに戦闘服姿の十数名の兵士たちが待っており、緊張して辺りを警戒しながら、埠頭に接岸しているタグボートへ急いで案内された。

十分ほどの航行で、昼過ぎにコレツキイ中佐と会ったルースキー島へと再び渡った。ルースキー島の桟橋からは、さらに大勢の兵士の案内によって、武装した黒ずくめの男たちが守る二階建ての建物に到着した。

後部座席のドアが開けられると、紗羅はグレーの迷彩服を着た数人の兵士たちに機敏な動作で囲まれながら、目の前の二階建ての建物の中に足を踏み入れた。エレベータで、地下八階まで降りてドアが開いた時、そこにコレツキイ中佐が立っていた。

コレツキイ中佐は、厳しい表情で紗羅を迎え、無言のまま、曲がりくねった通路を先に立って誘導した。その間、通路の両側に立つ兵士たちは、露骨に怪訝な視線を浴びせかけた。

通路の先には、小銃を構える大勢の兵士たちの前に、日本で言えば、駅の自動改札機のような入出者管理用の遮断装置があった。コレツキイ中佐が身振りで指示すると、遮断装置が解かれ、紗羅はさらに奥へと誘われた。そして黒い制服姿の女性からボディチェックを受け、それが終わると恭しい挨拶を受けた。

最後に案内されたのは、背筋を伸ばした兵士たちが守る黒光りする鋼鉄のドアの前だった。

コレツキイ中佐は、兵士たちに敬礼したあと、ドアの脇にあるセキュリティボックスのセンサー部位にIDカードを滑らせた。鈍い機械音とともに重厚なドアが左右に開いた。

視線の先に、十人ほどの年配の男たちが座る円卓が見えた。その周りに立つ、大勢の軍服姿の将校たちの視線が一斉に紗羅に集まった。その視線はどれも厳しく、かつ不審さを隠さないものだった。さらに、その後ろから、ヘッドセットを被った将校たちが会話を中断して見つめ、携帯電話に手を当てて驚く戦闘服姿の男の横で、書類を抱えた将校の制服姿の女性が足を止めて睨みつけている。

そりゃそうだろう、と紗羅は思った。こんな大変な場所に日本人の女がいること自体、あり得ないことだ。しかも、ついさっきの襲撃で髪はぼさぼさ、シャツは一部が破れ、パンツは泥だらけである。

紗羅の目の前にレースの白いハンカチが差し出された。驚いた紗羅は立ち止まり振り返った。長い髪をシニョンにまとめた黒い海軍服が似合う女性将校が、鼻の下を拭うような仕草をしている。

手渡されたハンカチを鼻に当てると、べっとりと真っ赤な血で汚れた。

頭を下げて礼を言った紗羅は、膨大な数の好奇な視線を浴びていることを自覚しながら部屋を見渡した。壁には、ディスプレイが所狭しと並び、円卓では幾つもの卓上電話が鳴り響いていた。

紗羅は全身を緊張させながら、コレツキイ中佐の元へ急いだ。

コレツキイ中佐は、円卓の中央に座る、豊かな白髪の男の元へ紗羅を連れていった。

「ロシア太平洋艦隊司令官、セルバコフ閣下であります」

コレツキイ中佐が姿勢を正して紹介した。

立ち上がったセルバコフ海軍大将は、紗羅の瞳をじっと覗き込んだ。そのすぐ傍らと紗羅の背後には、極度に緊張していることが分かる憲兵風の兵士たち十名ほどが、ぴたりと張りついていた。

「サラ、それが君の名前らしいね」

セルバコフ大将が紗羅を見据えた。

「そう呼ばれております」

紗羅は緊張した声で応えた。

「外国人で、この戦時司令部中央発令室に入るのはあなたが初めてだ」

セルバコフ大将はそう言って紗羅に握手を求めた。

一度頭を下げてから握手を交わした紗羅は、周りの数十人の男女からの突き刺すような視線を感じながら、あまりの緊張に今にも倒れそうだった。

「だが、秘匿すべき新しい戦時司令部を作るため、大がかりに、引っ越ししなければならなくなった」

セルバコフ大将が真剣な表情のまま言った。

紗羅は、この状況を受け入れることができた。

意外にも、ホテル・ヒュンダイを出る時にはあった、怯えとか、恐怖という感覚はなかった。それどころか、激しい怒りがあった。襲撃してきた男たちは、今、紗羅がやろうとしているマターの範疇(はんちゅう)にあるはずだ。テロリストと戦う、その者たちのすべての敵である。だからそれは正義だ。紛れもない正義である。私は正義の任務を達成したい。ならば手段は選ばない。泣き寝入りは絶対に嫌だ。つまり、叩き潰してやる！

こんな気持ちになる自分が不思議ではあった。だが、自分の心の奥底からわき上がった怒りに忠実でありたい、と紗羅は思った。

「で、君にできることは何だ？」

大きく息を吸って、背筋を伸ばしてから紗羅は言った。

「東アジアの脅威を、ロシアと日本が共同して排除する、そのことです」

紗羅がすべてを語り尽くした。

セルバコフ海軍大将はしばらく考えた末、部下を急いで呼びつけた。その直後、肘掛け付きの重厚な椅子と、録音機付きの卓上電話が用意され、紗羅のシャツの胸元にピンマイクが付けられた。

コレツキイ中佐が紗羅の傍らにしゃがみ込んだ。

「今から、簡単に予行演習をする」

コレツキイ中佐は一枚の紙を手渡した。

「これが、我が太平洋艦隊司令官の要請内容だ」

紗羅が目を落とすと、対象船舶の位置情報の提供、人質を含む死傷者の救助、という言葉が見えた。

「本当は、ここにハヤトが座っていたかもしれない。しかし今は、私がやります」

紗羅は、そう言って力強く頷いた。

紗羅が意を決して受話器を取り上げた頃、日本海をひたすら南下していたオレクマ号は、北朝鮮が一方的に定めた特別領海線を越えようとしていた。

ところが、オレクマ号は突然、その直前、面舵を切って針路を変更した。特別領海線の接続水域に沿って、北方の清津に針路を変更したのだった。

艦橋で針路変更に伴う指示と、それを復唱する声が飛び交っている頃、艦橋の横にある通信室に籠もっていたバガエフには、重要な作業があった。相手が偽札で名高い北朝鮮であったため、目の前のドルを判別機械にかけて調べなければならなかったのだ。

ところが、最初のたった千ドルの札束がすべて、スーパーノート（偽札）と判別されたのだ。

バガエフの顔は蒼白になった。

バガエフは狂ったように、ドル札を判別機械にかけ続けた。やってもやっても、大量のスーパーノートの山が積み上がった。

バガエフは、猛禽類の啼き声のような声をあげて怒り狂い、紙切れでしかないスーパーノートを部屋中にまき散らした。

――なんのために、こんな苦労をして原子力潜水艦をジャックしたのか……激しい怒りは、この作戦が失敗に終わったことを想像するとすぐに恐怖へと変質した。ロシアの殺人武装ヘリコプターに襲われた時にも経験しなかった身体反応が起こった。両手が激しく震え始めたのだ。そしてその恐怖は、さらに大きな怒りとなって全身を襲った。

通信室を飛び出したバガエフは、船内を狂ったように駆け回った。そして、ゼロ甲板にいた、朝鮮労働党特務部隊の指揮官、チェン・ヴォンソク大佐にこのことを激しく罵り、チョンジンの海上連絡所と至急連絡をとるよう強い口調で要求した。

怒りと狂気を露わにした態度と、罵る言葉の中に、朝鮮民族を侮辱する差別的な表現が含まれていたことで、チェン大佐の脳裏に警告が鳴り響いた。冷静な指揮官であるチェン大佐は――しかも札束のことなど関係していなかったので――もはやバガエフは正常ではないと判断した。ゆえに不測の事態に備えるために頭を切り替えた。

チェン大佐は、正常心を失ったと判断したバガエフが声を荒らげたまま去ってゆくその背中を見つめながら無線機を握り、船底とドッキングしたままの原子力潜水艦の内部で、ピストルで武装した特務部隊員二十名を率いる中隊長に対し、至急、オレクマ号の通信室前に集まるよう指示した。

だがバガエフには、まだ少し正常な部分が残っていた。

北朝鮮兵士の動きを想定していたバガエフは、ラジオ携帯通信機によって、原子力潜水艦に残っている部下に、オレクマ号と唯一繋がっている司令塔のハッチを閉めろと指令した。

オレクマ号へ上がっていこうとしていた、北朝鮮の特務部隊員とチェチェンゲリラとの間で、小競り合いが発生。それが、戦闘へと移るまでにそう時間はかからなかった。

最初の銃撃戦は貨物室で発生した。

しかし、戦闘は一分とかからなかった。

双方で七つの死体が床に転がった。負傷者は十二名で、何人かが苦悶の声をあげて床を転げ回った。

結局、実戦経験が豊富なチェチェンゲリラが事態を制圧。オレクマ号に上って、原子力潜水艦のハッチを固く閉めた。そしてその流れで、オレクマ号のブリッジと甲板を掌握したが、北朝鮮の特務部隊の生き残りが、原子力潜水艦の原子炉区画を確保した。


騒然とした戦時司令部中央発令室の片隅に移動していた紗羅に、コレツキイ中佐が緊張した面持ちで声をかけた。

「ありがとう、サラ、あなたからのラインで、日本、自衛隊は動いてくれた」

コレツキイ中佐の声はいつものように冷静だった。

「自衛隊が？　本当に？」

紗羅は驚いて訊いた。

「海上自衛隊だ」

コレツキイ中佐が言った。

「しかし日本の法令では――」

紗羅は訝った。

「海上自衛隊は、いつもの警戒監視任務、その範疇だとして、今回も、内閣総理大臣へは報告したが、命令は受けていない。そういうことだと日本側から説明を受けた」

紗羅は神妙に頷いた。

「ロシア太平洋艦隊司令官、セルバコフ海軍大将が、ある仲介者を通じて、日本の自衛艦隊司令官に直接電話をかけられ、原子力潜水艦と子供たちを奪ったテロリストの追跡の協力を求められた。それによって、歴史的な日ロ海軍共同作戦が行われることとなった」

紗羅は怪訝な表情のままコレツキイ中佐を見つめた。

「その仲介者、極東国立総合大学の東洋学部日本語学科のパラノフという准教授だ。一人の女性の名前を口にし、彼女がいなければ、日ロの海軍は繋がらなかった、と言っている。もちろん、ミーシス（ミセスのロシア語）、サラ、君だ」

コレツキイ中佐が紗羅を見つめながら大きく頷いて続けた。

「パラノフは、実は、太平洋艦隊の軍事防諜局の現役の幹部であり、その傍ら、極東国立総合大学と契約を結び不定期に講義に立っている。ロシア太平洋艦隊の幹部が訪日する時、何度か通訳を務めていたので、海上自衛隊の多くの幹部から信頼を得ていたとみられる。しかし我々は、パラノフの存在を見落としていた」

紗羅は、ズベズダの教会に隼人が残していた、あのメッセージに書かれていたロシア人のしゃがれた声を思い出していた。

「あなたこそが最大の功労者だ」

コレツキイが神妙な表情で言った。

「いいえ」紗羅は頭を振って続けた。「そのパラノフは、夫である、ハヤトの友人です」

ウラジオストクの太平洋艦隊戦時司令部の中央発令室は、ようやく、バガエフたちの欺瞞作戦に気づいた。たまたま、対馬のチョークポイント近くを、演習を終えて通過中だった、巨大なボレイ型原子力潜水艦ウラジーミル・モノマーフが、その欺瞞を打ち破ったのである。

ウラジーミル・モノマーフは、対馬付近で行った、ソナーのモデム分析で原子力潜水艦の推進力を担う減速ギアのノイズと断定されていた水中目標のシンボルが、飛び飛びに三回探知される、という異常な状態を捕捉した。原子力潜水艦が蛙のように、ジャンプはできないことは、ウラジーミル・モノマーフの訓練されたソナーのスーパーバイザーでなくとも分かったし、司令部中央発令室に詰める潜水艦の専門家たちなら尚更だった。そして、数年前に録音していた原子力潜水艦の音響と、今回、捕捉してそれを追跡していた音響とを比較すると、海底にシミュレーターが設置されている可能性が極めて高いと、司令部中央発令室は判断。日本海へ急行している太平洋艦隊の膨大な数の艦艇と潜水艦に、緊急の暗号通信が一斉に発信された。

司令部中央発令室は全船舶を調査した結果、不審な船舶としてナホトカ出港のオレクマ号を初めて認識。司令部中央発令室は、全部隊に対し、原子力潜水艦を直ちに確保せよ、との太平洋艦隊司令官セルバコフ海軍大将の緊急命令を発信した。

その命令を受信した、日本海へ向かっている太平洋艦隊の中で、最大船速を五十ノットというフルスロットルにした、信じられない猛スピードでオレクマ号に肉薄している艦船があった。太平洋艦隊の特殊部隊と半潜水艇二艇を搭載する二隻の大型ミサイル艇R－261は、ウラジオストクのウリス湾を出港してから六時間後、北朝鮮の領海に近づきつつあった。

太平洋艦隊のアントノフ26型偵察機が、高高度からオレクマ号を発見し、撮影を行った結果が、司令部中央発令室に届いた。別室で待機していた専門家チームが直ちに解析したところ、貨物を積んでいないはずのオレクマ号の吃水が深すぎることを発見した。

専門家チームは、原子力潜水艦がオレクマ号の船底の下にドッキングしている可能性を指摘した。原子力潜水艦の音響が、低周波ソナーでも捉えられない理由もそれで証明できると司令部中央発令室は結論づけた。

熱気に包まれた司令部中央発令室の片隅で、太平洋艦隊作戦情報部の幕僚の一人が、部下からのメモを受け取った。

アメリカ太平洋軍の統合諜報センターからの提報が届き、そこには、オレクマ号にはシンガポールの造船所で何らかの改造がなされた、との言葉が書き加えられていた。幕僚は苦笑した。太平洋艦隊でさえ、つい今しがた、オレクマ号の存在を知ったのになぜアメリカは――。

幕僚は、目の前に居並ぶ最高幹部たちを見渡しながら、そこで思考を止めた。これ以上詮索することは、死に神を呼ぶ、と一人納得した。


チェン大佐が率いる北朝鮮の特務部隊の残った兵士たちが、オレクマ号の船橋に最後の突入を敢行した。北朝鮮の特務部隊の兵士たちの先任らしき男が操舵システムを寄越すよう要求したが、バガエフが答えの代わりに、北朝鮮兵士の一人を拳銃で射殺したため、再び北朝鮮の特務部隊員とチェチェンゲリラとの戦闘がオレクマ号で発生した。二名のチェチェンゲリラが即死し、負傷者は四名。北朝鮮の特務部隊員は即死者九名、負傷者十四名だった。そのうち重傷の三名は十分と経たぬうちに息絶えた。

左腕に貫通銃創をくらったチェン大佐は、態勢を立て直すために船橋から通信室へ逃れて、血まみれの手で無線機を握った。オレクマ号の機関室へ行かせていた別働班の部下に、「船の行動を維持せよ」と指令した。

そこからたった十メートルしか離れていない船橋の操舵装置の陰に隠れていたバガエフは、敵がいないことを確認した上で、操舵システムの前に立ち、原子力潜水艦の取引代金を確実にもらうために、ウォンサンへ針路をあらためて固定した。

オートパイロットにした上で、銃撃戦での損害を確認するために機器類をチェックしていた時、バガエフは航海レーダーのマップ表示装置に目がくぎ付けとなった。

五隻が南方から、四隻が北方から、それぞれ信じられない速度でオレクマ号に近づいているのだ。しかも、南方からの接近は予想していなかった。

――南方？　太平洋艦隊とは違う。しかし、速度は五十ノットとシンボルの脇に表示されている。民間ではあり得ない。まさか……海上自衛隊？

バガエフは焦った。航海図台へ走り、定規を急いで使った。その結果は、一時間以内に必ず、北朝鮮の特別領海線を越えないと、本作戦は失敗する――。

日本の自衛艦隊、ロシア太平洋艦隊と、オレクマ号との最後のレースが始まった。

太平洋艦隊司令部中央発令室は、在モスクワ北朝鮮大使館経由で、北朝鮮国防委員会宛に、ある公式(オフィシャル)の通報を行った。

「捜索救難という非常事態のため、ロシア太平洋艦隊の四隻が間もなく、貴国の『リ』という特別領海線を越えて航海する」

そのわずか三十分後だった。北朝鮮側は「朝ロ友好関係を優先し、許可を出す」と異例の早さで返事を送ってきた。

それと同時に、ウォンサン基地司令部から指揮している北朝鮮情報機関トップのキム・デシク大将が、オレクマ号のチェン大佐宛に、アラーム信号を送った。チェン大佐は、原子力潜水艦のトリムにいる特務部隊員に二つの指令を出した。

キム・デシク大将は同時に、特別領海線から三十マイル離れて一旦停止していた北朝鮮海軍の魚雷艇十隻に対し、オレクマ号へ向け一斉発進するように命じた。

それは、ピョンヤンの国防委員会委員長からの指令だった。

〈ロシアあるいは日本の艦艇が、オレクマ号を攻撃ないし拿捕しようと試みた場合、特別領

海線を越えた艦艇は、当該貨物船と原子力潜水艦も含めてすべて撃沈せよ。自国の兵士も救う必要はない〉
キム・デシク大将は、その絶対的な指令にただ淡々と従っただけだった。

チェン大佐の命令で、オレクマ号の機械室に潜んでいた特務部隊員二十五名が、溶接機で司令塔の外板を破り、原子力潜水艦に侵入した。そして、原子炉室のドアを密閉していたロシア人オペレーター二名を残して他は射殺した。バガエフの副官であるリャザンツェフは、第二区画へ隠れた。

その直後、半年前、ロシア太平洋艦隊から盗まれた原子力潜水艦規則に習熟し、ウォンサン海軍基地で訓練を重ねた北朝鮮海軍将校、二十四名が、原子力潜水艦の発令所にある操舵エリアの所定の位置につき、操縦準備を開始した。

同じ頃、ロシア太平洋艦隊のルースキー島に配備されている水中破壊工作特殊部隊が、ミサイル艇R－261から、ウォンサンの第313海上連絡所より急派されてきた半潜水艇（SILC）へ移乗し、五マイル離れているオレクマ号に向け急行した。

しかし、その部隊の出動を予想し、航海レーダーを監視していたバガエフは、ミサイル艇R－261と疑われるシンボルを発見すると、国際共通の16チャンネルを使い、ロシア語と英語を使って、スピーカーで警告した。

「いかなる艦艇であっても、一マイル以内に近づけば、人質の子供を直ちに殺す」

ミサイル艇R－261は動きを停止したが、航海レーダーには引っかからないSILCは急速で行動を継続していた。


チェン大佐の命令で、北朝鮮の特務部隊員十名が、原子力潜水艦のトリムおよび船底に張り巡らせたチタン製の網の取り付け部分に、遠隔操縦爆弾を設置した。

その直後、オレクマ号では、ピストルで武装したチェン大佐ら二十名が、バガエフの制圧しているブリッジへの再突入を図ったが、自動小銃による猛反撃で、四名を損失して後退した。

ゲリラの四名が監視している人質の子供は階下の士官食堂に移動させられた。

火薬の臭いと硝煙が立ち籠める船橋で、ナビゲーションマップを見つめるバガエフは、快哉を叫んだ。

オレクマ号はすでに北朝鮮の特別領海線を越えていたからだ。

そして間もなく、オレクマ号は北朝鮮の領海内に入り、ウォンサン港のパイロットステーションへの最後の航海を速力九ノットで継続した。

ラジオ携帯通信機にへばりついた肉片を剝がしながら、バガエフは、北朝鮮のチェン大佐との交渉を始める一方で、生き残った五名のチェチェンゲリラを呼びつけて、「原子力潜水艦のトリムへなんとか侵入せよ」と筆談で指令した。

　部下たちが急ぎ階段を下りてゆく姿を見送ったバガエフは、チェン大佐に語りかけた。

「人質の子供を、原子力潜水艦に移動させないとチャンスがないぞ。生き残ったオレたち十三人が、子供を連れて原子力潜水艦に戻り、ドッキングを外して、まっすぐに潜航する。オレはそもそもプロの原子力潜水艦乗りだから、オレがいなければ脱走はできない」

「考える」

　それだけ言うとチェン大佐は、しばらく沈黙を続けた。

　そのうち、ゲリラの一人が戻ってきてバガエフの耳元で囁いた。

「音も立てず、ナイフだけで、トリムに設置された爆弾を監視していた、九名の北朝鮮の奴らの首をかき切ってやりましたよ」

　その直後、チェン大佐は交渉を受け入れた。バガエフのチームが人質の子供を連れ、原子力潜水艦に入り、脱走を目的に潜航することとなった。ただ、チェン大佐は一つだけ条件をつけた。バガエフがチームに先立って、一人で原子力潜水艦に入ることだった。

同意したバガエフは、原子力潜水艦の発令所に下りた。その直後だった。頭上のオレクマ号の方から射撃音が連続した。

その二十分ほど前、ＳＩＬＣでオレクマ号に辿り着いたロシア太平洋艦隊の水中破壊工作特殊部隊の潜航工作班は、直ちにダイビングして、原子力潜水艦の昇降蛇と方向舵に楔（くさび）を打ち込んだ。一方、水中破壊工作特殊部隊の攻撃班はオレクマ号の上甲板に次々と上り、チェチェンゲリラおよび北朝鮮の特務部隊員と戦闘を開始した。

だが、司令部中央発令室がロシア水中破壊工作特殊部隊に指令を出した時、人質の子供がいることは告げていなかった。命令は「原子力潜水艦を確保せよ」――それだけだった。そのため、チェチェンゲリラによって、十五名もの子供たちと教師らしき女性を連れて原子力潜水艦に移動させられているのを視認した時、特殊部隊員たちはショックを受け、一瞬の躊躇があった。ロシアではよその国と同じように、ある意味それ以上に子供は非常に大切にされている。結果、ロシア水中破壊工作特殊部隊員三名を損失し、人質の二名の男の子と三名の女の子が跳弾によって頭や手足を負傷した。

しかしその時、コムソモルスクーナーアムレから緊急輸送されてきたアルファ部隊一個中隊と太平洋艦隊軍事防諜局長直属の執行部隊が、ヘリコプターからロープによって甲板に降り、北朝鮮特務部隊員との戦闘を開始した。バガエフにはこの戦闘の音が聞こえたのだ。

態勢を立て直したロシア水中破壊工作特殊部隊が反撃に転じ、チェチェンゲリラの四名を射殺し、上甲板の隅で身を潜めていた子供たちを全員保護した。

激しい銃撃戦の音が徐々に大きくなっていくのを聞きながら、チェン大佐は、原子力潜水艦に逃げ込み、司令塔のハッチを閉めろと残存兵士に指令した。

そして遠隔操縦機のボタンを躊躇わずに押すと同時に、「金正恩将軍様の万寿無窮をお祈りします」という意味の乱数信号を発信した。

同時に、トリムの中で半数の爆弾が爆発した。その結果、オレクマ号の船底の後ろのチタン製の網の縛り付けが外れ、原子力潜水艦のスクリューに落下して巻き付いた。

爆発の衝撃を感じたバガエフは、発令所の船内交話マイクを使い、原子炉室のオペレーターに、原子炉の出力を六十パーセントに上げるように指令し、舵の操縦を行う第1スタンドに座って操舵ハンドルと速力レバーを握った。

原子力潜水艦は動いた。だが、すぐに止まった。それと同時に、ソナー室から訛の強いロシア語で「魚雷、接近！」と報告が入った。

北朝鮮の魚雷艇が魚雷を発射したことを探知した、ロシア太平洋艦隊の駆逐艦は、対魚雷砲撃を実施した。この種の兵器はロシア水上部隊の最も自慢するものだった。向かってきた魚雷は推進途中で、対魚雷砲弾によって完全に破壊された。そしてロシアのミサイル艇R－

261二隻が自慢の対艦ミサイルを四発ずつ、計八発連続発射。北朝鮮の魚雷艇八隻をすべて木っ端微塵に撃破した。

　続々と到着するロシア太平洋艦隊の艦艇は、雪崩れ込むように北朝鮮領海内に侵入し、オレクマ号に接近。さらにヘリコプターからのファストロープによって、大量の特殊部隊員の急速充塡が開始された。そして船内一掃戦闘によって、オレクマ号で最後の抵抗をしていたチェチェンゲリラや北朝鮮特務部隊員は、あまりに多いロシア特殊部隊によって皆殺しにされ、捕虜となったのは、ロシア水中破壊工作特殊部隊員が眉間を撃ち損じた二名の負傷者だけだった。航海士や機関士などの本来の乗員は、ロシア艦艇から飛び立ったヘリコプターによってオレクマ号の上甲板に降ろされ、血なまぐさい船橋に移ると、現場から一番近い沿海州のポシェト湾へとオレクマ号の針路を変更した。

　オレクマ号に、三機のヘリコプターが猛スピードで接近してきた。最初に飛来したUH－60Jヘリコプターからは、ファストロープで上甲板に降り立った海上自衛隊の特別警備隊員が、ヘリコプターの上甲板への着艦を誘導した。キャビンドアが開いて飛び出した特別警備隊員は、身振りで、人質の小学生たち九名を収容すると、フルスロットルで大きなバンクをつけながら、大急ぎでオレクマ号から離脱。領海外で待機していた海上自衛隊護衛艦「くらま」へと向かった。

「くらま」の士官食堂に招かれた九名の男女の小学生たちは、すぐに柔らかい毛布に包まれた。医官の診察を受け、外傷もなく、健康状態に異常がないことが分かると、温かい食事が用意された。小学生たちは、生まれて初めて口にする海軍カレーライスに、やっと微笑みを取り戻した。

さらに誘導された二機目のUH－60Jヘリコプターは甲板に着艦すると、特別警備隊員が残りの六名の児童と女性教師を素早くキャビン内に確保してすぐに急速上昇し、新潟沖で待機していた海上自衛隊護衛艦「みょうこう」で燃料補給を受けたあと、一時間弱で羽田空港に着陸した。すでに五台の救急車が待機しており、銃撃戦の際、跳弾で負傷した五名の小学生を収容すると、うち三台は、緊急走行によって三十分後、根津神社前の日本医科大学付属病院の高度救命救急センターへ運ばれ、付き添いの教師は二台に分乗し、銀座にほど近い聖路加国際病院の救命救急センターへ収容された。

最後のMH－53Eヘリコプターは、しばらくオレクマ号の船尾上でホバリングしていたが、キャビンから、一人の特別警備隊員がファストロープで船尾に降り立った。そして、その降り立った隊員からの、安全を確保できたという通信によって、MH－53Eは巨大な機体を上甲板に着艦させた。担架に乗せられたロシア特殊部隊の隊員が次々とMH－53Eに収容されていく。わずか三分後には飛び立った。その一時間後、北海道札幌市の自衛隊札幌病院のへリポートに辿り着いた。

太平洋艦隊の艦艇は速力八ノットを維持し、オレクマ号とドッキングしたままの原子力潜水艦を、ポシェト湾へ曳航していたが、太平洋艦隊によるテロ対策はまだ終わっていなかった。

司令部中央発令室は、一番重要な問題に直面していた。

原子力潜水艦内に、チェチェンゲリラか北朝鮮特務部隊の残党がいるかもしれず、もしいたら原子炉を爆発させる可能性があったからだ。

だが、原子力潜水艦の内部の状態が分からないし、交渉を行う方法もなかった。

オレクマ号とドッキングしたままの原子力潜水艦内部では、バガエフが、動かない舵やスクリューとまだ格闘していた。しかし動かせないことを悟ったバガエフは、通路の向こうに身を隠す、チェン大佐に交渉を持ちかけた。

「この際、助け合おうじゃないか。このままでは、二人ともやられてしまう」

だがチェン大佐は拒絶した。

「金正恩将軍様の命令で、作戦が失敗した場合には沈没しなければならない」

バガエフはため息をついた。その隙をついて、突然、チェン大佐が発令所に飛び込んできた。

バガエフは拳銃を乱射した。

だが、チェン大佐は身を隠しながら激しく応射した。

チェン大佐が弾倉を交換する音を聞いたバガエフは、カザンツェフの隠れている第二区画へ脱出した。

その直後だった。第二区画で合流したバガエフとカザンツェフは、すぐ真上の、前部ハッチで発生した激しい音を聞いた。すぐにそれが、この前部ハッチを開けるために溶接機で船体を切っている音だと分かった。北朝鮮の特務部隊員だ、と二人は囁き合った。

二人は、装甲ハッチで密閉された、さらに先の第一区画へと足音を立てずにこっそり移動した。

第一区画に入ったバガエフは、カザンツェフの胸ぐらを摑んだ。

「なぜ、裏切った？」

カザンツェフは静かな目をしてバガエフを見つめた。

「なぜ、親友のオレを裏切ったのか、そう訊いているんだ！」

カザンツェフは沈黙した。

「オレは知っているんだ。お前が、ユキムラという日本の外交官にすべてを語り、死んだら、それを本にしてくれと頼んだことも——」

カザンツェフは瞼を閉じた。

「なぜなんだ！」

バガエフはカザンツェフを魚雷棚に押し当て、拳銃を握って銃口を額に押しつけた。

「士官大学校の同期で、学校でのイジメではお前がオレを救ってくれ、チェチェンではオレがお前の命を救った。互いに死ぬまで信頼し合う親友ではないか！」

「所詮、独身のお前には、オレの気持ちなんて分からない……」

前部ハッチを溶かした北朝鮮特務部隊員が第二区画に飛び降りた時、怒声と銃声が第一区画からほぼ同時に聞こえた。

北朝鮮特務部隊員は第一区画のハッチを破壊しようとしたが、できなかった。爆弾を手にした隊員がハッチにセットしようとした、その手を別の隊員が制止して言った。

兵士は青ざめた顔で言った。

「ここは魚雷室だ」

北朝鮮特務部隊員たちは原子炉室の前で格闘していた。ハッチを開けようとするが、なかなかできなかった。

「もう諦めろ。終わりだ」

チェン大佐がそう言って新たな指示を下した。

「原子炉冷却用海水のパイプ弁を閉めるスイッチを押した上で、取水用パイプの途中のボルトをすべて開放しろ」

海水を潜水艦内部に溢れさせ、自沈させるための操作に違いなかった。だが海水は溢れ出ない――。

その直前、原子炉室に残る二名のロシア人オペレーターが、予備操縦装置によって、冷却海水のパイプ弁がブロックされないように操作していたからだ。そのため冷却海水取水用パイプに空気の陽圧がかかって海水を取り込めなかったのである。ヘッドセットを被るオペレーター二名は、北朝鮮の乗員が知らなかった、非常事態通信システム経由でバガエフやカザンツェフからその指示を受けていたのだった。

その直後のことだった。ロシア水中破壊工作特殊部隊が、溶断によって再び司令塔のハッチを開くことに成功した。

ロシア水中破壊工作特殊部隊は、袋に入れた榴弾（りゅうだん）やTNT爆薬、そしてリン焼夷弾を潜水艦内の発令所にそっと下ろし、すぐにハッチを密閉した。それは、太平洋艦隊軍事防諜局長のラジノフ少将が決心し、モスクワの承認を得た作戦だった。

しかしラジノフ少将は、幕僚たちから、さらに重大な具申を受けていた。

Ｋ－４１５原子力潜水艦とドッキングしたオレクマ号を曳航しようとしているポシェト湾は、平均深度が四、五十メートルしかない。もしそこで原子炉が爆発するような事態となれば、たとえ海底に横たわったとしても、その水深では、放射性核物質が近くの街まで到達する可能性が高い。しかし、今から三十分以内は、深度が六、七十メートルある海域だ。それでも放射性核物質による汚染は発生するが、ポシェト湾でのそれよりは被害は軽減される。ウラジオストクから現場海域へ急行しているミサイル巡洋艦ヴァリャークは、まだ百キロの距離があるが、搭載した連装艦対艦ミサイル、ヴルカーンの射程は七百キロもあり、日本の海上自衛隊から座標情報も得ているので、命令さえあれば、オレクマ号を即座に破壊可能との報告がなされていた。つまり、決断するチャンスは今しかない、そういうことだった。

だが、ラジノフ少将たち最高幹部は、悪魔の選択をするまでもなかった。

ロシア水中破壊工作特殊部隊が送り込んだ爆発物の時限装置が作動し、発令所で爆発が起こった。発生した火災によって、原子炉の安全装置が自動的に作動した。燃料棒が引き抜かれ、原子炉は停止した。

火災は爆発的に広がった。第二区画の北朝鮮の乗員たちは消火する余裕もなかった。

さらに五分後、海面下では、K－415原子力潜水艦の外郭壁に張りついていたチタン製の網状の縛り付け部分が、ロシア太平洋艦隊の水中破壊工作特殊部隊の潜航工作班によって爆破された。

爆破の衝撃はそれほど大きくはなかった。ただK－415原子力潜水艦が、ドッキングしていたオレクマ号の船底からゆっくりと外れた。

K－415は、暗い海の中で緩やかな潮の流れに身を委ね、しばらく自由に浮遊していた。

火災がついにバラストタンクの外郭壁を襲った。そこから海水が大量に流れ込んだ。

K－415は、浮力を完全に失った。魚雷室の重さで艦首を下に向け、ゆっくりと沈下した。まるで海の底から伸びた悪魔の手が、漆黒の世界へと導くように静かに消えていった。

その声を張り上げたのは、ヘッドセットを被っていた海軍大尉だった。

「特別任務部隊、ミサイル艇R－261より、報告！」

騒然としていた戦時司令部中央発令室が一瞬で、静寂へと変わった。数十名の将校や兵士の足が止まった。

身を乗り出したセルバコフ海軍大将の横で、紗羅は唾を飲み込んだ。

海軍大尉は、険しい表情でヘッドセットを押さえたまま沈黙した。

紗羅には途轍もなく長い時間に思えた。

海軍大尉が勢いよく顔を上げた。

「人質、全員確保！　オレクマ号、制圧、K－415、原子炉停止の上、全没！」

円卓から立ち上がったセルバコフ海軍大将に何人もの幹部たちが握手を求め、周りでは歓声をあげる将校たちが拳を突き上げたり、満面の笑みで抱き合ったりした。

「バガエフを含むテロリスト、所在不明——」海軍大尉はその報告を行ったが、聞いている者は誰もいなかった。

セルバコフ海軍大将に握手を求められた紗羅は、強く握り返し、隼人ならここでどんな言葉を投げかけるのだろう、と思った。

だが、紗羅は、敢えて考えるまでもないと思った。

ここに至ったのは、隼人のあの人知れぬ調査があったからこそであるが、それは自分だけが知っていればいい、と思った。

しかも紗羅には、残されたことがまだあった。

信じていたことが、すべて崩壊したのである。

隼人へ繋がる真実は必ずそこにある、と確信していた。

だから、すぐにでも、電話をかける覚悟を持つこと、そのことだけに意識を集中させた。

その事実を突き止めることによって、隼人から電話がかかってくることを確信していた。

紗羅の中で、激しい怒りと希望の光とがぶつかり合った。

しかも時折、鋭い痛みが左腕を襲い、その度に紗羅は顔を歪めた。痛みが一時的に消え、ふと鋼鉄ドア付近へ目をやった時のことだった。

メモを握る金髪の若い将校に耳打ちされているコレツキイ中佐の姿が目についた。

何度も小刻みに頷いたコレツキイ中佐は、突然、紗羅を横目で見た。そして、労をねぎらう風に、若い将校の腕に手をやったコレツキイ中佐は、ゆっくり振り向き、紗羅をじっと見据えた。

コレツキイ中佐の表情は、この場にいる誰ともまったく違っていた。

眉間に皺を寄せ、ひどく暗い表情だった。

コレツキイ中佐がゆっくりと近づいてくる。紗羅は静かに立ち上がった。

最初、負傷した冴島の容体に関する悪い知らせか、と思った。

しかし、紗羅はすぐにそれを頭の中で打ち消した。冴島の容体については、ついさきほど女性将校から、手術が無事に終わって一般病棟へ移り意識も回復した、と伝えられていたことを思い出したからだ。

しかもコレツキイ中佐の顔は、これまで見た苦悩の顔よりもさらに醜く歪んでいる。
心が激しくざわめいた。それも相当、激しく——。
紗羅は呟いた。
「そんな……嘘でしょ……」
紗羅の前に立ったコレツキイ中佐は、紗羅の瞳を覗き込んだ。
息を吸い込んだ紗羅は瞼を閉じた。
様々な記憶が蘇った。
笑顔の隼人がどこにでもいた。
しかしその笑顔はすぐに消えていく。
苦しみもがく歪んだ隼人の顔だけが残った。

川から吹きつける風は冷たくて頰や耳が痛いほどだった。
寒さに震えながら、河川敷の藪の中に分け入っている紺色のカッパを着込んだ民警たちを土手の上から見つめていた紗羅は、もはや希望を抱くことを諦めていた。だがそれは、現実を受け止めるのとは違う、と思っていた。バーで暴力沙汰を起こして逮捕された無職の若者の自宅から、隼人の財布が出てきたからと言って、また、その男が、金が欲しかったから誰でもよかったと供述したからと言って——決して受け止めることはできない、と思っていた。

「供述の裏が取れたぞ！」

藪の中から叫ばれたその声に、紗羅は体をビクッとさせ、全身を震わせた。

どれくらいの時間が経ったのか分からなかった。

気づいた時には、民警の男が傍らに立って声をかけてきた。

「見覚えがありますか？」

民警が差し出した、水色の名刺入れを紗羅は手に取った。

水に濡れて、せっかくの革がぶよぶよにふやけている。

紗羅の目に、はっきりとH．Y．のイニシャルが見えた。

中を開いた紗羅は絶句した。

蓋の裏側に張り付く透明ケースの中に、微笑む紗羅の写真があった。

2 月27日

激しい風鳴りがガラス窓を叩いている。色とりどりのランプが滑走路を埋め尽くしているはずだったが、大雨で滲んでしか見えなかった。

紗羅は、広い空間でまんじりともせずに、長いすに座り、テレビ画面を見つめていた。

記者会見場は熱気に包まれていた。

突然発表され、日ロ合同捜索救難訓練と書かれたプレス用の資料が用意された、沿海州政府庁舎一階に臨時に設営された司令官の記者会見場には、内外からの報道チームが押し寄せた。

「さきほど、概要のご説明がありましたが、具体的にどんな訓練だったのかが明らかではありませんが？」

日本の新聞記者が英語で質問した。

マイクを握ったのは、ロシア太平洋艦隊の広報課長で、ロシア語に続いて英語で回答した。

「ロシア政府と日本政府の合意に基づき、ロシア太平洋艦隊と日本海上自衛隊は、実際的な事故と同じような状態において、合同訓練を実施した。今回の合同訓練の特徴は事前に作成されたシナリオなしで実施した、よりリアルな合同訓練であったという点にある。これは今後の日ロ間の防衛協力の発展、さらに海上事故救難の連携にとって、大きな役割を果たすことになると確信している」

次の質問者に指名されたのは、予定通り「今日のウラジオ」の記者だった。

「この訓練の作戦名があったのなら教えてください」

コレツキイ中佐が作った質問に、何度も答えを練習した広報課長は、一字一句、間違えることはなかった。

「〈ファロス〉作戦です」

「意味は？」

記者が、予行演習通りに食い下がった。

「ラテン語で『灯台』を意味します。まさしく、日ロの友好関係の希望ある将来へ、輝く光が導いてくれることを願ったものです」

あちこちから手が挙がったが、またしても同じ記者が選ばれた。

「最後にこれだけを。今回の訓練には、退役した原子力潜水艦も参加したが故障し沈没した、と聞いています。何か問題があったのですか？」

広報課長は苦笑の演技をしながら言った。

「老兵は多くを語らず——。それでご理解ください」

成田空港　特別待合室

BSテレビのニュース専門チャンネルでの中継番組は、ごく短いものだった。何しろ、〝訓練〟がテーマのニュースである。地味な扱いも当然だ。

だが、紗羅にとっては違った。

頬を伝う涙を拭いもせずに、食い入るように見つめていた。

〝ファロス〟という言葉を広報課長という男が口にした時、胸が激しく締め付けられ、呼吸さえできなかった。コレツキイ中佐からのサプライズだろう、と思ったからだ。

でも、もし違っていたとしても、感動は変わらない。なぜなら、その言葉は、隼人と私の二人だけの世界の言葉だから——。

片手で頬の涙を拭いながら、白い布に被(おお)われた棺へ目をやった。

母は、早く納骨してあげないとかわいそうじゃない、としつこく言っている。

でもつい先ほどまでならそれはしたくなかった。まだ、隼人の死を受け入れられなかった。ウラジオストクを出発する前に、地元の民警から伝えられた内容は、隼人は、たった……たった十ルーブル、二百円のために、まるで虫けらの如く、あまりにも簡単に、チンピラの男に命を奪われた、というものだった。だが紗羅は反論しなかった。

日本のために、外交官として行った業績は誰にも知られることがなかった。遺体で戻ってくるのなら、国家としての礼節をもって迎えられるべきところ、その遺体は、粗末な棺に入れられ、人気のない深夜の空港にひっそりと降ろされた。日本国旗が巻かれることも、儀仗兵が迎えることもなかった。

ドアが開く音がした。

振り向くとグレーのコートを羽織って、橙色のマフラーを首に巻いた、見覚えのある男が入ってきた。

「何か食べなきゃ」

多岐川はビニール袋を手渡した。

覗くと、紗羅が好きな、温かい肉まんが二個あった。

「ありがとうございます」

視線を合わさずに紗羅は応えた。

「本省では、人事がいろいろあったと？」

紗羅が顔を上げずに訊いた。

多岐川は、ジャケットの内ポケットから紙を取り出して手渡した。

紗羅が開くと、人事発令、との文字がまず見えた。

「結局、総領事は対処能力を問われて、帰国命令が発令され、本省の官房付きとなった。時を見て退官させるはずだ。大使になるのは夢に終わるだろう」

手渡された紙に紗羅が目を落とすことはなかった。

「奈良岡次席も同じく官房付きだ。それこそ責任をすべて負わされた。で、ここからは非公式な話だが、総合外交政策局総務課長の本橋の命を受け、雪村と君とを監視した上で、すべて報告し、妨害もしていた」

紗羅は無表情のまま多岐川の話を聞き続けた。

「雪村副領事が、国際テロ情報収集ユニットと関係があったことに危機感を抱いていたのさ。君も気づいたように、国際テロ情報収集ユニットは、日本で最初の中央の対外情報庁を目指している。その反対派のリーダーが本橋で、二元外交の復活を恐れ、外務次官を巻き込んでいろいろ企んでいた――」

紗羅は、何も応えなかった。

「派遣員の緑川は、エリザベータと関係を持っていた。つまりハニートラップだ。

エリザベータは緑川を操って、雪村副領事の動きを探らせていた形跡があった。その動きを、日本の警察が調べている、との話もある。総領事館の警備対策官から出向していた、笠原という男、覚えているだろ。その男は、そのために派遣されていた、という情報もある。エリザベータと緑川を監視するために――」

紗羅は思い出した。〝段ボール箱の部屋〟の前で笠原と会った時、それは自分が緑川から話を聞いた直後のことだった。笠原の登場は余りにも突然で――。

しかし、今の紗羅にとって、どうでもいいことだった。

「また、和田にしても、アメリカ太平洋軍の情報筋の協力者だった。運営していたのは、ウラジオストクのアメリカ総領事の武官で、雪村副領事と〝ユニット〟との繋がりを監視させていた。同盟国とて、しょせんは、本質的には国益のぶつかり合い、ということだろう」

紗羅は黙ったままだった。

「在日米大使館筋によれば、潜水艦ジャックの首謀者は、そもそもイスラム過激派組織の指揮系統で、ロシアに対するテロ資金を稼ぐため、北朝鮮とのビジネスとして動いていたが、途中から、自身の復讐へと目的を変えたらしい」

それについても、紗羅はすでに関心がなかった。

しばらくの沈黙のあと、多岐川が口を開いた。

「ところで、今日来たのは、別の話だ」

紗羅は頭を振った。やっぱり今更なのよ、すべては――。

「昨日、ウラジオの民警が逮捕した無職のチンピラの男の供述の一部が外交ルートで、こちらに届いた。異例のことだ」

紗羅は応えなかった。

「実は事実が違ったんだ」

多岐川が続けた。

「犯人の、あのチンピラは、実はたまたま犯行に及んだのではなかった」

紗羅は黙って聞いていた。

「最初から、雪村副領事は狙われていた。カザンツェフ大佐を説得することを阻止するためだ」

紗羅は、驚きの表情を作らなかった。その事実をどこかで予想していた。

「コレツキイ中佐は犯人を、かなり締め上げた、と聞いている。恐らく、かなりの拷問を加え、恐らく検事に会わせることもなく、今は——」

紗羅はサングラスを外した。

「ただ、犯人はこう供述した」

多岐川は、ロシア語のコピーを手渡した。

「君ならすぐ読める。バガエフ特務旅団長の命によって、私はハヤト・ユキムラを待ち伏せしていた。そしてまず、この件からすべて手を引け、と脅迫した――」

紗羅は、覚悟を決めてきたことを思い出した。それは、多岐川が伝えた、この事実にではなかった。

隼人が自分に遺してくれた事実が、新たなどす黒い事実を教えてくれたからだ。そのどす黒さは、これまで紗羅を襲った、どんなどす黒いものよりも、もっともっと醜く黒く、そして激しい怒りにまみれたものだった。

「彼、雪村が、〝ユニット〟の任務を帯びていたことはご存じですね」

紗羅が声の調子を変えて訊いた。

「そうらしい。驚いたよ。ただ詳しくは知らないが……」

多岐川は当惑する表情を作った。

だが紗羅は構わず続けた。

「〝ユニット〟への通信は、まだ安全が確立されていなかった」

紗羅は振り返って多岐川を見つめた。

「隼人は、ずっとあなたへの通信に頼っていた。盗聴防止室(バードケージ)を使って――」

「何のことだ？」

多岐川が苦笑して頭を振った。

「〝ユニット〟と隼人との仲介を指示していたのは、多岐川さん、あなただったんですね」

「君はどうかしているよ」

立ち上がった多岐川は、紗羅の肩を叩いた。

「しかも、あなたは、本橋課長とも繋がっていた。〝ユニット〟を潰すために――。あなたは裏で〝ユニット〟に協力し、雪村もまた裏で〝ユニット〟からの任務を支えていた」

「サラ、とにかく休め。また来る」

そう言って笑顔を見せた多岐川は歩きだした。

「あなたは醜すぎる」

多岐川が足を止めた。だが振り返りはしなかった。

紗羅の脳裏には、ウラジオストクを経つ数時間前に足を向けた、冬の儚い陽光を遮る、深い森に足を向けた時の光景が蘇っていた。

総領事館で借りたハリヤーから降り立った紗羅は、白い息をたっぷりと吐き出した後、漂う霧の先に、その小さな湖へ繋がる小道を見据え、雪に足を取られながらも、しっかりとした歩みで進んでいった。

暗い湖面を見通す一角に、その貸別荘は、霧の海の上に浮かんでいるように見えた。不思議なことに、そこへ繋がる道だけは、薄い雪しか積もっていなかった。

バッグからカギを取り出しながら、霧を掻き分けるようにして紗羅は進んだ。

総領事館の住所で、自分宛に、そのカギが入った封筒が届いたのは、二日前のことだった。

隼人は、やはり、〝極東テアトル〟に遺したように、自分の死期が近づいていることを知って、すべてを私に託したのだ。

封筒の中には、一つのカギとともに、総領事館の壁に貼られていた、あの殺風景な風景写真とその説明、そして自分宛の短い手紙が入っていた。

〈私は、死の島へ向かう小舟の上で、こう呟いている。どこでどうして死んだのか解らない。気がついたら「死の島」へ向かっている。スイスの画家、アルノルト・ベックリンが描いたあの絵のように――。私は、硬い船板の上で、死の淵にあって、紗羅の唇の感触や、柔らかな身体の隅々を思い出した。厳粛な死に対面して、何と不謹慎な、と自分が愚かすぎて微笑んだ。暗い空の下、墓地のある小さな孤島を目指し、白い死に装束をまとった私と白い棺を乗せた小舟が静かに進んでいく――〉

頰を伝う涙を拭いながら、紗羅は、目指す、赤茶けた玄関ドアがある貸別荘の玄関の前に立った。

手にしたカギでドアを開けた。

透き通った空気が紗羅の頰を心地よく撫でた。

リビングの机の上に、ぽつんと置かれた、一つのUSBメモリーはすぐに分かった。

パソコンで呼び出したUSBメモリーの中にあったのは、隼人のすべてであった。

隼人が記していたのは、総領事館のすべての者たちの、真の姿だった。総領事館の笠原の役目や、和田副領事の真の姿については、多岐川の言葉とほぼ一致していた。ただ、FSBのコレツキイ中佐については、意外な記述があった。コレツキイ中佐は、組織内での激しい権力闘争を行っていた。その相手とは総領事館のローカルスタッフのエリザベータであった。エリザベータは緑川を操りながら、FSB内のある派閥のラインで動き、コレツキイ中佐はそれとは別の派閥系で活動し、功績を争っていた、その戦いがあったという。隼人は、緑川の体から、何度か、エリザベータのフレグランスの香りがしたことから、早くから二人の関係と、エリザベータの〝任務〟に気づいていた、と記している。

だとすれば、今や、コレツキイ中佐を勝利に導いたのは、潜水艦ジャックを予想していた隼人だったのかもしれない。

しかし、最後の人物に関することは、多岐川の説明とは、まったく違っていたのだ。

それは、人間の醜さの、さらに奥底にある、最も唾棄すべき姿だった。

〈多岐川班長は〝ユニット〟と繋がり、コレツキイ中佐に対する秘密工作を行っていた私への支援を行っていた。しかし、多岐川班長はもう一つの顔を持っていた。外務本省、総合外交政策局の本橋総務課長や官邸で一部政治家と結託していた。その目的は〝ユニット〟を潰すためであった。理由はどちらに転んでも、自分自身のため、将来の昇進を絶対的に約束されたものにするためだった〉

紗羅は、自分の体の奥深くで立ち上がったものをはっきりと自覚した。

これまで生きてきて、初めて感じる激しい怒りだった。

しかし、同時に、紗羅はある重大なことに気づいた。

——もしかすると……そのことに隼人が気づいた。しかも、そのことを多岐川班長も知った。そして……。

その思いは当たっていた。隼人のさらなる記述にそれはあった。

〈私がそのことを〝ユニット〟に暴露しようとしたことを知った多岐川班長は、自身の人脈を使い、チェチェンの武装グループに流れることを意図して、偽の情報を流した形跡がある。私が、武装グループの企てに関する情報を入手しており、近く、ＦＳＢへ通報すると——〉

——つまり、それで、バガエフの配下の者が隼人を……。

紗羅は、それが隼人の死の真相だろう、と確認した。

隼人の記述の結びには、こうあった。

〈これらの事実関係は、〝ユニット〟の密かなメンバーである、奈良岡次席によるものが多

い。彼はずっと、私のこと、紗羅のことを心配している。だから君が来ても、帰国をずっと促すはずだ〉

隼人からのメッセージはそれだけではなかった。

もう一つのファイルに、自分宛の文章があった。

〈紗羅、これを君が読むということは、オレは、すでに「死の島」に辿り着いたことになる。どうか、これからの人生を大切に。ありがとう紗羅。愛している〉

多岐川がゆっくりと振り返った。

「サラ、〝知るべきではない真実〟がまだある」

それは嘘だ、と紗羅は思った。しかし言いたいことは別にあった。

「すべてを私は受け入れる」

紗羅が毅然と言い放った。

「いや、君は耐えきれない」

「覚悟はすでにできている」

紗羅が撥ねつけた。

「それでも無理だ。たとえば、さっき私が言いかけたこと、供述書にはまだ続きがあったことにしても――」

紗羅は後退りして身構えた。多岐川が近づいた。

「雪村隼人を殺害したその犯人は、まず脅迫した。しかし、雪村が拒絶した。そして――」

多岐川が声を落とした。「雪村が拒絶したので、犯人はこう叫んだ。〝日本にいるお前の妻、サラを殺す。単なる脅しじゃない。実行役のゲリラ隊員が偽造パスポートですでに入国し、監視している。今すぐにでも殺せる〟――」

紗羅は呼吸を止めて多岐川を見据えた。

「供述にはさらにこうある。――突然、ユキムラが飛びかかってきた。私はナイフを取り出した。ユキムラが脅迫を拒絶したら殺害せよ、とバガエフ特務旅団長から指示されていたからだ。ところが、ユキムラは、そのナイフを奪い、いきなり自分の首に突き刺した。ユキムラはこう言った。〝私が死ねば、妻は殺せない。妻は絶対に殺させない〟そう言ったきり、ユキムラは、力なくアスファルトの上に倒れ込んだ――」

紗羅は瞬きだけでなく、身動き一つしなかった。

多岐川が続ける。

「でも、この供述は公にされないだろう。なぜなら、裁判が開かれる前に、ＦＳＢが――」

もはや紗羅は何も聞いていなかった。

ただ、今、目の前にいる人間ほど、醜い顔をした者を見たことはない、と確信していた。

だから、こんな男の前で泣き顔は見せない、そう決心した。

「出ていって！」

そう語気強く言った紗羅は、多岐川に背を向けて窓を見つめた。

止めどなく涙が迸った。

ガラスに映る涙の粒の中に、隼人の笑顔があった。

7月13日

初夏のウラジオストクは神が忘れたもうた街ではなかった。神が与えたもうた幸運な時を満喫しているというべきだった。

あらゆるものを被い尽くし、吸い尽くした霧の姿はもはやどこにもなく、どこもかしこも眩い緑に溢れていた。

ウラジオストク国際空港の到着ロビーにしても、冬の姿とは違っていて、カラフルな衣服で溢れ、明るさに包まれていた。

到着ロビーから見渡す駐車場はほぼ満車で、あちこちで怒声が聞こえ、トラブルが発生している。

腕時計を見つめた、在ウラジオストク日本総領事館で、最年少の副領事である古川（ふるかわ）は苛立っていた。

古川が目当てにしていた成田からの便は、すでに一時間前に着陸していることが電光掲示板に表示されている。にもかかわらず、待ち望んでいる人物が、入国手続きの最後の税関エリアから到着ロビーへとなかなか姿を現さないのだ。しかもこの混みようである。外務本省から便宜供与レベルCC－GGの指示を受けたことで車を出し、駐車スペースもなんとか確保できた。だが、これだけ車でごった返していたのでは車を出しようもないな、と一旦、到着ロビーから外へ出て、発車を待つリムジンバスの傍らから駐車場を覗いた。

古川は唇を突き出して毒づいた。整理する者がいないせいなのだろう。車の流れがまったく混乱し、絶望的な渋滞が発生している。

ふと傍らに立つ初老のロシア人にちらっと目をやった古川は、思わず苦笑した。その男は、確か、どこかの役所の運転手である。ウラジオストク国際空港で、お偉いさんを運んできて恭しく頭を下げている姿を何度か目にしていた。運転手ならば、さぞかし、ここから出る方法について頭を悩ませているだろうことを想像したが、老人は、世の中の不条理をすべて受け入れるが如き達観した表情で、のんびりと地元新聞を広げ始めた。

古川は、自分の方に向けられている裏の紙面に載せられたその記事に思わず目がいった。ふと見逃してしまうような小さな短い記事だった。

それは、今年の初め頃、古川が着任する直前に起きた事故に関するものだった。古川はその事故に興味を持っていた。自衛隊とロシア太平洋艦隊との歴史的な合同訓練。そこで起きた事故だった。退役していたロシア太平洋艦隊に所属する弾道ミサイル搭載原子力潜水艦が航行中に事故を起こして沈没。乗員たちは、その寸前に脱出し、死傷者は一人もいなかったというから奇跡的だった。

そのK－415という型番の弾道ミサイル搭載原子力潜水艦が事故から約半年後にやっと、深さ七十メートルの海底から引き揚げられたという。引き揚げられたのは昨日で、現在は、ボリショイ・カーメニ市にあるズベズダ原子力潜水艦修理工場の海上の浮きドックに保管され、乾式ドックでの解体を待つこととなったと書かれてある。また、引き揚げた潜水艦の鑑識作業を行ったFSBの発表では、潜水艦内部で激しい火災が発生したことが窺え、その火災の温度は二千度以上に達したはずだとし、あらゆるものが焼き尽くされたはずだ、とのコメントが最後に載せられていた。

古川は、事故そのものよりも、日ロ合同救難訓練に興味があった。あらかじめほとんど準備をせず、抜き打ち的に行われたらしいが、その調整のために日本の外交官たちが忙殺されたことは想像に難くない。しかしそれこそ外交官にとっての醍醐味であるはずだ、と憧れてもいた。

古川は、どこかでこの新聞を買い求めなきゃ、と思った。外務本省への公電に資するネタだった。

自分とほぼ同じ頃の発令で総領事館に着任した次席は、こういった公刊情報であっても積極的に東京に送れ、と口うるさい。情報発信こそ総領事館には求められる、というのが口癖だった。そして最後には決まって続く言葉があった。

〝それが足りなかったから、五ヶ月前、外務省始まって以来の職員の大量一斉入れ替え、という前代未聞のことが起こったのだ〟

確かに、それは異常な出来事だった。

総領事に始まり、次席、副領事、派遣員、ローカルスタッフなど総勢七名が帰国を命じられたり、雇用契約を解除されたりした。理由は今もって明らかにされていないが、口さがない者たちは、いつもの、金、女、エスピオナージのどれかに引っかかったため、と言っている。古川に真相は分からなかったが、そんなところなんだろう、とあまり関心はなかった。

ただ、外務本省で総政局の筆頭課長である総務課長への栄転が約束されていた多岐川さんが、突然、依願退職をしたことは驚きだった。噂では、今回のウラジオストクの異例な人事と絡んでいるとも言われているが、所詮、古川にとっては真偽を確かめようもなかった。

それより何より、日ロ合同訓練での事故と時をほとんど同じくして起こった、あの殺人事件を、古川は思い出さずにはおれなかった。

古川とて衝撃だった。明治の近代外交官制度の成立以来、日本外交官が海外赴任中に犯罪に巻き込まれて死亡するという事件は、戦前戦後を通じて一度もなかったからである。

古川は、腕時計で時間を確認した。

嫌な予感がした。まさか、と焦った。入国審査でトラブってるんじゃないだろうな。なにせ、日本からたった二時間半余りで来られるといっても、ここは、ロシアなのだ。裏切りと殺しと恐怖とがない交ぜになった、もしくはスパイと盗聴と尾行が名物のこのロシアである。正義なんて、その場その場で勝手に塗り替えられる国、それがロシアなのである。

古川はもう一度、到着ロビーの三つの出入り口を見渡した。しかし、目当ての人物は見当たらなかった。

古川は毒づきながら、CC－GGの対象者のことを想像してみた。スマートフォンの中で一枚の顔写真を出した。それは、ここウラジオストクで強盗殺人事件で亡くなられた、古川の先輩にあたる外交官の奥さんだった。ただ奥さんといっても、彼女もまた外交官で、今は内閣官房へ出向中だと知らされていたが、具体的な部署までは、次席から説明を受けていなかった。いずれにしろ、彼女もまた古川にとっては先輩であることに違いはなかった。

ただ、画像を見る限りは、少しイメージが違った。

黒いロングヘアが似合う、左右の顔のバランスが整った美人である。しかもあの事件からまだそう時間は経っていないので――不謹慎であることは重々分かっているが――その憂いの表情から色香が漂う女だった。長い艶のある黒髪は、この〝西洋〟の街では東洋の神秘であり、老若男女から憧憬の対象となっているのだ。

「車、出られるかしら？」

その声に、古川は飛び上がらんばかりに驚いた。

振り向くと、サングラスをした一人の女が立っていた。襟の広い白いシャツの上に、コットン生地風のオレンジのジャケットを羽織り、パールホワイトのタイトスカート姿だった。足にはエナメル系の細くてヒールが高いパンプスを履いていた。

眩しそうな表情で彼女を見た古川は呆然として立ち尽くした。

「雪村です。みんなは、サラって呼ぶから、それでもいいわ」

慌てて頭を下げた古川は、手に持ったキーでドアロックを外してから、後部ドアを恭しく開けた。

車をぐるっと回って運転席に座った古川は、シートベルトをしながら、彷徨った目のままで、ルームミラー越しに紗羅をちらちら観察した。だが、写真とは余りにもイメージが違うことに激しく動揺したままだった。

「遅れました。わたくし、副領事の古川でございます」

後部座席へ振り返った古川は、再び慇懃（いんぎん）に頭を下げた。

「よろしくお願いします」

そう言っただけで紗羅はさっと視線を外し、手にした地元紙の「今日のウラジオ」を広げた。

古川は、ギアをドライブに入れて、サイドブレーキを解除した時、忘れていたことに気づいて、もう一度サイドブレーキをかけた。

「申し訳ございませんが、この渋滞ですので、総領事館への到着は――」

古川は途中で口を噤んだ。

ハンドルに覆い被さるように身を乗り出した古川は、視線の先で起きていることに目がくぎ付けとなった。

カラフルなラビットフラッシュをまき散らすパトカーが大量に押し寄せていた。LEDパドルを持った大勢の警察官が、道をふさいでいる車という車を左右に強制的に排除している。

「たぶん、VIPが到着するんで、道を空けてるんですよ」古川がしたり顔で続けた。「参りましたね。これからの予定に、間に合わないかもしれません」

腕時計を見つめた直後、フロントガラスに目をやった古川は顔を歪めた。

「警察官たちの波が、今度はこっちへ来やがる!」古川が叫んだ。「今度は後ろに退けってわけか――」

ため息をついた古川はギアをバックに入れた。

一人の警察官が車に駆け寄ってきた。

「あっ、ヤバイっ！　身分証明書を――」

古川は上着のポケットを慌ててまさぐった。

辿り着いた警察官は運転席の窓をノックした。

ウインドウを下ろした古川は身分証明書を提示した。だが、警察官はそれを古川に押し戻し、後部座席へちらっと視線を送ってから言った。

「どうぞ、お通りください」

呆然とする古川の視線はフロントガラスの先へ向けられた。ぽっかり空いた道路がまっすぐ続いている。

ギアを入れ直した古川は、訳が分からないまま車を発進させた。すると、混み合うすべての車をパドルで制していた警察官の誰もが、自分たちに向かって一斉に敬礼を投げかけてきた。

広い幹線道路に出たところで、古川は苦笑するしかなかった。

「今のはなんなんっすかね」

古川は、ルームミラーで紗羅をちらっと見つめた。彼女がＶＩＰというわけではないだろう。もし、そうであるなら外務本省は便宜供与レベルはＡＡクラスを指示してきたはずだからだ。

古川がそのことに気づいたのは、片側三車線の二つ目の信号を越えた時のことだった。

さっきから、先を行く車が一台も見えない。ルームミラーで後方を見た古川はもう少しで声をあげるところだった。後ろからも一台の車も走ってこないのだ。つまり、この道には、自分たちの車しか走っていないのである。

しかし、反対車線は無茶苦茶、混み合っていた。

あり得なかった。着任してまだ間もない古川だが、この時間帯は、帰宅と買い物やレストランに向かう車でいつも渋滞することを身に沁みて知っていた。それが、まるでクリスマスの夜のように——。

三つ目の信号を通過しようとした時のことだ。

古川は驚かざるを得なかった。

交差する側の道路の左右が、装甲車風の巨大な車両で封鎖されている。当然、そこには大渋滞が発生していた。そしてその装甲車風の巨大な車両の前には、またしても迷彩服の兵士たちが直立不動で敬礼していた。

しかも——。古川はそのことにも今、気づいた。

赤信号に一度も引っかかっていない。道が空いている——いやまったく走っていないからだけじゃない。そうか、交差点の信号は、この車が通る時に必ず青色に変わっている。さらに交差点の角にいる制服警察官もまた敬礼を――。

古川は、さすがにルームミラーの中の紗羅に言った。

「これいったい、ど、どうなっちゃってるんですか……」

だが紗羅は、窓外をじっと見つめたまま答えなかった。

車がウラジオストク最終駅の前の通りを過ぎようとした時のことだった。

突然そう言ってから、紗羅は急いで左の窓の方に移動した。

「ゆっくり走って」

怪訝な表情をした古川だったが、そこはルームミラーから死角だったので、紗羅の様子は分からなかった。

紗羅は急いでサングラスを外した。

見慣れたロシア太平洋艦隊本部ビルの、中層あたりの窓一杯に、白い海軍服姿の大勢の男女が敬礼をしている姿があった。

通りすぎたあと、リアウインドウを振り返って目で追ったが、もはやその光景は見事に消え失せていた。

紗羅は、古川をちらっと見た。気づかれたかな、と思ったからだ。だが、右側の歩道では、ずらっと並んだレースクイーンのようなハイレグ姿の女性たちが手を振っており、古川の関心はそこにあった。

　タイトスカートにストラップで引っかけていたスマートフォンのバイブレーションを紗羅は感じた。

　ディスプレイには電話番号しかなかった。

「銀ギツネ(シルバー・リッサ)だ」

　聞き覚えのある声が聞こえた。

「私たちの宝である子供たちを救ってくれて感謝する」

「こちらこそ、このように歓待をして頂いて、コレツキイ中佐――」

「ただし、公式には何もできない」

　コレツキイ中佐の口調は変わらなかった。

「分かっています。明日からは、また敵同士に戻るということも含めて」

　紗羅は神妙に言った。

「そうとも。日ロ友好なんて言葉はゾッとする」

　紗羅が相づちを打った時、相手はこう付け加えた。

「ちなみに私は今日からコレツキイ大佐だ」

　それだけでコレツキイ大佐の声は消えた。

紗羅は、そのことを思い出すと、バッグからクリアーファイルを取り出し、その中にある数枚の書類を手に取った。それは、ウラジオストクの隼人の部屋を引き払うために遺品を整理していた時、本棚の本と本の間に押し込まれていたものを偶然発見したのだった。

紗羅はその時の光景を脳裏に蘇らせた。

見つけた書類は、隼人の日記風のものであったが、ある特定の期間だけが残されていた。

荷造りの段ボール箱の一つに座った紗羅が目をやったのは、太平洋艦隊の軍事防諜局の現役の幹部であり、極東国立総合大学で教鞭もとっている、あのパラノフについての記述だった。

〈鷲の巣展望台の丘の上にあるマンションの一室、そこで密かに営まれている売春宿での接待が日常的で、それも、彼は、一晩で二人の女を相手にしなければ納得しない〉

紗羅は、苦笑しながら、その先へ目をやった。

〈ある日、売春宿まで車で送って、朝、迎えに行った時、悲愴な顔をしたパラノフが、あることを私に懇願した。自分の妻が、どうやら売春遊びに気づき出して、一人では恐くて帰れない。ついては、ハヤト、私の自宅まで今から一緒に行って、ひと晩中、二人で飲んでいた

と弁明してくれ、と。仕方なく、私が行くと、妻は露骨に不機嫌な表情を私にも投げかけた

――〉

紗羅は、頭を振ってため息を吐き出した。

もしも、あの時、〝極東テアトル〟の中で、隼人からのメッセージとともに、この〝日記〟を発見していたのならば、自分はどうしていただろうか、と再びそのことを脳裡に蘇えらせた。

ただ、答えはわかっていた。こんなエロおやじへ連絡を取ることはなかった。もしそうであれば、日本とロシアの海軍が共同作戦を行うことは――。

紗羅は、〝日記〟の最後の部分に目を落とした。

〈――しかし、私が驚いたのは、彼が妻に謝っている間、通された彼の書斎の光景だった。大きな本棚が部屋を占領していた。そこには、旧日本軍の戦記や、日本の安全保障政策や自衛隊に関する出版物――いずれも日本語で書かれたものでズラッと埋め尽くされていた

――〉

ハッとした表情となった紗羅の脳裏を、ある想像が占領した。

私がパラノフと連絡を取ったのが、もし必然であったのなら、どういうことが言えるのだろうか。パラノフは、隼人の身に何かがあった時、それを継ぐ者のことまで想定していた。

つまり……私のことを、私がここに来ることを想定していた……。そして、パラノフは、隼人とともに行っていたことを私を利用することで……。

紗羅の頭の中には、様々な顔が浮かんだ。

原子力潜水艦ジャック事件の後、ロシア太平洋艦隊司令官のセルバコフ海軍大将は、ロシア連邦軍のトップである総参謀長に就任し、ＦＳＢ沿海州支局の対外情報課長のコレツキイにしても異例の出世をした——。

コレツキイは、パラノフの存在を見落としていたと言っていたが、そもそも、これは最初から仕組まれたことで、コレツキイが属するＦＳＢのグループが、モスクワのロシア軍の最高幹部たちを追い落とし、そして彼らの出世を作為した……その裏では、隼人が利用され——。


書類をバッグに戻した紗羅は再び、輝く金角湾へ目を戻した。さらにその向こうの、真っ青な空の中に、この五ヶ月間、毎日泣き続けていた自分の姿を見つけた。

そして、もがき苦しみ、苦悩した先に、答えを見つけた、新しい自分の姿が重なった。生かされた人生、その思いに辿り着いたのだ。その思いは、隼人は利用されたんじゃない。逆に利用しようとしていた、利用されたとみせて利用しようとしていた——そのことに気づいたからこそだった。隼人が獲得した財産(アセット)は自分が引き継ぐのだ。それが彼の遺志だと紗羅は確信した。だから、今、その声を耳にした男の新しい運営官を〝ユニット〟に登録する勇気を持てたのだ。しかしそれが並大抵ではないことの自覚もあった。コレツキイ大佐にも、彼なりの思惑があるはずだ。だからこそ、自分は、異例の役職であるロシア特命担当に抜擢されたのだ。

紗羅は再び新聞を手に取った。

「あれ？」フロントガラスに古川が身を乗り出した。「まさか……」

「どうかした？」

新聞から顔を上げずに紗羅が訊いた。

「この季節には珍しい霧です」

紗羅は、ゆっくりと顔を上げて車窓へ目をやった。

「クソったれ！」

紗羅が呟いた。

「えっ？　今、何か仰いました？」

古川がルームミラー越しに訊いた。

紗羅は何も応えず、金角湾の海面を這う、銀色の闇をじっと見つめていた。

謝辞

ウラジオストクでお世話になった方々には、お礼の言葉も尽くせない。その時もまた霧に包まれた港街であり、幻想的な世界の中で、刺激的な取材をさせて頂いた。深く感謝しています。

また、外務省という深い世界の一部を勉強するために、ご指導を頂いた方々は数多く、皆さんには深甚なる謝意を表したい。ありがとうございました。

出版において、幻冬舎の見城徹氏には、今回こそ長らくお待たせしたにもかかわらず、ご理解を頂き、温かく見守ってくださったことにつきまして本当にお礼を申し上げます。

また、これまでと同じく隅々までのご指導を頂きました永島賞二氏にこそすべての言葉で感謝の言葉を贈りたい。わがままな私に、計り知れないご温情を賜り、常に励ましてくださいました。心よりお礼の言葉を贈らせてください。

書き下ろし単行本の時と同様、この文庫本においてもご担当してくださった羽賀千恵氏には、さらにご面倒のかけ通しでご苦労ばかりをおかけしました。深く感謝しております。

二〇一八年　九月　麻生幾

本作はあくまでフィクションであり、
実在する個人、国、団体とは一切関係ありません。

解説

香山二三郎

スパイ小説の嚆矢(こうし)はロバート・アースキン・チルダーズ『砂洲の謎』(一九〇三年刊)といわれる。北海にヨットでクルージングに出たふたりのイギリス人青年がスパイ工作に巻き込まれる話だが、その後第一次世界大戦(一九一四〜一八)を経て各国の情報機関による諜報活動が本格的になると、小説でもジョン・バカンの『三十九階段』(一九一五)のような傑作が書かれるようになる。

日本のスパイ小説の嚆矢はそれからちょっと遅れて、山中峯太郎『亜細亜の曙』(一九三一)。軍事探偵本郷義昭の活躍する少年もの冒険活劇であるが、作風的には荒唐無稽で、シリアスな本格スパイ小説は第二次世界大戦後まで待たなければならなかった。

一九六〇年代になって、中薗英助『密書』（一九六一）を始め、結城昌治『ゴメスの名はゴメス』（一九六二）、三好徹『風は故郷に向う』（一九六三）等、欧米作品に遜色のない傑作が続々と登場し始めるが、それというのも戦後の報道の進化や翻訳小説の影響等によるのだろう。もっとも戦後の日本の諜報活動は鈍く、スパイ天国などと呼ばれて取り締まりも緩く、小説人気もさほど高まらなかった。スパイ小説は一部を除いてマニアックなジャンルに甘んじていたわけだが、フレデリック・フォーサイス『ジャッカルの日』（一九七一）の登場で風向きが少し変わる。ド・ゴール仏大統領暗殺をテーマにしたこの作品以来、より国際的な視点に立ったリアルな謀略スリラーが話題を呼ぶようになり、日本の作家もジャーナリスト出身者を中心に手を染める者が出始めるのである。

麻生幾もそうした流れから創作に進出したジャーナリスト作家である。

ジャーナリストとして活躍してきた氏の小説デビュー作はベストセラー『宣戦布告』（一九九八）。北の国の特殊部隊による敦賀半島侵入事件の顚末を描いたこの作品は、圧倒的な情報量に支えられたリアル極まりない軍事シミュレーション小説であった。まぎれもなくフォーサイス流のジャーナリスティックな手法に則った謀略スリラーといえようが、本来の執筆動機はそこにはなかったのか、その後は矛先をスパイ小説――諜報小説に向け、公安警察対中国の諜報戦の顚末を描いた長篇『ＺＥＲＯ』（二〇〇一）からは着々とエスピオナージ作家としての地位を固めていったのである。

公安警察ものはテレビドラマ化された『外事警察』等でも話題を呼ぶが、公安ものだけがスパイ小説ではない。どうやら著者はこのジャンルを幅広く掘り起こすことを目指しているようで、そこから生まれた作品がすなわち本書『銀色の霧　女性外交官ロシア特命担当・SARA』である。


本書をひと口でいうと、外務省の女性外務事務官「SARA（サラ）」こと雪村紗羅がロシアで起きたトラブルに巻き込まれる諜報活劇。二月半ば、在ウラジオストク日本総領事館の副領事雪村隼人が突然失踪、外務本省の軍備管理軍縮課に勤める雪村の妻・紗羅はある事業の祝賀レセプションを終えて帰国する夫を待ちわびていたが、そんなときに彼の失踪を知らされる。ある事業とは、ロシアの退役した弾道ミサイル搭載原子力潜水艦を解体し、取り出した原子炉を安全に管理する日ロ合弁事業「ズベズダ事業」のこと。その作業が二週間後に完了、ウラジオストクで祝賀レセプションが催される予定になっていたのだが、それを仕切っていた雪村が突然いなくなってしまったのだ。

紗羅は課のナンバー3である上司の多岐川と相談するが、出席予定の永井政務官にごねられ、延期出来そうもない。かくしてロシア語が出来、事業のことも知っている紗羅が現地に調査に赴くことになる。

上層部からウラジオだけですべて解決せよと念押しされて現地に着いた紗羅を待っていたのは、かつて五年間住んでいた彼女も経験したことのない濃霧だった。迎えに来た副領事の和田とともにまずは隼人のアパートへ向かうが、パソコンが見当たらなかったほかは手がかりなし。頼みの綱の日本総領事館も、ナンバー2の次席・奈良岡は失踪に至るまでの経緯を説明するだけで「気づいたことはない」とけんもほろろの対応、レセプションの開催も拒絶してきた。紗羅はローカルスタッフによるハニートラップも疑っていたが……。

本書の読みどころは、何よりもまずヒロイン雪村紗羅の奮闘ぶりだろう。彼女はエリート外交官と思いきや、幼い頃から、父親から、「お前は何をやっても、ダメなやつだ！」といわれてきた。学校の成績はいつも上の下で、外務省にも外交官試験に落ちて語学専門職として入った。その意味では、著者が描きたかったのはスーパーヒロインの活躍ではなく、等身大の女性外交官の活躍ぶりだったに違いない。ただし、ウラジオに到着早々、その後の調査の行方を物語るがごとき濃霧に見舞われる。一寸先も見えない銀の闇。彼女のその後の調査もまさに五里霧中といったあんばいなのだった。

そのウラジオストクだが、一般的にはモスクワと結ぶ世界最長の鉄道、シベリア鉄道の終着駅として知られていよう。この町の建設は一八六〇年に始まったが、金角湾からの景観のみならず新旧の街並みも楽しめる。本書によれば、大統領の肝煎りで観光強化策も進んでいるとのことであるが、この町の特色といえば、やはりロシア太平洋艦隊の基地がある軍港都市であること。紗羅の言葉を借りれば、「情報機関や治安機関、そして今ではロシアンマフィアたちがあらゆる外交官たちと外国人を監視していることを常に意識しなくてはならない、デンジャラスな街!」とのことだが、著者の詳細な現地取材に基づく本書では、そうした暗部もうかがい知ることが出来るのである。

前半のもうひとつのポイントは、外務省の闇。紗羅の所属する軍備管理軍縮課は誰もが認める、日の当たらない部署で、彼女は大型外交案件が発生するたびに駆り出され、こきつかわれている。「いつもニコニコして愛想よくやっていればいい」という上司の差別的な言動にもさらされているが、彼女はめげずに奮闘している。今回のウラジオ派遣は出世の足がかりになるかもしれないが、出る杭は打たれるの言葉通り、彼女は本省からもウラジオの総領事館でも散々な扱いを受ける羽目に。そこには、役所のことなかれ主義や複雑な権力抗争が絡んでいて、本来の外交そっちのけで謀略に明け暮れているらしいありさまがうかがえる。本省のみならず、ウラジオの総領事館もまた、誰も信用出来ない伏魔殿となればなおさらだ。

著者は巻末の謝辞で「外務省という深い世界の一部を勉強するために、ご指導を頂いた方々は数多く、皆さんには深甚なる謝意を表したい」と記しているが、本書の執筆動機のひとっくに外務省の明暗や功罪を描き出すことがあるのは間違いない。

さて、前半は紗羅の追跡を軸にシリアスにしてスリリングなエスピオナージならではの展開を見せるが、やがて彼女は隼人があるもののマニアであったことを思い出し、そこから彼の足取りのヒントをつかむ。その前後からロシア軍の内部情勢の記述も挿入され、物語は大がかりな軍事シミュレーション小説へと転じ始めるのだ。後半はまさに国際的な視野に立った謀略が浮かび上がってきて、ついにはトム・クランシー『レッド・オクトーバーを追え』も真っ青の海洋活劇が繰り広げられるのである。詳細は読んでのお楽しみとして、本書のことを対ロシアのオーソドックスなエスピオナージだと思われている人がいたら、そこにさらに軍事ハイテクスリラーも加味されたクロスジャンルのエンタテインメントなんですよ、と声を大に伝えたい。

ちなみに、本書の素材に使われている、日ロ合同の退役原子力潜水艦解体事業だが、そんなことは現実にはあり得ないと思われる向きもあるかも。だがこれは実際にあった話なのである。二〇〇〇年、ロシア政府との合意のもと、極東の退役原潜の解体に関するプロジェクト・スタディが実施され、〇三年一月の小泉純一郎首相の訪ロ時に採択された日露行動計画には原潜解体事業の実施が盛り込まれ、同事業は「希望の星」と名付けられた。〇三年から〇四年にかけてヴィクターIII級原潜が解体されたのを皮切りに、さらに五隻の原潜が解体され、〇九年十二月にプロジェクトは終了。翌一〇年三月には、西村智奈美外務大臣政務官がウラジオストクを訪問して「希望の星」の完了行事に出席した。

もちろん、そうした一連の事業の流れの裏で、本書で描かれたような事件が起きていたかどうかは定かではない。果たして紗羅にはさらなる過酷な事件が待ち受けているのだろうか。次作を待ちたい。

――コラムニスト

この作品は二〇一六年二月小社より刊行された『女性外交官・ロシア特命担当　ＳＡＲＡ』を改題し、大幅な加筆修正をしたものです。

銀色の霧

女性外交官ロシア特命担当・SARA

麻生幾

平成30年10月10日　初版発行

発行人――石原正康
編集人――袖山満一子
発行所――株式会社幻冬舎
〒151-0051東京都渋谷区千駄ヶ谷4-9-7
電話　03(5411)6222(営業)
　　　03(5411)6211(編集)
　　振替00120-8-767643
印刷・製本―中央精版印刷株式会社
装丁者――高橋雅之

幻冬舎文庫

ISBN978-4-344-42786-0　C0193　あ-19-13

幻冬舎ホームページアドレス　http://www.gentosha.co.jp/
この本に関するご意見・ご感想をメールでお寄せいただく場合は、
comment@gentosha.co.jpまで。